Enrique Agudo

LOS LUGARES DEL TERROR

Redbook

LOS LUGARES DEL TERROR

© 2021, Enrique Agudo Ramírez
© 2021, Redbook Ediciones, s. l., Barcelona

Diseño de cubierta: Daniel Domínguez // Regina Richling

Diseño de interior: David Saavedra

Fotografías: Wikimedia Commons / Archivo APG

ISBN: 978-84-18703-18-8
Depósito Legal: B-16.548-2021

Impreso por Sagrafic, Passatge Carsi 6, 08025 Barcelona

Impreso en España - *Printed in Spain*

Enrique Agudo

LOS LUGARES DEL TERROR

LOOK

ÍNDICE

INTRODUCCIÓN

«Un relámpago rompe la oscuridad de la noche. Una lluvia persistente rebota como una ráfaga de ametralladora sobre las almenas del castillo. Dentro de sus muros escucho el sonido de unas cadenas arrastrándose. Un gemido a mi espalda me obliga a salir corriendo, y detengo mis pasos al oír la voz de mi amiga Elisa, que me llama desde el interior de un enmohecido calabozo. Quito el cerrojo de la pesada puerta y ella sale, vestida con un raído camisón blanco, con el rostro pálido y brillante. Tiene los labios rojos y se relame al verme. Sus ojos son como perlas oscuras. De forma instintiva, me arranco el crucifijo que llevo al cuello y se lo enseño. Elisa grita, y veo su boca llena de colmillos afilados. De pronto se convierte en un murciélago que intenta escapar por la ventana, pero el hilo que sujeta a la criatura se enreda en un postigo de contrachapado y el murciélago de goma cae al suelo bocarriba, dejando a la vista una etiqueta que dice: *Made in Taiwan*. El director, enfurecido, grita "corten" y yo le suelto una patada al murciélago de pega, que rebota en una pared de cartón. Me temo que *Hasta que los colmillos nos alcancen IV* no va a ser diferente a las tres películas anteriores».

Esta escena ficticia bien pudo suceder durante el rodaje de *Drácula* (1931), donde no costaba mucho ver los hilos de los que pendían los murciélagos que rodeaban al gran Bela Lugosi. Los errores formaban parte del encanto de aquellas series B, que no tenían medios ni dinero para mejorar los efectos especiales. Con el tiempo, el séptimo arte ha evolucionado en todos sus apartados, y el cine de terror ha sido uno de los que más ha cambiado con el transcurrir de los años. No solo pasaron a la historia los murciélagos de goma y las tumbas de corcho, el miedo también abandonó las mazmorras y los cementerios para suplirlos por otros tétricos lugares, adaptándose a cada época para seguir produciendo escalofríos. Por mucho que haya clásicos imprescindibles, el seguidor de hoy en día siente mayor afinidad por una película o una novela que acontece en un *escape room* que por otra que cuenta su historia en un lúgubre castillo. Y sí, una buena obra de terror funciona en cualquier sitio y formato, pero siempre inquietará un poco más si sucede en tu época o el lugar te es familiar (¡de ahí que las casas encantadas nunca pasen de moda!).

En el presente libro no nos olvidaremos de los caserones o los camposantos, pero nos centraremos en visitar emplazamientos «modernos». De la mano de la literatura, los cómics, las películas, las series y los videojuegos, iremos a las localizaciones más recónditas del planeta dentro de los entornos más urbanos. En las siguientes páginas te matricularás en un instituto donde los jóvenes suspenden en sobrevivir, serás parte del servicio de limpieza de un psiquiátrico embrujado o viajaras a un futuro apocalíptico lleno de monstruos con la única compañía de tu guitarra. En todos esos lugares se aprecian las huellas que la muerte deja a su paso. ¿Te atreves a seguirla hasta el final y conocer tu destino?

Sabía que dirías que sí.

La vieja bruja, el guardián de la cámara y el guardián de la cripta te dan la bienvenida.

LAS CALLES DE LA CIUDAD

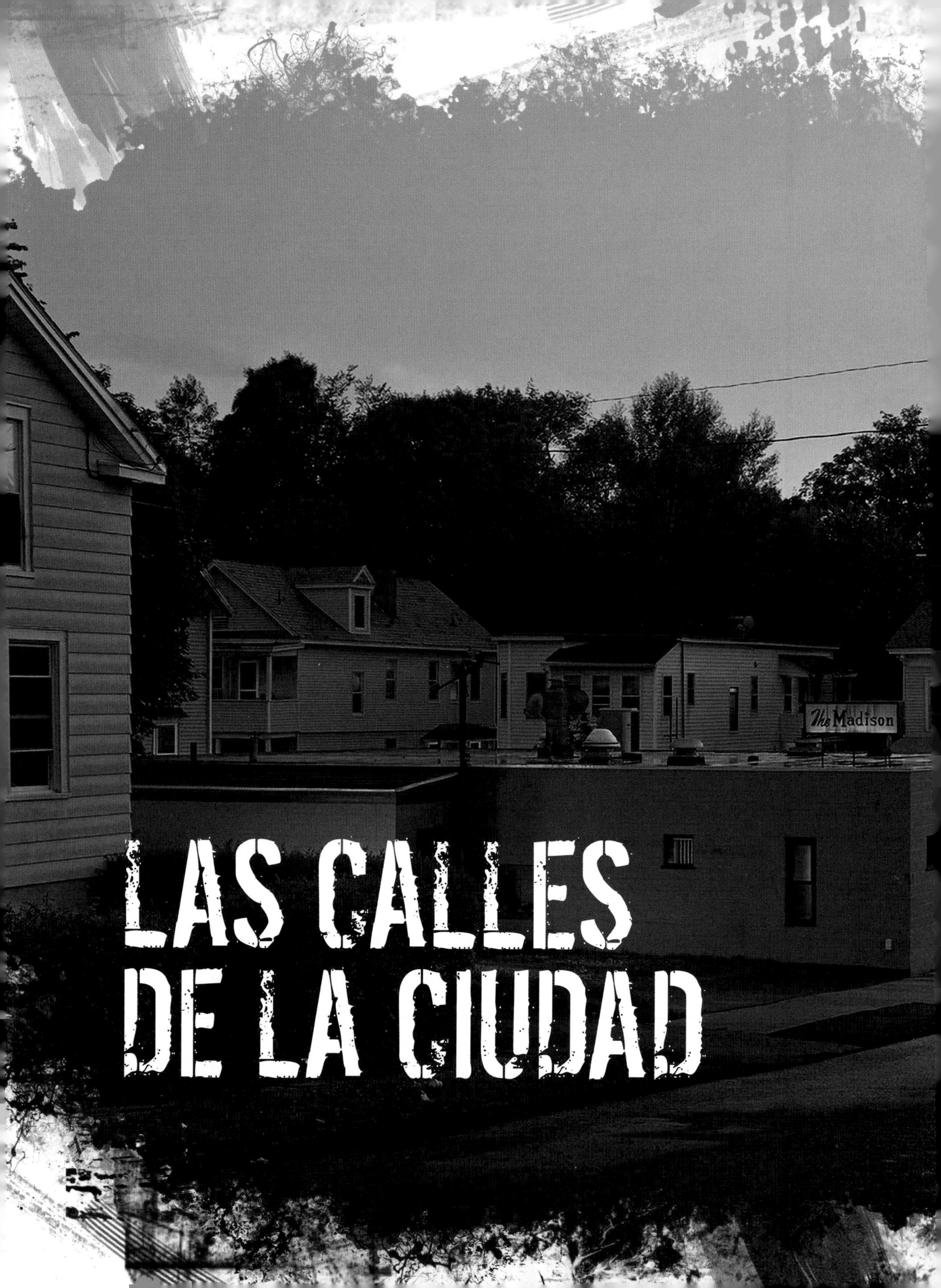
The Madison

La vida de una ciudad se refleja en sus calles. Los atascos, las aceras atestadas de gente y el ruido sirven para medir el grado de estrés de su población. En medio de ese ajetreo, los peatones no pensamos en los peligros que hay a nuestro alrededor. No hay vampiros en las tiendas, ni monstruos surgiendo de una alcantarilla, pero una simple maceta (o un piano) podría caer de un tercer piso y estamparse encima de... tu mascota favorita.

EN LOS ÁNGELES

Arrástrame al infierno

PELÍCULA

Drag Me To Hell. 2009. EE.UU. **Dirección:** Sam Raimi. **Reparto:** Alison Lohman, Justin Long, Lorna Raver. **Género:** Terror. Maldiciones. Comedia de terror. 95 min.

MALDITA HIPOTECA

Christine es una joven que trabaja de empleada en un Banco. En medio de una crisis económica, una anciana llamada Ganush acude a su mesa para solicitarle una moratoria para el pago de su hipoteca. La chica le asegura que lo siente, pero que el banco no puede concederle dicho trámite. La mujer se siente humillada y le lanza una maldición a Christine, que a partir de entonces es acosada por entidades malignas.

Arrástrame al infierno es una palomitera película sobre maldiciones que te hará pasar miedo, pero que también te sacará más de una sonrisa, sobre todo si disfrutas de las películas con toques de humor negro y macabro. Desde el inicio, sentirás que la maldición de Christine (transmitida a un botón de la chica) es tu condena; si intentas deshacerte del botón, este volverá a ti, y solo quedará una solución: regalar el botón a alguien, con lo que lograrás que la maldición también pase a esa persona.

FOLCLORE SINIESTRO

La película nació de una historia corta que el director Sam Raimi y su hermano Ivan escribieron en 1989. En 2002 la adaptaron al formato de guion y gracias a la productora Ghost House pudieron llevarla a cabo. Su argumento es ficticio, pero hunde sus raíces en diferentes culturas, como el folclore vasco o la mitología clásica, tal y como cuenta el propio Raimi: «Consideramos hacer una investigación sobre quién sería el demonio al que se enfrenta el personaje de Alison Lohman [...]. Descubrimos que hay diferentes demonios que existen en otras tantas culturas bajo el nombre de Lamia. En una cultura, es un dios devorador de bebés. En otra, una serpiente. En otra, una mujer sexy pero malvada. Y pensamos: "Qué interesante que todos tengan el mismo nombre, pero que todos sean diferentes. ¿Quizás solo están contando historias diferentes sobre lo mismo? ¿Quizás podamos contar nuestra propia historia sobre ese demonio y llamarlo La Lamia?". Lo que realmente tenemos en el núcleo del argumento es un concepto de historia atemporal [...] la idea de un personaje que comete un pecado de codicia y tiene que pagar un precio terrible por ello. Es un relato moral que muchas iglesias han contado a lo largo de los siglos».

HUMOR Y SUSTOS

Resulta imposible hablar de esta película sin mencionar a su director, Sam Raimi, que durante las últimas décadas nos ha regalado muchos títulos memorables: *Posesión infernal* (1981), *Terroríficamente muertos* (1987), *El ejército de las tinieblas* (1992), o *Spiderman* (2002). Pocos realizadores dentro del género tienen un estilo tan reconocible; si ves una cinta en la que el terror, la violencia y la sangre se mezclan con un humor que recuerda a los dibujos animados de *Tex Avery* o el *Correcaminos,* es que estás ante una obra dirigida por Sam Raimi. En *Arrástrame al infierno,* el realizador te invita a un viaje por el tren de la bruja, nunca mejor dicho. Hay sustos geniales, como uno que tiene que ver con un pañuelo, escenas trepidantes (con exorcismos y cabras incluidos), y otras desagradablemente divertidas, como una secuencia en un funeral que te quitará las ganas de tomar puré de verduras durante bastante tiempo.

TERROR CLÁSICO Y CÓMICS

Puede que suene contradictorio, pero los momentos exagerados y humorísticos del filme no están reñidos con un tono clásico donde lo que importa es la historia, y que recuerda a grandes títulos del género fantástico como *La noche del demonio* (1957), cuyo argumento incluía una maldición celta. *Arrástrame al infierno* también bebe, para bien, de los cómics de la EC., una editorial norteamericana que durante los años cincuenta publicó varias colecciones de terror que mezclaban miedo y humor muy negro. De su cosecha nació la famosa *Cuentos de la cripta,* que ha sido adaptada al cine y la televisión en numerosas ocasiones. Esta editorial sufrió la famosa «caza de brujas» del senador McCarthy, que impuso un código censor que prohibió durante años la distribución de estos cómics en los Estados Unidos.

LA MUERTE FAVORITA DEL GUARDIÁN DE LA CRIPTA

En la primera secuencia, la maldición se ceba con un niño mexicano, al que arrastra literalmente al infierno a través de una grieta en el suelo.

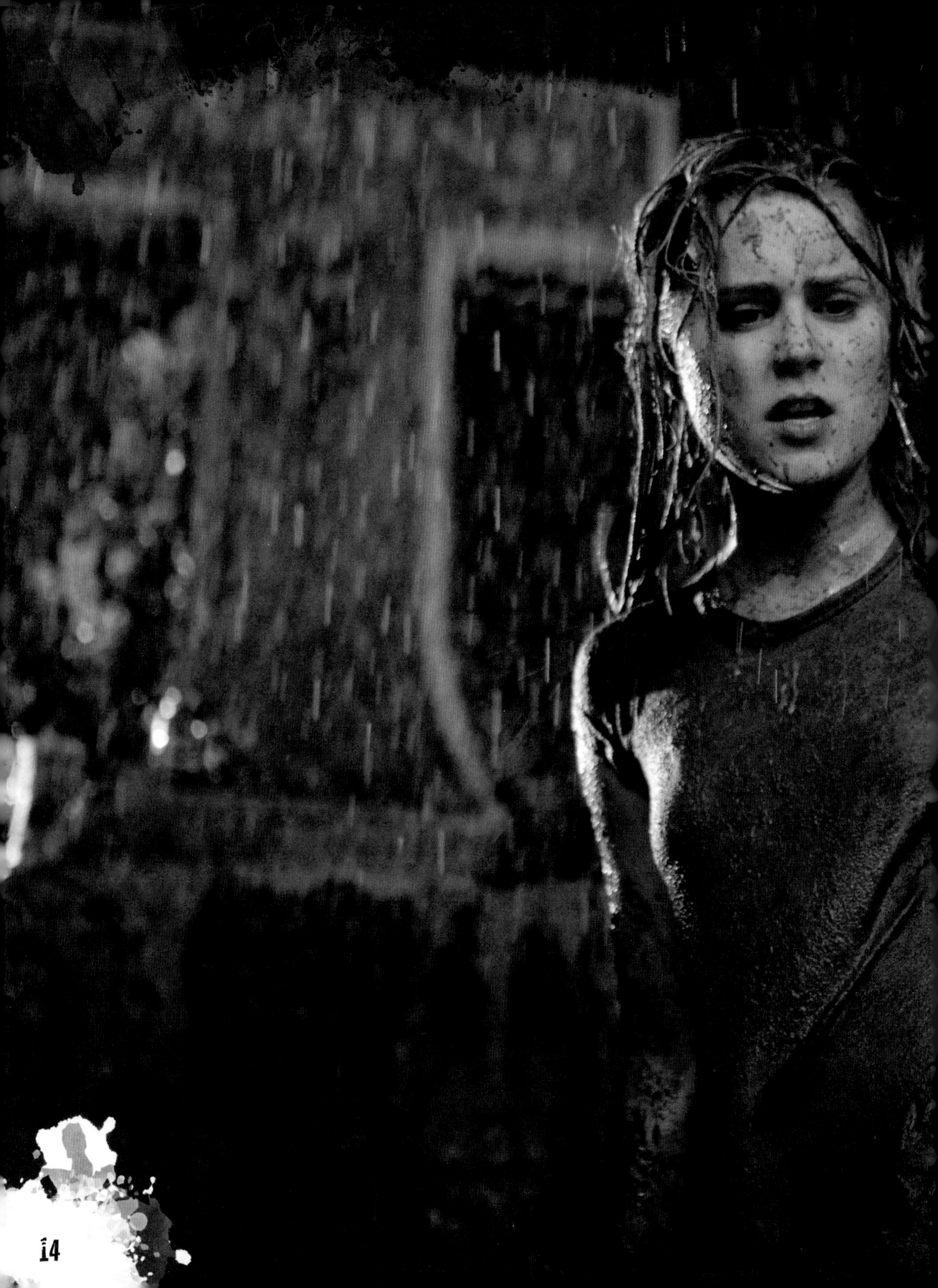

Curiosidades:

- La familia de la malvada señora Ganush era gitana húngara, y Sam e Ivan Raimi tienen ancestros de la misma etnia, e incluso guardan joyería de sus antepasados.

- Para preparar el papel de la película, la actriz Alison Lohman se vio un montón de cintas de terror: «Veía clásicos todos los días. Me sentaba, apagaba las luces y veía películas como *El resplandor*».

- Hay varios guiños a *Posesión infernal*, una de las cintas más famosas de Raimi: En la secuencia del garaje aparece un Delta amarillo del 88, el coche que conducía Bruce Campbell en la saga; el personaje de Justin Long comenta un viaje que sus padres hacen a una cabaña rodeada de árboles, en clara referencia al lugar donde se desarrollaba la película.

- El actor Bruce Campbell es un habitual de las películas de Raimi, aunque solo sea para hacer un cameo, pero no pudo participar en *Arrástrame al infierno* porque estaba rodando una serie.

VISITANDO LA CAPITAL BRITÁNICA

UN HOMBRE LOBO AMERICANO EN LONDRES

LIBRO, PELÍCULA

An American Werewolf in London. 1981. Reino Unido. **Dirección:** John Landis. **Reparto:** David Naughton, Jenny Agutter, Griffin Dunne. **Género:** Hombres lobo. Comedia de terror. 97 min.

LOBOS A LA HORA DEL TÉ

David y Jack son dos amigos norteamericanos que recorren la campiña inglesa en plan mochileros. A pesar de las advertencias de los lugareños para que no se alejen del camino («No vayáis al páramo», «cuidado con la luna»), los jóvenes se desvían y son atacados por un enorme lobo. Jack muere, y cuando la bestia se dispone a acabar con David, aparecen varios lugareños y abaten al animal a tiros. Antes de caer inconsciente, el joven observa que lo que antes era un lobo, al morir se había convertido en hombre. Tras recuperarse de las heridas, David vuelve a Estados Unidos y, cuando intenta recuperar su vida normal, se le aparece Jack, su amigo muerto, que le profetiza un destino peor que el suyo.

Clásico indiscutible de los años ochenta, *Un hombre lobo americano en Londres* (1981) es conocida por incluir la mejor transformación en hombre lobo de la historia del cine, pero no solo eso; su sentido del humor y su desbordante imaginación la convierten en una película esencial del cine fantástico.

EL HOMBRE LOBO DE PARÍS

El título homenajea a la que está considerada como la novela fundacional de hombres lobo: *El hombre lobo de París,* publicada en 1933 por el escritor estadounidense Guy Endore. La historia del libro nos cuenta la trágica vida de Bertrand, un hombre lobo en mitad de los hechos sangrientos que se produjeron tras la proclamación de la Comuna, en la Francia de 1871. Un relato pesimista, incluso brutal, pero lleno de pasajes vibrantes y extrañamente bello. La novela transmite los sentimientos del escritor (judío) en una época en la que el nazismo empezaba a crecer en Alemania. Para Endore el hombre es una bestia, apenas es hombre. Quizá su tono sombrío sea el motivo de que este gran libro no haya sido adaptado al cine, y que su mejor acercamiento, *La maldición del hombre lobo* (1961) —producida por la mítica productora Hammer y dirigida por el no menos mítico Terence Fisher—, no sea del todo fiel, pese a que los dos trabajos estén unidos por un mensaje desesperanzador y una crítica feroz a la sociedad burguesa de la época.

Ah-hooo, werewolves in London, Ah-hooo, werewolves in London

De la canción *Werewolves in London*, de Warren Zevon.

LICÁNTROPO

Vamos con un poco de Historia. Las leyendas y los cuentos sobre hombres lobo se remontan hasta la época grecorromana. El Antiguo Testamento recoge la transformación en animal peludo de Nabucodonosor, Rey de Babilonia, y el historiador griego Heródoto habla de un pueblo próximo a los Urales cuyos habitantes, los neuros, se convertían en lobos una vez al año durante varios días. Según el poeta romano Ovidio, el término licántropo proviene de Licaón, un rey Arcadio que sacrificaba a todos los desprevenidos extranjeros que llegaban a su casa. Zeus, que tampoco era manco, se enteró de su falta de hospitalidad y lo visitó disfrazado de peregrino. Licaón sospechó de él, y le quiso poner a prueba sacrificando a un niño y sirviéndoselo en un banquete. Zeus montó en cólera y transformó a Licaón en lobo. Durante la época medieval la licantropía se puso de moda entre los brujos, y se acuñó dicha palabra para denominar al brujo o persona que se convertía en lobo. En el siglo diecinueve la literatura de terror fue perfilando la figura del hombre y de la mujer lobo actual, gracias a escritores como Frederik Marryat (*El lobo blanco de las montañas Hartz*, 1837) o Robert Louis Stevenson (*Olalla*, 1885).

NO MUERTO

El guion de la película fue escrito en 1969 por un chico de diecinueve años que respondía al nombre de John Landis. El que más adelante sería un director venerado en Hollywood, por aquel entonces trabajaba como chico de los recados en *Los violentos de Kelly* (1969), un filme bélico que se rodó en Yugoslavia. La inspiración le vino mientras conducía por las calles de Belgrado: «El tráfico se había detenido porque un grupo de sacerdotes y campesinos estaban enterrando a un chico (con rosarios y ajos) en el centro de la encrucijada. Era un violador, y le estaban enterrando allí para que no volviera de la muerte y siguiera haciendo de las suyas… Estoy hablando del año 1969, cuando el hombre ya había caminado sobre la Luna, y a pesar de eso, aquellas personas realmente creían en lo sobrenatural. Eso me dio la idea de coger lo sobrenatural y colocarlo en un entorno contemporáneo».

LA MUERTE FAVORITA DEL GUARDIÁN DE LA CÁMARA

El gigantesco lobo le arranca la cabeza de cuajo a un policía.

MEZCLANDO GÉNEROS

Paso previo a dirigir *Un hombre lobo americano en Londres,* Landis demostró ser un especialista en comedias (*Granujas a todo ritmo*, 1980), de ahí que esta película de hombres lobo sea una cinta de terror diferente, con un negro sentido del humor: «La idea era tomar una premisa totalmente absurda —un hombre se convierte en lobo cuando hay luna llena y mata gente—, y tratarla de la manera más realista posible. Esa es una de las razones por las que la película resulta tan divertida. ¿Quién es capaz de creerse que algo así pueda llegar a ocurrir?». Ahora se le podría responder: ¿con las redes sociales? ¡Mucha gente!

El filme cuenta con diálogos ingeniosos y escenas hilarantes, como un sueño donde un grupo de monstruos vestidos de nazis masacran a la familia del protagonista, o los momentos en los que Jack se aparece a David convertido en una especie de fantasma/zombi chistoso cuyo cuerpo se va descomponiendo. Estas circunstancias le dan al filme un toque desenfadado, que no paródico, ya que no falta el suspense y las secuencias aterradoras, como la persecución inolvidable por el metro de Londres o el final en Piccadilly Circus. Hay que aplaudir las interpretaciones del reparto, con un convincente David Naughton, un divertido Griffin Dune y un difícil papel para Jenny Agutter, que sale airosa de ser la encargada de dotar de dramatismo a la película.

UNA TRANSFORMACIÓN DE OSCAR

Los impresionantes efectos especiales fueron obra de Rick Baker, que, previendo lo que se le venía encima, se puso a trabajar un año antes de empezar el rodaje. Pidió a Landis que contratara a los actores lo antes posible, para tener tiempo de hacerles moldes y crear máscaras faciales. Naturalmente, David Naughton fue el que más sufrió durante la producción de la película. No solo tenía que aguantar mientras le cubrían de maquillaje, luego debía permanecer con él durante largas jornadas que iban de las ocho a las dieciséis horas. Seguro que el dolor que parecía sentir el pobre David durante la secuencia de su transformación en lobo era más real de lo que imaginamos. La famosa escena se grabó sin usar viejos trucos o efectos ópticos. Se fabricó una cabeza retráctil cubierta de una piel plástica y se grabó con varias cámaras. El resultado es asombroso, y le valió a Baker el Oscar a mejor maquillaje.

Curiosidades:

- El director financió con su dinero el desarrollo del trabajo de maquillaje de Baker, y para dicho fin llegó a crear una productora llamada Lycanthrope Films Ltd.
- John Landis siguió coqueteando con el cine fantástico en películas y series como *En los límites de la realidad* (1983), *Sangre fresca* (1992) o *Masters of Horror* (2005).
- A Michael Jackson le gustó tanto la película, que contrató a todo el equipo (director, efectos, música…) para su videoclip *Thriller* (1982). El cantante consiguió convencer a Landis, que en principio no estaba por la labor.
- Todas las canciones que se escuchan a lo largo del metraje tienen en algún momento de su letra la palabra Luna (*Moon*). Curiosamente, no aparece una de las más célebres canciones de aquellos años (y que más le pegaba): «Werewolves in London», de Warren Zevon.
- En una secuencia, David entra en un cine porno donde proyectan una producción titulada *See you next wednesday* (*Te veré el próximo miércoles*). No te molestes en buscarla, es una *fake* película expresamente rodada por Landis para este filme.
- La película se hizo muy popular, lo que con el tiempo originó la inevitable secuela: *Un hombre lobo americano en París* (1989). La historia cambia de lugar y de personajes, pero sigue manteniendo el equilibrio entre comedia y terror. Como segunda parte no vale mucho, pero distrae si no eres exigente y quieres disfrutar de una serie B con sello de los ochenta.

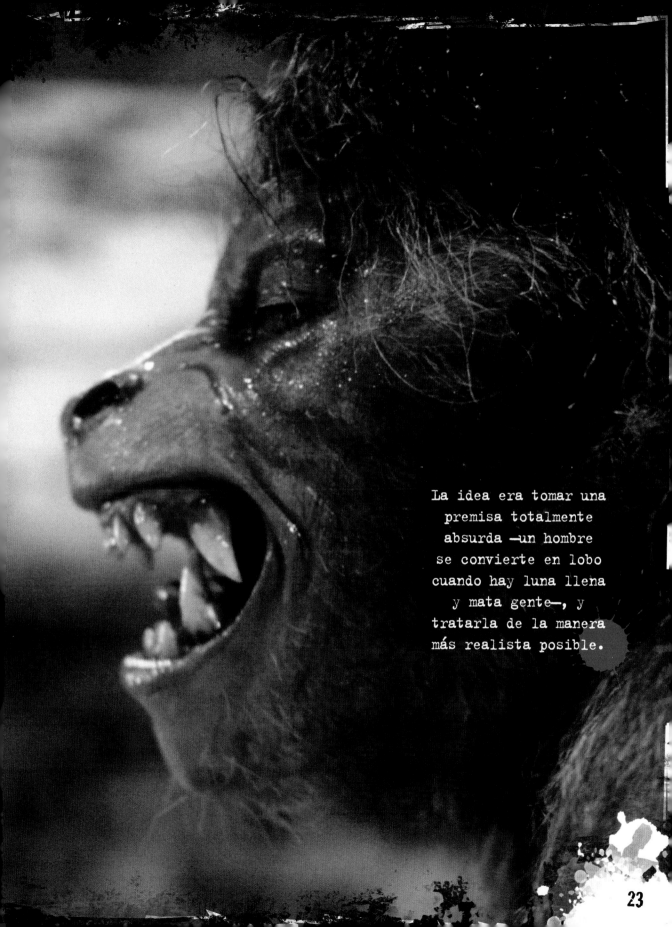

La idea era tomar una premisa totalmente absurda —un hombre se convierte en lobo cuando hay luna llena y mata gente—, y tratarla de la manera más realista posible.

IT FOLLOWS

PELÍCULA

It Follows. 2014. EE.UU. **Dirección:** David Robert Mitchell. **Reparto:** Maika Monroe, Keir Gilchrist, Daniel Zovatto. **Género:** Terror sobrenatural. 100 min.

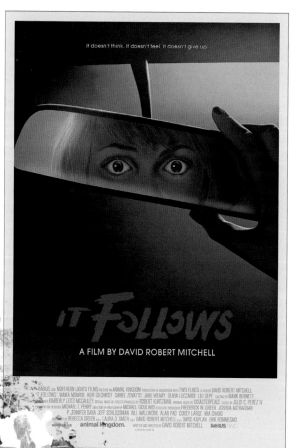

MALDICIÓN VENÉREA

«No vayas a sitios con una sola salida. Es muy lenta, pero no es tonta.» Es la frase que le dice Hugh a su novia Jay para advertirle de una entidad maligna que andaba detrás de él, y que ahora, después de practicar el sexo, irá detrás de ella. Según le contaron, se trata de una maldición que se transmite a través del acto sexual, y que provoca que te acose un ser diabólico que puede adoptar la apariencia de cualquier ser humano. Esta entidad solo es vista por los que están malditos, y te matará si no te das prisa en pasar la maldición a otra persona, o lo que es lo mismo, si no practicas el sexo con nadie.

El argumento, que también podría haber dado para una comedia picante, puede sonar extraño y subido de tono, pero en realidad *It Follows* es una película de terror psicológico con sus buenos sobresaltos.

MONSTRUOS DESNUDOS

Vaya por delante que *It Follows* (o *Te persigue*) no es una cinta para todos los públicos; aunque las escenas de sexo son escasas y no muestran casi nada, en varios pasajes la entidad maléfica se encarna en personas desnudas que dan grima (esta cinta puso de moda los fantasmas en cueros), y el tono general del filme es algo más lento que el de la típica producción de Hollywood, en parte debido a que estamos ante una producción de corte independiente. Pero, si te dejas enganchar por su desarrollo pausado, una fotografía excelente y su fascinante banda sonora, disfrutarás de sustos aterradores y escalofríos que no te abandonarán durante varios días… ¡No dejarás de mirar por encima del hombro!

LA MUERTE FAVORITA DE LA VIEJA BRUJA

El impacto de contemplar a una chica muerta con una pierna en una posición imposible es difícil de olvidar.

PESADILLA Y SEXO

La premisa de la película parte, como ocurre en tantas cintas de terror, de las pesadillas de su director, David Robert Mitchell: «La idea vino de un sueño recurrente que tenía cuando era pequeño; algo que se parecía a diferentes personas venía detrás de mí, muy despacio. Más tarde, de adulto, agregué que esta cosa terrible se pudiera transmitir a través del sexo, por lo que el concepto me llegó de dos momentos diferentes de mi vida».

Desde luego, Mitchell sabe plasmar esa sensación de pesadilla en imágenes; hay secuencias que ponen la piel de gallina, como aquella que transcurre en una caseta al lado de una playa, o los planos en los que «eso» (así llaman al ente malvado) aparece en el tejado de una casa o le vemos caminando lentamente hacia su víctima. Esta implacable persecución del más allá alberga una gran metáfora sobre las enfermedades de transmisión sexual en adolescentes, pero *It follows* también reflexiona sobre la incomunicación que se cierne sobre una juventud aislada por la tecnología y presionada por una sociedad (véase redes sociales) que les «obliga» a aparentar una vida feliz. Hay que valorar la naturalidad de las interpretaciones del reparto juvenil, con Maika Monroe, Keir Gilchrist y Daniel Zovatto a la cabeza; logran que nos preocupemos por sus vidas y suframos cuando corren peligro.

CINE INDIE DE CALIDAD

Durante la pasada década, la industria independiente en Estados Unidos revitalizó el cine de terror de manera notable. Películas pequeñas, pero con ideas originales y directores arriesgados se ganaban el favor de los medios, y lo que es más difícil, alcanzaban a un público mayoritario harto de ver siempre lo mismo. *It Follows* generó entusiasmo en la crítica y el público, pero no fue el único título de cine indie que le lavó la cara al género; también cabe citar películas como *La invitación* (2015), *La autopsia de Jane Doe* (2016), *Déjame salir* (2017) o *Hereditary* (2018). Te pueden gustar más o menos, pero sin ellas el terror contemporáneo no sería el mismo.

Curiosidades:

- La película está dentro del *ranking* de las cien mejores películas de terror de todos los tiempos creado por Rotten tomatoes, prestigiosa página sobre crítica de cine.
- El director David Robert Mitchell citó a John Carpenter y George A. Romero como las principales influencias a la hora de abordar su estilo y las decisiones creativas del filme.
- La banda sonora del músico Disasterpeace fue concebida con clara vocación ochentera.
- En su siguiente película, Mitchell se alejó del terror para rodar un thriller hipnótico titulado *Lo que esconde Silver Lake* (2018).
- Obtuvo unos datos de taquilla excelentes, pero igual que los otros filmes independientes citados más arriba, de momento no hay prevista ninguna secuela.

APOCALIPSIS URBANO

THE LAST OF US (Parte I y II)

VIDEOJUEGO

The Last of Us. 2013-2020. EE. UU. **Diseño:** Jacob Mincoff. **Dirección:** Bruce Straley, Neil Druckman. **Compañía:** Naughty Dog. **Género:** Aventura de supervivencia. Terror. **Plataformas:** Playstation 4 y 5

DOS EN LA CARRETERA

En el año 2013, una pandemia ocasionada por un hongo que convierte a los infectados en voraces caníbales acaba con la mayor parte de la población mundial. Dos décadas más tarde, los supervivientes que habitan en Estados Unidos han construido zonas de cuarentena para mantenerse a salvo de los infectados. Uno de esos supervivientes es Joel, un contrabandista que, a cambio de un cargamento de armas, acepta llevar a una niña llamada Ellie a un lugar fuera de la zona de cuarentena. Ellie parece ser muy valiosa para los que la protegen, y Joel no tarda en descubrir el por qué: en ella reside la posible salvación de la humanidad.

Para una gran mayoría, *The Last of Us* (2013) es el mejor videojuego de la historia. Más allá de que se trate de una gran superproducción y de que tenga detrás a Naughty Dog, una de las mayores desarrolladoras de la industria, lo que eleva realmen-

te a esta maravilla por encima del resto es su guion (complejo y descarnado), sus dos personajes principales (carismáticos y ambiguos), y una jugabilidad exquisita, que equilibra la acción y la supervivencia, el intimismo y la épica. *The Last of Us* es una emocionante y dramática obra maestra.

UN ANTECENDENTE LLAMADO NATHAN DRAKE

Si algo ha caracterizado a la compañía Naughty Dog durante los últimos lustros es por crear juegos que parecen espectaculares *blockbusters*. Su imprescindible saga *Uncharted* comparte varios puntos en común con *The Last of Us*, sobre todo porque sus protagonistas están llenos de matices; de ese modo llegamos a preocuparnos por ellos como lo haríamos con los personajes de un buen libro o de una magnífica película. Y es que uno de los principales aciertos de estos juegos reside en la evolución que sufren tanto Nathan Drake en *Uncharted* como Joel y Ellie en *The Last of Us*. Poco tienen que ver las primeras aventuras del desenfadado y alegre Nathan Drake con el personaje crepuscular que dio lugar a esa maravilla que fue *El legado del ladrón*. Igual ocurre con Joel y Ellie, cuya forma de pensar, especialmente de Joel, irá variando a lo largo del juego. Ellie, en cambio, ganará en presencia y protagonismo en *The Las of Us parte II* (2020). Nuestras decisiones como jugador no marcarán el desarrollo de estos personajes, pero sus continuos dilemas nos harán empatizar ¿o no? con sus vivencias.

El increíble diseño artístico te invitará a detenerte para contemplar la detallada recreación de una ciudad devastada o una "simple" puesta de sol.

SIGILO O LUCHA

The Last of Us es un juego en tercera persona en el que manejaremos a Joel, pero también a Ellie en algún momento puntual. La mecánica es muy similar a la de *Uncharted,* pero Joel no es tan ágil como Nathan Drake, a pesar de que mata igual de bien. El manejo es sencillo y los controles muy intuitivos, y se agradece que en más de una ocasión podamos dar uso al panel táctil del mando. Como es norma en estos juegos, hay exploración, puzles y formas de mejorar habilidades y equipamiento. La curva de aprendizaje es sencilla y efectiva, y esas capacidades serán fundamentales para superar las mayores adversidades a las que deberás enfrentarte. Pese a que no estemos ante un juego de horror de supervivencia al uso, es aconsejable usar el sigilo en vez de ir pegando tiros a todo el que asome la cabeza. Por mucha munición que poseas, en más de una ocasión te verás en la obligación de esconderte o de distraer a tus perseguidores si no quieres que Joel acabe siendo devorado o acribillado. En ese sentido, la IA de los enemigos no es tonta, y te pondrán en serios aprietos si no preparas una estrategia para las situaciones comprometidas. Como no podía ser de otro modo, el mayor peligro viene de los infectados, entre los que proliferan los letales chasqueadores o los escurridizos acechadores.

UN MUNDO PELIGROSO

El increíble diseño artístico te invitará a detenerte para contemplar la detallada recreación de una ciudad devastada o una «simple» puesta de sol. Atención al minucioso trabajo realizado para que se note que la naturaleza ha invadido las ciudades: edificios cubiertos de hiedras, praderas en medio de una avenida… para alcanzar este realismo, los diseñadores tomaron como referencia diverso material que teoriza sobre el fin de nuestra especie, como el documental *El mundo sin nosotros* (2007), o la novela apocalíptica *La carretera* (2006). El apartado gráfico provoca tal grado de inmersión que sufrimos el doble cuando de pronto surgen infectados que nos atacan o somos asediados por bandas como los sobrevivientes o los caníbales. Pese a que no nos mover-

emos por un mundo abierto, hay amplias zonas de exploración donde tienes cierta libertad, que no seguridad. Habrá edificios, y especialmente, garajes y subterráneos donde desearás no poner un pie dentro. Son lugares donde huele a muerte.

LA MUERTE FAVORITA DEL GUARDIÁN DE LA CRIPTA

Para no hacer *spoilers* con las muertes de personajes importantes, la ganadora es Ellie. Si no eres lo suficientemente rápida, uno de los escurridizos jefes finales te agarra por la espalda y te atraviesa con un machete.

THE LAST OF US PARTE 2: DOBLE VENGANZA

El final de *The Last of Us* te deja a cuadros. Nadie se había atrevido hasta ahora a ofrecer una resolución tan polémica en un videojuego. Los jugadores nos quedamos sin palabras, queríamos saber qué pasaría a continuación. La respuesta se hizo de rogar varios años, aunque teníamos la certeza que Naughty Dog no nos defraudaría. *The Last of Us parte II* respondió a todas las expectativas, creando nuevas controversias y siendo reconocido como mejor juego del 2020.

Cinco años después de lo sucedido al final de la primera parte el pasado vuelve para sacudir la vida de los habitantes de Jackson, y por encima de todos, a Ellie. La chica emprende un viaje de venganza y revelaciones acompañada por su amiga Dina. En cierto punto del viaje conoceremos a Abby, una joven que ha cumplido su sueño de vengar la muerte de su padre y que ahora intenta rehacer su vida. Pero el destino juega sus cartas, y tanto Ellie como Abby están condenadas a encontrarse.

EN LA PIEL DEL ENEMIGO

La gran novedad de esta secuela es que manejaremos dos personajes que no viajan juntos. Durante tres días seremos una Ellie valiente, decidida y extremadamente violenta; a través de *flashbacks* iremos conociendo qué fue de ella durante esos cinco años y el por qué de su comportamiento. En un momento culminante, volveremos hacia atrás para seguir los pasos de Abby durante esas mismas tres jornadas, y de igual manera sabremos cuáles son las motivaciones de la aguerrida e implacable adolescente. Por una cuestión argumental que no destriparemos, al principio resulta muy chocante que podamos manejar a Abby. En los videojuegos no se acostumbra a tener que llevar un personaje por el que es complicado sentir cercanía. Según se desarrolla la historia, es posible llegar a comprender sus actos —no tan diferentes a los de Ellie—, pero queda en manos de cada *gamer* el «perdonar» —o no— lo que Abby hizo por voluntad propia. En todo caso, una jugada maestra por parte de Naughty Dog, ya que el tema ha dado mucho que hablar. En realidad, *The Last of Us parte 2* nos invita —quizá de forma involuntaria— a que hagamos una reflexión sobre nuestra sociedad, un lugar donde que cada vez nos cuesta más ponernos en el lugar de otra persona.

ACCIÓN FRENÉTICA

Visualmente es una segunda parte prodigiosa. Como es lógico, mejoran los gráficos, y resulta asombroso el tratamiento de la luz y el clima. El nivel de detallismo adquiere el adjetivo de monumental en la secuencia en la que Abby sale a las gradas de un estadio convertido en asentamiento. Los movimientos de los personajes son más fluidos, Ellie es más rápida, y Abby, dada su envergadura, un poco más lenta. Las dos pueden mejorar sus armas y tienen habilidades parecidas. El arsenal con el que podemos equiparnos es muy amplio: hachas, ametralladoras, arcos, escopetas…, una variedad que nos permitirá batirnos contra grandes grupos de enemigos y realizar auténticas masacres. *The Last of Us parte 2* es un juego más oscuro, intenso y brutal si cabe que el anterior, con alucinantes secuencias de acción y horror. Los instantes para el recuerdo son abundantes, pero destacaría una refriega en un barco repleto de monstruos o el momento en el que Abby baja a los pisos inferiores de un hospital lleno de infectados y se encuentra con una tremenda sorpresa. No todo es sangre y disparos, hay exploración y aprenderemos, por ejemplo, a tocar la guitarra con Ellie, en otro pasaje top de este inolvidable juegazo.

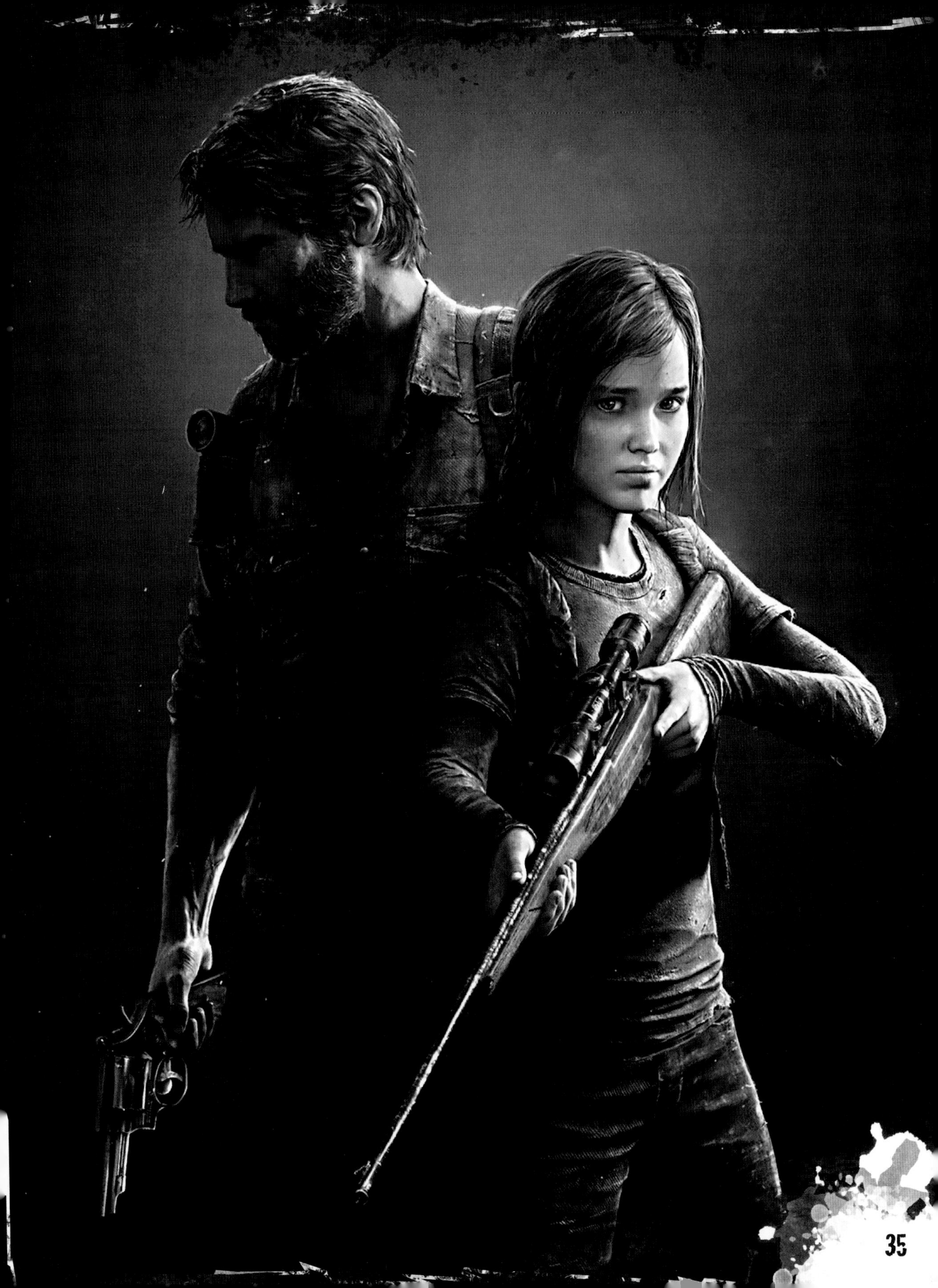

Curiosidades:

- El guionista Neil Druckman recogió numerosas influencias a la hora de escribir la historia de *The Last of Us*. De *The turning*, un cómic suyo elaborado durante su etapa universitaria, extrajo la idea del hombre que debe cuidar de una niña en un mundo lleno de zombis. Luego se inspiró en series como *The Walking Dead* y en películas como *28 días después* o la nombrada *La carretera*, basada en la novela de Cormac McCarthy.

- Entre la primera parte y la segunda es muy recomendable jugar a *The Last of Us: Left behind,* un DLC de 2014 con Ellie y su amiga Riley de protagonista. Este minijuego es de gran calidad y ayuda a profundizar en el personaje de Ellie antes de que la manejemos en la continuación.

- *The Last of Us parte 2* recibió críticas por su extrema violencia. Druckmann comentó: «Estamos realizando un juego sobre el ciclo de violencia, y hacemos una denuncia sobre las acciones violentas y el impacto que tienen. La idea era que el jugador sintiera rechazo por parte de la violencia que estaba cometiendo».

- El concepto del virus mortal que asola la tierra surgió de una enfermedad real que padecen los insectos. Su nombre es Cordyceps, un hongo que crece en las cabezas de sus víctimas y les hace perder funciones motoras. A lo largo del juego vemos dicho hongo crecer en lugares fríos y oscuros, desde donde lanzan sus malignas esporas.

- En la segunda parte se introdujo un sistema por el cual nuestros personajes simulan respirar y tener ritmo cardíaco. Si te fijas, Ellie respira con dificultad tras un rato corriendo, y experimenta varios grados de cansancio. Esto se consigue asignando una numeración a sus diferentes estados. Por ejemplo: 0.0 es relajado y 1.0 es exaltado.

- La banda sonora fue compuesta por Gustavo Santaolalla, ganador de dos Oscar por *Brokeback Mountain* y *Babel*. El músico tuvo libertad creativa y experimentó con numerosos objetos, como tubos de plástico o materiales de la construcción. Además, grabó en lugares tan poco usuales como una cocina o un baño.

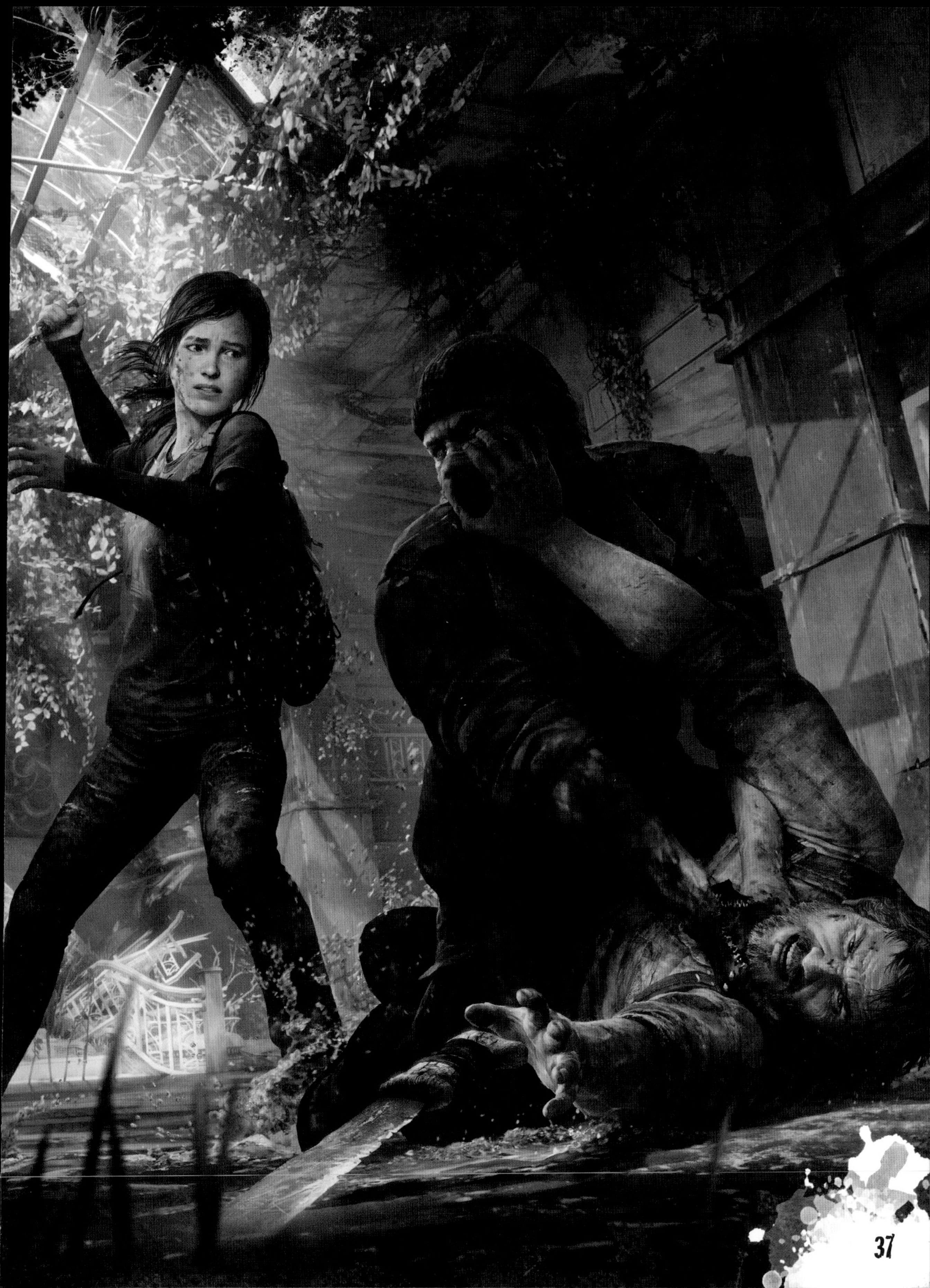

EDIFICIOS DE VIVIENDAS

¿Hay algo más terrorífico que no tener dinero para pagar la hipoteca? ¿O que alguien entre por la fuerza en tu casa y que no haya manera de echarlo? La realidad supera ampliamente a la ficción; por muchos fantasmas que se te aparezcan, aunque el diablo te tiente, nada es más molesto que escuchar la música del vecino a altas horas de la noche. Sobre todo si el tipo lleva muerto varios años.

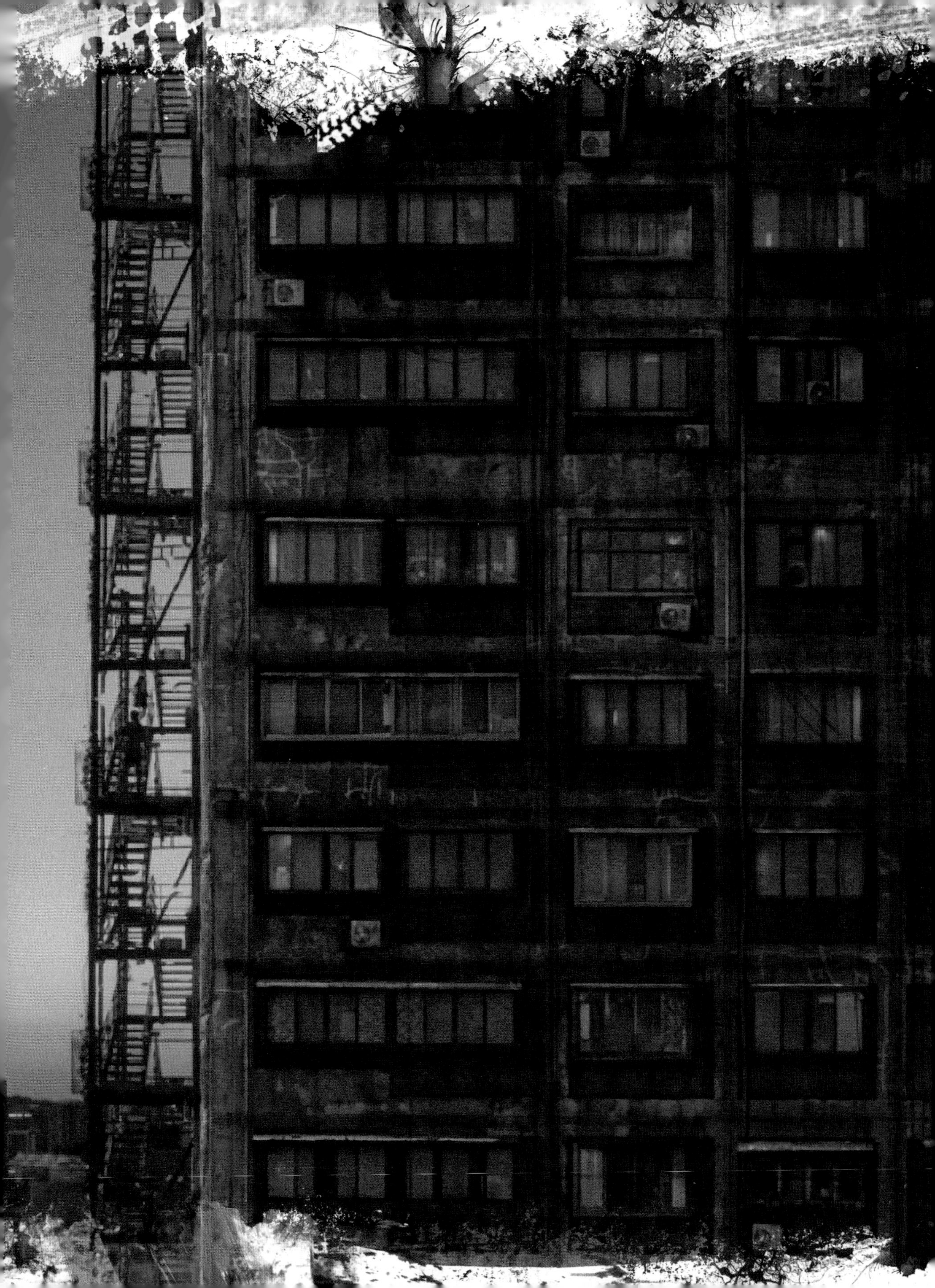

UNOS APARTAMENTOS EN SEÚL

SWEET HOME

SERIE

Seuwiteu Hom. 2020. Corea del Sur. Basado en el webtoon de Kim Ka-bi y Hwang Young-chan. **Creadores:** Hong So-ri, Kim Hyung-min, Park So-jung. **Reparto:** Song Kang, Lee Jin-uk, Lee Si-young. **Género:** Terror. Monstruos. Drama. **Plataforma:** Netflix.

BESTIALES VECINOS

Cha Hyun-soo es un joven que se siente culpable por la muerte de su familia en un accidente automovilístico. Decidido a aislarse de todo, el chico se muda a un humilde edificio de apartamentos justo en el momento que se desata un apocalipsis provocado por un virus que transforma a los humanos en diabólicos monstruos. Hyun-soo y otros vecinos pretenden huir de la ciudad, pero las autoridades sellan el edificio y nadie sabe quién será el próximo en convertirse en una bestia asesina.

Sweet Home fue una de las agradables sorpresas del catálogo de Netflix de 2020. Curiosamente, y en plena pandemia de la Covid-19, la serie trata sobre unos personajes encerrados que tratan de sobrevivir a un virus desconocido. Si lo hubieran hecho adrede, no podrían haber sido más oportunos.

¿MANHWA O WEBTOON?

La serie adapta el webtoon creado por Kim Ka-bi y Hwang Young-chan. Para los no iniciados, un webtoon es un formato de historieta digital creado en Corea del Sur. Se dibuja en viñetas verticales para que sea más fácil su lectura en móviles y otros dispositivos. Cuando un webtoon se publica en papel impreso, pasa a ser un manhwa, que es como se denomina al cómic en aquel país.

SWEET HOME

Los diez episodios están dirigidos, entre otros, por Lee Eung-bok (*Mr. Sunshine*), prestigioso director de melodramas para el que fue un reto adentrarse en el género de terror: «Es una historia de monstruos, pero no solo trata de monstruos —indica el realizador—. Retrata como los vecinos pelean en solidaridad contra enemigos inimaginables». Además de ir conociendo el comportamiento de los vecinos y sus diferentes orígenes, Eung-bok se preocupa por enseñarnos las diferentes etapas de las transformaciones de los humanos en monstruos, ya que cada persona muta dependiendo de los deseos u obsesiones que tuviesen en su interior. Hay humanos que consiguen mantener a raya o controlar a su monstruo, pero los seres malignos ganan por goleada, como el monstruo de la proteína (una criatura hinchada como Hulk) o el monstruo de la lengua, que con dicho músculo te puede atravesar de parte a parte. Eso sí, para saber los orígenes de la mayoría tendrás que leerte el webtoon.

LA MUERTE FAVORITA DEL GUARDIÁN DE LA CRIPTA

Un monstruo con la cara llena de moscas y armado con una sierra circular atrapa a uno de los protagonistas y le corta un brazo. El héroe se sacrifica abrazándose a la criatura mientras sus amigos lanzan un cóctel molotov sobre ambos.

PREPARA LAS PALOMITAS

El comienzo de *Sweet Home* es un tanto confuso. Muchos cambios de escena, pocas explicaciones y un personaje principal demasiado apático para que podamos empatizar con él. Lo mejor de sus dos primeros capítulos son sus espectaculares efectos especiales y el impresionante diseño de las criaturas, una gozada para el fan de las *monster movies*. Afortunadamente, la serie sube de nivel cuando cobran protagonismo otros personajes, como la bombera (Seo Yi-Kyung), el inválido (Han Du-Sik) o un enfermo terminal con muchas ganas de vivir (Ahn Gil-seob). Pero no te encariñes mucho con ellos, porque nadie está a salvo de morir. Las escenas de terror son angustiosas y están bien planificadas, la acción es potente y sangrienta, y los efectos de ordenador se fusionan a la perfección con los actores. En los últimos episodios, los humanos se convierten en peores enemigos que los monstruos, y el desenlace del último capítulo es visualmente perfecto. Como era de prever, quedan tramas sin concluir para una probable segunda temporada. Muy recomendable para seguidores de series manga como *Ataque a los titanes*.

죽어버리거나,
괴물로
살아남거나

넷플릭스 오리지널 시리즈

스위트홈

12월 18일 대공개

NETFLIX

43

Curiosidades:

- La compañía Studio Drangons produjo la serie, con un coste aproximado de 2.5 millones de dólares por episodio. El presupuesto fue tan alto por la cantidad de efectos especiales que se invirtieron en el diseño de los monstruos.

- Los directores trabajaron con empresas internacionales como Legacy Effects, una casa líder en efectos visuales que había trabajado en películas como *Avatar, Los vengadores* o *Pacific Rim.*

- El director Lee Eung-bok quedó prendado por la audición que hizo Song Kang para el papel protagonista, pues le recordaba a Johnny Depp en *Eduardo Manostijeras:* «una imagen de alguien que posee un alma pura e inocente pero que sostiene una lanza en la mano» —dijo el realizador.

- La serie se colocó en el tercer lugar de producciones más seguidas en Netflix a nivel mundial, y encabezó la lista en diez países, incluidos Corea del Sur, Singapur o Taiwán.

- El apartamento donde vive Han Du-Sik, el inválido de la muleta letal, es el número 1408, en homenaje a un relato del mismo título escrito por Stephen King y llevado a la pantalla grande en 2007 con John Cusack a la cabeza del reparto.

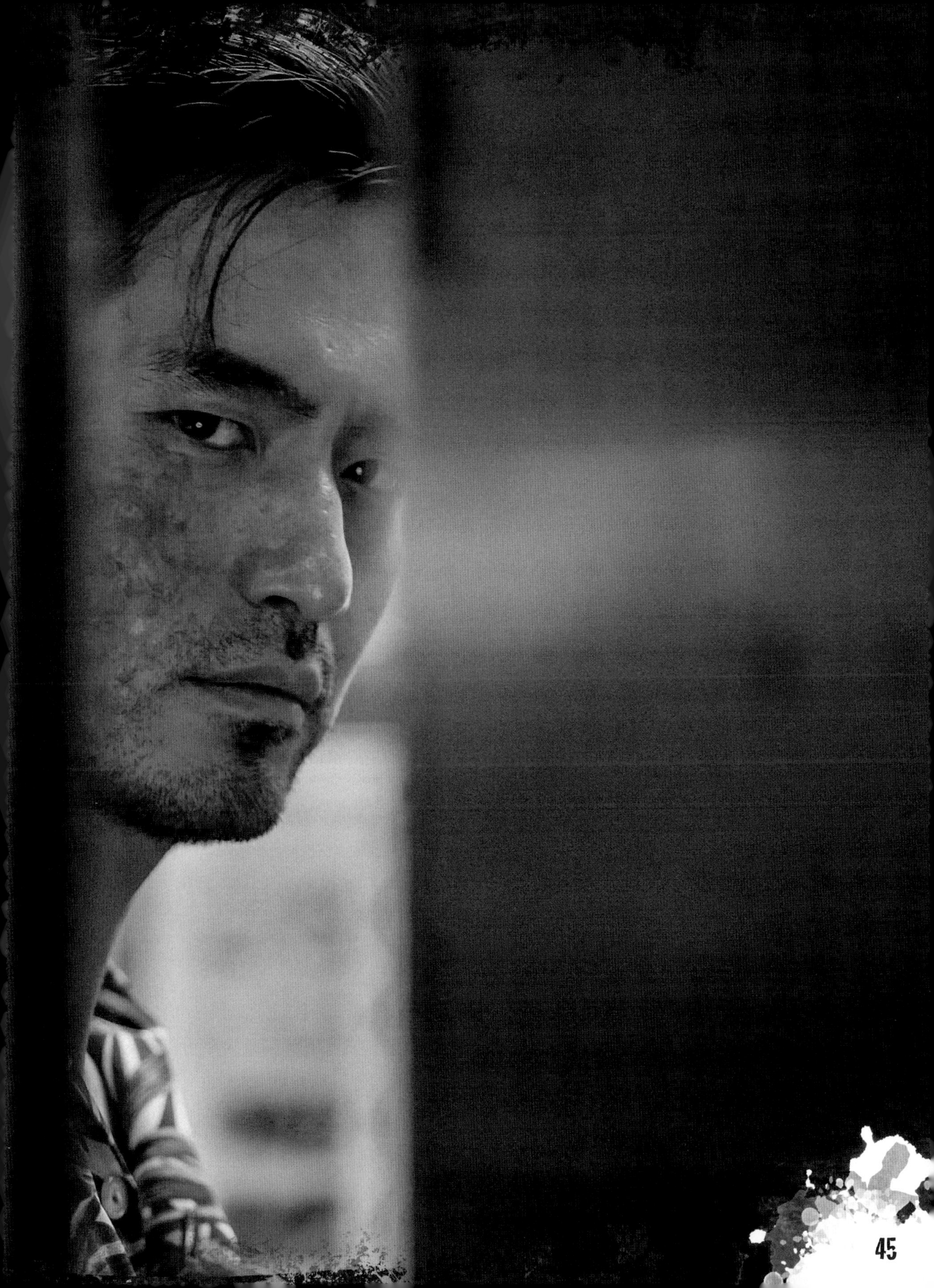

EN EL MÍTICO EDIFICIO DAKOTA DE NUEVA YORK

LA SEMILLA DEL DIABLO

LIBRO/PELÍCULA

Rosemary´s Baby. 1968. EE.UU. **Dirección:** Roman Polanski. Basado en el libro de Ira Levin. **Reparto:** Mia Farrow, John Cassavetes, Ruth Gordon. **Género:** Terror. Suspense. Satanismo. 136 min.

LA LLEGADA DEL TERROR MODERNO

Rosemary y Guy Woodhouse es un matrimonio que se muda a un vetusto edificio del centro de Nueva York. Puerta con puerta, tienen como vecinos a unos ancianos simpáticos y a Terri, una chica que vive con ellos. A los pocos días de trasladarse a la casa, se escuchan cánticos nocturnos y Terri muere de un aparente suicidio. Sobre el edificio corren leyendas urbanas de asesinatos y satanismo, y cuando Rosemary se queda embarazada, empieza a sospechar que algo perverso rodea su vida.

La semilla del diablo es una de las cumbres de un gran director y, junto a *La noche de los muertos vivientes* (1968), supuso el inicio de una nueva era para un género que agonizaba a finales de los sesenta. Sin estos dos clásicos, es imposible entender el cine de terror actual.

Mia Farrow
In a William Castle Production
Rosemary's Baby

John Cassavetes

Ruth Gordon · Sidney Blackmer · Maurice Evans · and Ralph Bellamy

UNA ADAPTACIÓN EJEMPLAR

La película adapta la novela *Rosemary´s Baby*, escrita por Ira Levin en 1967; un autor que también cuenta con otras obras famosas, como *Las mujeres de Stepford* (1972) y *Los niños del Brasil* (1976). Además de dirigir la cinta, Roman Polanski se hizo cargo de adaptar la novela, y lo hizo de forma brillante: «Era un libro fácil de adaptar, solo me llevó un mes escribir el guion —apunta Polanski—. Cuando lo leyeron los productores me dijeron que

era bueno, pero un poco largo. Así que me puse a cortar. Y eso fue mucho más difícil que adaptar el libro». No hay muchas adaptaciones al cine que sean tan fieles y similares al original. El enorme esfuerzo de Polanski fue recompensado con una nominación a mejor guion adaptado en la ceremonia de los Oscar.

¿REALIDAD O LOCURA?

Como sucede en la atrapante novela de Levin, *La semilla del diablo* te va sumergiendo en una espiral de pesadilla sin que apenas te des cuenta. No hay escenas sangrientas ni sustos, pero sí una creciente sensación de inquietud y ansiedad. Enseguida te sitúas del lado de la protagonista, una inconmensurable Mia Farrow, que siente como se está cerrando un círculo a su alrededor, y que los que no pertenecen a ese círculo, los que piensan como ella, desaparecen de su vida para siempre. ¿Existe un peligro real o es un problema de ella, que se ha vuelto una paranoica? Probablemente al terminar la película sigas teniendo dudas a este respecto. Esa era la intención de Polanski.

LA MUERTE FAVORITA DE LA VIEJA BRUJA

La primera persona con la que entabla conversación el personaje de Mia Farrow es Terri, una joven exdrogadicta. Al día siguiente, los Woodhouse se la encuentran muerta sobre la acera, con la cabeza reventada. Supuestamente, había dejado una nota de suicidio.

LA PEOR TRADUCCIÓN DE LA HISTORIA

La película contiene en su título el mayor *spoiler* de la historia del cine. Su título original es *Rosemary´s Baby* (El bebé de Rosemary) y en España algún iluminado o iluminada decidió traducirla como *La semilla del diablo*, haciendo una clara alusión a su desenlace. Lo más trágico de este error es que en las sucesivas ediciones en DVD o Blu ray no se ha corregido el despropósito, para bochorno de los aficionados al séptimo arte. A pesar del *spoiler*, la cinta de Polanski sigue cautivando de principio a fin; gana en cada visionado por sus grandes interpretaciones (Ruth Gordon se llevó el Oscar a mejor actriz secundaria, y John Cassavetes interpreta uno de los personajes más ruines vistos jamás en una pantalla), por sus detalles (que a veces pasan inadvertidos) y por esa galería de personajes aparentemente malvados, diabólicos, que se comportan como tu vecina o como tu panadero, y que no cambian ni siquiera al final de la película. Un mérito más que agregar a Roman Polanski, que hace que todo parezca sencillo, cuando no lo es.

SEMILLA MALDITA

Algunas circunstancias acaecidas después del rodaje sirvieron para que *La semilla del diablo* fuera catalogada como una cinta maldita. El hecho más terrible fue el asesinato de la actriz Sharon Tate, la esposa de Polanski, a manos de la secta satánica de Charles Manson en 1969. Los motivos del crimen no tuvieron que ver con el filme, pero resulta perturbador que película y realidad unieran de tal forma sus caminos.

Al poco de terminar el rodaje, el actor John Cassavetes comenzó a tener síntomas de una hepatitis que acabaría con su vida a los 60 años. El compositor de la magnífica banda sonora, Kryzstof Komeda, tenía 37 años cuando, durante una fiesta en su casa, se cayó y quedó en coma. Se dio la escalofriante coincidencia de que estuvo así durante cuatro meses, el mismo tiempo que uno de los personajes de la novela permanece en coma después de que la secta practicara brujería con él. Como el personaje del libro, Krystof también murió transcurrido ese periodo.

Para el hogar de los Woodhouse se escogió el edificio Dakota de Nueva York, aunque solo se rodaron planos exteriores; el rodaje de interiores se hizo en los estudios Paramount de Hollywood. El edificio Dakota tenía un plus añadido: su historia se hallaba repleta de rumores sobre magia negra y asesinatos, además de que allí vivió y murió Boris Karloff, también conocido como el monstruo de Frankenstein o la Momia. El último capítulo de la maldición de *Rosemary´s Baby* (o quizás del Dakota), fue el asesinato de John Lennon frente al famoso edificio, acaecido en 1980.

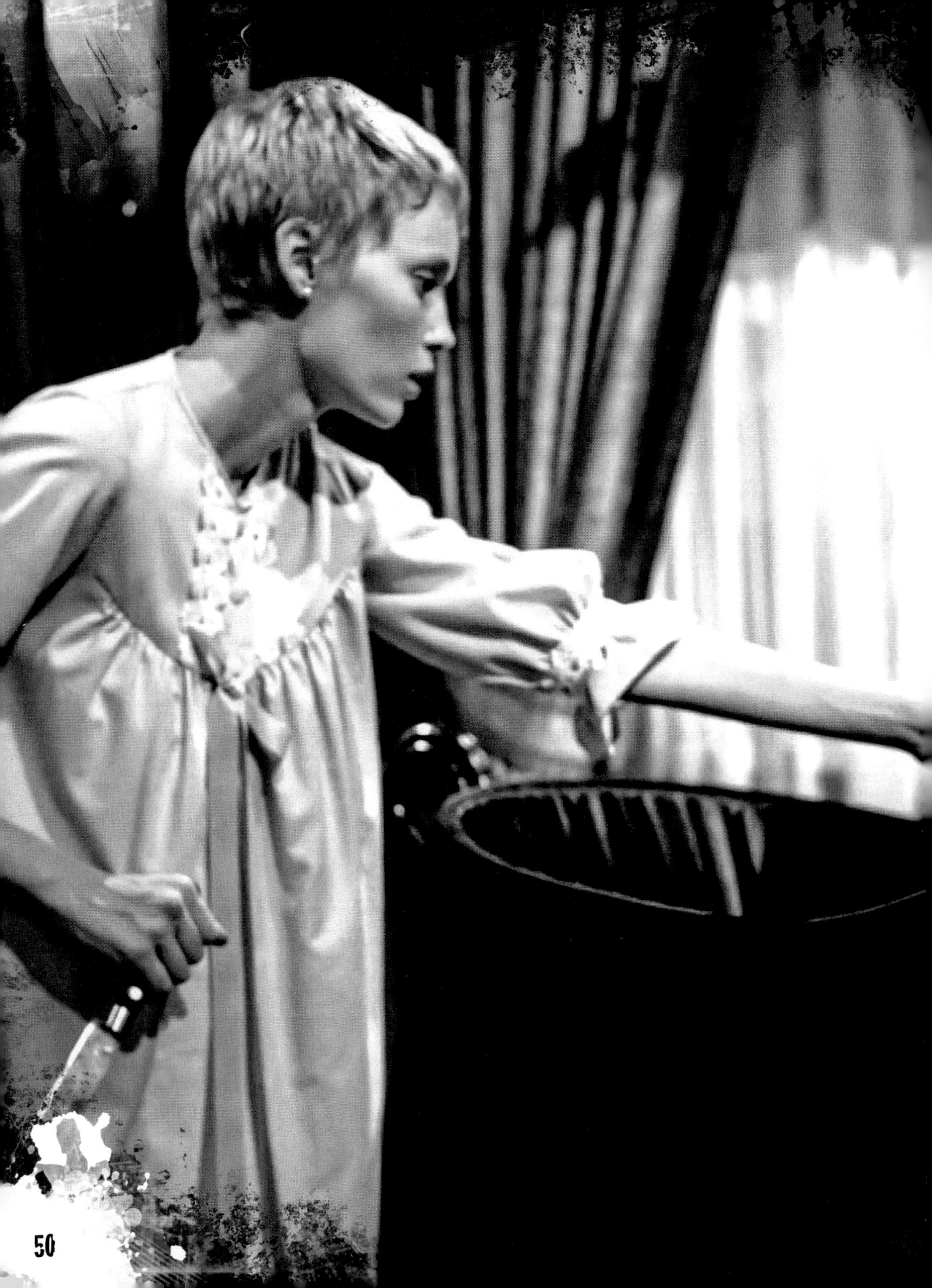

Curiosidades:

- Alfred Hitchcock estuvo a punto de hacerse con los derechos de la novela de Levin, pero al final fue el productor y director William Castle quien consiguió el contrato. Al principio, Castle quiso dirigir la adaptación, pues era un apasionado del género y en su haber tenía varias Serie B, como *La mansión de los horrores* (1959) o *13 fantasmas* (1960), películas divertidas pero menores. Afortunadamente, el productor Robert Evans le convenció para que la realizase Polanski.

- Para el papel masculino se pensó en Robert Redford, pero Paramount tenía un contencioso con él por un incumplimiento de contrato y el actor parecía reacio a aceptar el papel. Para convencerlo, Polanski lo invitó a comer en una cafetería de la Paramount, pero para desgracia del director un abogado de la productora se presentó en la mesa donde almorzaban y le entregó al actor una citación judicial. Redford se sintió engañado y rechazó trabajar en la película.

- El rodaje fue complicado. Polanski tenía fama de realizador obsesivo y tiránico; obligaba a repetir escenas 40 o 50 veces y, según cuentan, solo se llevaba bien con Mia Farrow. Algunos productores de la Paramount pensaron en despedirlo a mitad de rodaje.

- El buen rollo de Mia Farrow con Polanski no la libró de tener que soportar las manías del director. En una de las secuencias, la actriz, que era vegetariana, tenía que comerse un hígado crudo. Por si ya fuera bastante desagradable, tuvo que repetir la toma doce veces. En otra escena, Mia cruza por una calle con seis carriles atestados de coches. No se cortó la circulación ni se advirtió a los conductores. Polanski ordenó a Mia caminar entre los vehículos, y ella dijo: «¿Te has vuelto loco, Roman?». A lo que él contestó: «Oh, por favor, querida. A nadie se le ocurriría atropellar a una mujer embarazada».

- En 1976 la cadena ABC emitió el telefilme *¿Qué pasó con el bebé de Rosemary?*, una penosa secuela que seguía las peripecias del hijo de Rosemary de adulto. En 2014 se rodó un *remake* en formato de miniserie, que para colmo de males en España se tituló… ¿Adivinas? *La semilla del diablo*. Se cambió París por Nueva York y a Mia Farrow por Zoe Saldana; los resultados fueron más bien pobres, siendo generosos.

UNA CASA UNIFAMILIAR EN GEORGETOWN

EL EXORCISTA

LIBROS / PELÍCULAS / SERIE

The Exorcist. 1973. EE.UU. Basada en el libro de William Peter Blatty. **Dirección:** William Friedkin. **Reparto:** Linda Blair, Jason Miller, Max Von Sydow. **Género:** Terror. Posesiones. Sobrenatural. 121 min.

UNA LUZ EN LA VENTANA

Regan MacNeil es una niña de doce años que vive con su madre en una acomodada casa de Georgetown (Washington D.C). Tras escuchar unos misteriosos ruidos en la buhardilla y encontrar a Regan jugando con un tablero de güija, Chris MacNeil se percata de que algo ha cambiado en su hija: está desorientada y empieza a comportarse de manera extraña. Después de una serie de pruebas médicas infructuosas el estado de la cría se agrava, y a su comportamiento violento y salvaje le acompaña una fuerza sobre humana. Chris, desesperada, termina consultando al padre Karras, un sacerdote experto en psiquiatría que, pese a sus dudas, cree que la niña está poseída, y que la única manera de salvarla es practicándole un exorcismo.

El exorcista es un título mítico del cine de terror, y uno de los que más han influido en el género a lo largo de su historia. Incluso los que suelen

rechazar las películas de miedo, consideran que es una de las obras capitales del séptimo arte. Si aún no has leído la novela o no has visto la película, te doy permiso para que dejes este libro de inmediato y te hagas con las dos. No lo lamentarás.

¿Y LA NOVELA QUÉ?

Este es uno de esos casos en el que el enorme éxito de una película eclipsa a la obra original, pero si el filme está considerado como «la película más terrorífica de todos los tiempos», la novela de Blatty es un indispensable de la literatura de terror.

El origen del libro parte del artículo de un periódico que un veinteañero William Peter Blatty leyó en el año 1949. El titular de la noticia era: «Un sacerdote libra a un joven de las garras del demonio», y el texto hacía alusión al exorcismo realizado por varios curas sobre un niño llamado Robbie Manhein que, aparentemente, tras jugar con un tablero de güija fue poseído por el diablo. La noticia impactó a la sociedad estadounidense de la época, ya que aquella clase de ritos parecían olvidados; sin embargo, para Blatty, de familia muy católica, fue la confirmación de la existencia de Dios. Años más tarde, cuando daba sus primeros pasos como guionista y escritor, Blatty recordó aquel suceso e inició una investigación exhaustiva sobre exorcismos, y en concreto sobre el caso Manhein. Reunió gran cantidad de documentación y pudo hablar con el padre Bowdern, uno de los exorcistas que practicaron el rito; este le confirmó

que Robbie había sido víctima de una posesión diabólica. Blatty disponía de suficiente información encima de la mesa y descubrió que no necesitaba más: «me di cuenta de que la mayor parte del argumento estaba ya armado en mi mente». En 1970 acabó de escribir la obra, y se publicó en 1971.

Y LLEGó PAZUZU

El exorcista es un libro de terror perfecto. En su interior hay acontecimientos estremecedores, y la intranquilidad que te produce la lectura casi se puede tocar con los dedos, como si la presencia de Pazuzu (el demonio que supuestamente posee a Regan) flotara a tu alrededor cada vez que te sumerges en sus páginas. La narración es muy cinematográfica, no hay necesidad de grandes diálogos o descripciones para que Blatty nos presente una serie de personajes creíbles que afrontan el miedo a lo desconocido de diferentes maneras. Sin aburrir ni ser pretenciosa, se tocan temas como la lucha del bien contra el mal y el choque entre ciencia y religión. El libro está repleto de momentos dramáticos, pero también hay espacio para el humor de la mano del teniente Kinderman, un irónico personaje que en la primera película perdió la importancia que tenía en el libro. Y, sí, la novela se parece mucho al filme —y al contrario—, aunque, como no podía ser de otra manera, el libro contiene más información y detalles que la película.

> El exorcista no es tan terrorífica por lo que se ve, sino por lo que se intuye.

BUSCO EXORCISTA

El exorcista obtuvo unas ventas espectaculares, provocando reacciones entusiastas, pero también levantando una polvareda entre los sectores religiosos más radicales; unos tildaron el manuscrito de Blatty como «peligroso», otros aseguraban que «preparaba la llegada de Satán». Blatty sufrió en sus carnes las consecuencias de la fama. Por una parte, recibió cartas donde se le pedía ayuda (como si él fuera exorcista), pero la mayoría incluían toda clase de amenazas e insultos. No todo fue negativo, el periódico del Vaticano aprobó la obra señalándola como «profundamente espiritual».

La repercusión del libro no tardó en sobrevolar Hollywood, y el propio Blatty, muy celoso de su trabajo, quiso entrar en la producción del filme y encargarse del guion. La primera opción para dirigir la adaptación fue Stanley Kubrick, pero el realizador de *El resplandor* rechazó la oferta y prefirió seguir con sus propios proyectos. Hubo otros directores relacionados con el filme, pero Blatty sugirió a William Friedkin, un director emergente que había arrasado en los Oscar de 1971 con el policíaco *The French Connection*. Friedkin aceptó, y Blatty no sabía lo que le esperaba. Un rodaje, más que satánico, infernal.

ALCANZANDO LA PERFECCIÓN

El director era conocido por su perfeccionismo, también por ser un pequeño dictador durante las filmaciones y de tener un carácter explosivo. Lo primero que hizo fue reducir el interminable guion de Blatty, que hubiera hecho que la película durase cuatro horas. Paradójicamente, Friedkin pensaba que el guion tenía que ser lo más parecido al libro posible, porque para él la novela era inmejorable. Blatty quería imponer su guion, y así empezó un tira y afloja que siempre perdió el escritor, algo que, durante años, echó en cara al director ¡Y eso que ganó el Oscar a mejor guion! Blatty consiguió su venganza particular en el año 2000, cuando la película se remontó con varias secuencias eliminadas por Friedkin. Lo llamaron «el montaje del director», cuando en realidad era la versión del guionista.

El rodaje no fue menos problemático. El director arremetía contra todos: abofeteó a un religioso por no saber interpretar, puso al límite de sus fuerzas a Max Von Sydow, y en el set le llamaban —sin que él lo supiera—, «Willie el chiflado». Es probable que sin la tensión constante y agobiante que imponía Friedkin el resultado de la cinta hubiera sido otro. El realizador acertó a la hora de elegir un reparto «sin estrellas» que distrajeran al espectador —sobresalientes todos, en especial Linda Blair—, y en todo momento buscó que la historia fuera lo más realista posible.

MÁS QUE PURÉ DE GUISANTES

El esperado estreno se produjo en 1973, y el impacto de sus imágenes provocó desmayos y ambulancias en las salidas de muchos cines. Hay secuencias que aún hoy son impresionantes, como la masturbación de Regan con el crucifijo o cuando levita por encima de la cama con los ojos en blanco. Quizá otros momentos han perdido fuerza —la cabeza que gira, los vómitos—, por la cantidad de efectos similares que se han podido ver desde entonces. Al contrario de lo que piensan los que solo ven una cinta de efectos especiales pasados de moda, *El exorcista* no es tan terrorífica por lo que se ve, sino por lo que se intuye. Es una película de atmósferas, donde elementos como la música, el sonido o la fotografía se conjugan para dar miedo sin que sepas exactamente por qué. Los instantes más aterradores son los que no esperas que lo sean, como aquellos que tienen que ver con el padre Karras y su madre, o las escenas que evidencian el comportamiento errático de la niña, como ejemplifica la sorprendente secuencia de la fiesta. Y como no, todo lo referente al exorcismo de Regan es tan absorbente e hipnótico que sentirás el frío y la zozobra que viven los personajes en esa inolvidable habitación.

EL EXORCISTA II: EL HEREJE

Corría el año 1977 cuando *El exorcista II: El hereje,* hacía su puesta de largo. Blatty no intervino en el proyecto, y mucho se esperaba del trabajo del prestigioso realizador John Boorman (*Defensa*, 1972).

Cuatro años después de los sucesos en la casa de los MacNeil, el padre Lamont es enviado a investigar la muerte del padre Merrin (Max Von Sydow) durante el famoso exorcismo. Lamont conoce a Regan, que no recuerda lo que ocurrió durante su posesión y está siendo tratada en un instituto psiquiátrico. Cuando Lamont hace un inesperado descubrimiento sobre el demonio Pazuzu, la vida de la niña vuelve a estar en juego.

El público asistió en masa a los cines, y durante el primer fin de semana solo *La guerra de las galaxias* la superó en taquilla. Pero, al finalizar la proyección, la desilusión entre los espectadores era colosal, y la reac- 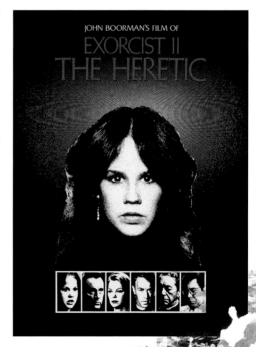 ción de la crítica fue unánime: «mala, extraña, tonta». Se la llegó a calificar como la peor película de la historia, y los productores obligaron a Boorman a reeditar el filme para que se entendiera mejor. Los cambios no variaron la opinión sobre esta segunda parte, que para muchos es una de las peores secuelas jamás realizadas. Vista hoy no resulta tan terrible: la banda sonora de Ennio Morricone es magnífica, el reparto, solvente, la fotografía, notable, y hay un intento de no repetir la fórmula y de contar algo nuevo. El problema es que no es una película de terror, sino, como afirmaba su director «un thriller metafísico». A esto hay que añadir un argumento poco consistente (Regan y ese absurdo cacharro llamado «el sincronizador»), la falta alarmante de suspense y un exorcismo final poco memorable.

LEGIÓN Y EL EXORCISTA III

En 1983, Blatty publicó *Legión,* una secuela directa de *El exorcista*, pero sin la familia MacNeil. La novela transcurre también en Georgetown, y se centra en el teniente Kinderman y en la investigación de una serie de brutales muertes rituales que apuntan a un asesino en serie que recibe el nombre de «Géminis». Sucede que el criminal murió en la silla eléctrica y un detalle de sus asesinatos nunca salió a la luz ¿Acaso Géminis ha vuelto de la tumba?

La novela es una continuación en forma de thriller terrorífico «procedimental», con Kinderman como protagonista, varias referencias a los hechos de la primera parte y más de una jugosa sorpresa. No es la obra maestra del libro anterior, pues le sobra algún que otro discurso filosófico-religioso un tanto desfasado y se echa en falta más suspense, pero la historia es intrigante y no decepciona. Ocho años después, Blatty tuvo la oportunidad de guionizar y dirigir la adaptación, aunque a cambio le tocó ceder a las exigencias de los productores: por evidentes cuestiones comerciales estos se negaron a que el filme se titulase *Legión* y, como en el libro no había ningún exorcismo, se obligó a Blatty a introducir uno, algo que disgustó al director y que estropeó un tanto el final de la película. No obstante, *El exorcista III* es una muy digna traslación del libro y una obra de terror demasiado infravalorada, quién sabe si por el simple hecho de llevar un tres a la espalda. La película tiene una conseguida ambientación, unos actores en estado de gracia (George C. Scott, Brad Dourif, Ed Flanders), humor negro y secuencias terroríficas, como el interrogatorio en el psiquiátrico o todas las referidas a unas enormes y mortales tijeras. Para muchos, la verdadera y única continuación del filme original.

EL EXORCISTA: EL COMIENZO

Después del estreno del montaje del director en el año 2000, los productores de Warner quisieron seguir explotando la gallina de los huevos de oro demoniacos, y contrataron al reputado director Paul Schrader (*Aflicción*) para que se pusiera a los mandos de una precuela centrada en el primer encuentro del padre Merrin y el demonio Pazuzu en África. El resultado no satisfizo a los productores, que tacharon la película como poco comercial; así que prescindieron de Schrader, y pusieron a otro director (Renny Harlin) para que hiciera lo que ellos querían. Como era de esperar, *El*

exorcista: El comienzo (2004), fue un completo desastre, un filme sin vida y lleno de los peores tópicos del género. Schrader denunció a Warner a los tribunales, y consiguió que su versión llegara a los cines. Lástima que *El exorcista: El comienzo. La versión prohibida* (2005), siendo superior al filme de Harlin gracias a unos diálogos interesantes y una correcta dirección, no dejara de ser un título poco memorable y algo pesado.

LA MUERTE FAVORITA DEL GUARDIÁN DE LA CRIPTA

En *El exorcista III,* una enfermera camina por un pasillo, cuando, de pronto, una figura vestida de monja sale a su espalda con unas enormes tijeras apuntando a su cuello. En la siguiente imagen, se ve la estatua de un Jesucristo de mármol sin cabeza.

THE EXORCIST: LA SERIE

Con la moda de las series en plena ebullición, *El exorcista* no podía quedarse atrás, y la Fox emitió una primera temporada en 2016. La serie cuenta la historia de la familia Rance, cuya hija padece todos los síntomas de estar endemoniada. La madre pide ayuda al padre Tomás, el cura de la parroquia, y a este se le une el padre Markus, un atormentado exorcista excomulgado. A la típica trama de posesiones se le une otra donde se cuece un complot satánico para matar al Papa. Lo mejor para disfrutar esta serie es no compararla con su modelo original. La primera temporada tiene inesperadas conexiones con la novela, pero va por libre, y quizá es demasiado demencial y loca para lo serio de su planteamiento. La pareja de curas protagonista, interpretada por Alfonso Herrera y Ben Daniels, lo hace realmente bien y hay química entre ellos, pero no se puede decir lo mismo de los miembros de la familia, con una Geena Davis con tanto bótox encima que da más miedo que los poseidos. La sorpresa viene en una segunda temporada que, una vez cerrado el problema de los Rance, se aleja de los personajes de Blatty para abordar una historia original que acontece en una casa de acogida para niños por la que sobrevuela algo maligno. La serie engancha desde el primer episodio, alejándose de los efectismos de la temporada anterior y ofreciendo terror psicológico del bueno, al estilo de *Expediente Warren,* y con un reparto mucho más equilibrado, en el que vuelven a destacar los curas, pero también John Cho o Alicia Witt. La trama paralela sobre el Papa y un Vaticano corrupto también sigue su curso, pero se quedó a medias porque la serie fue cancelada al final de la temporada. Una pena, ya que *The exorcist* parecía ir claramente de menos a más.

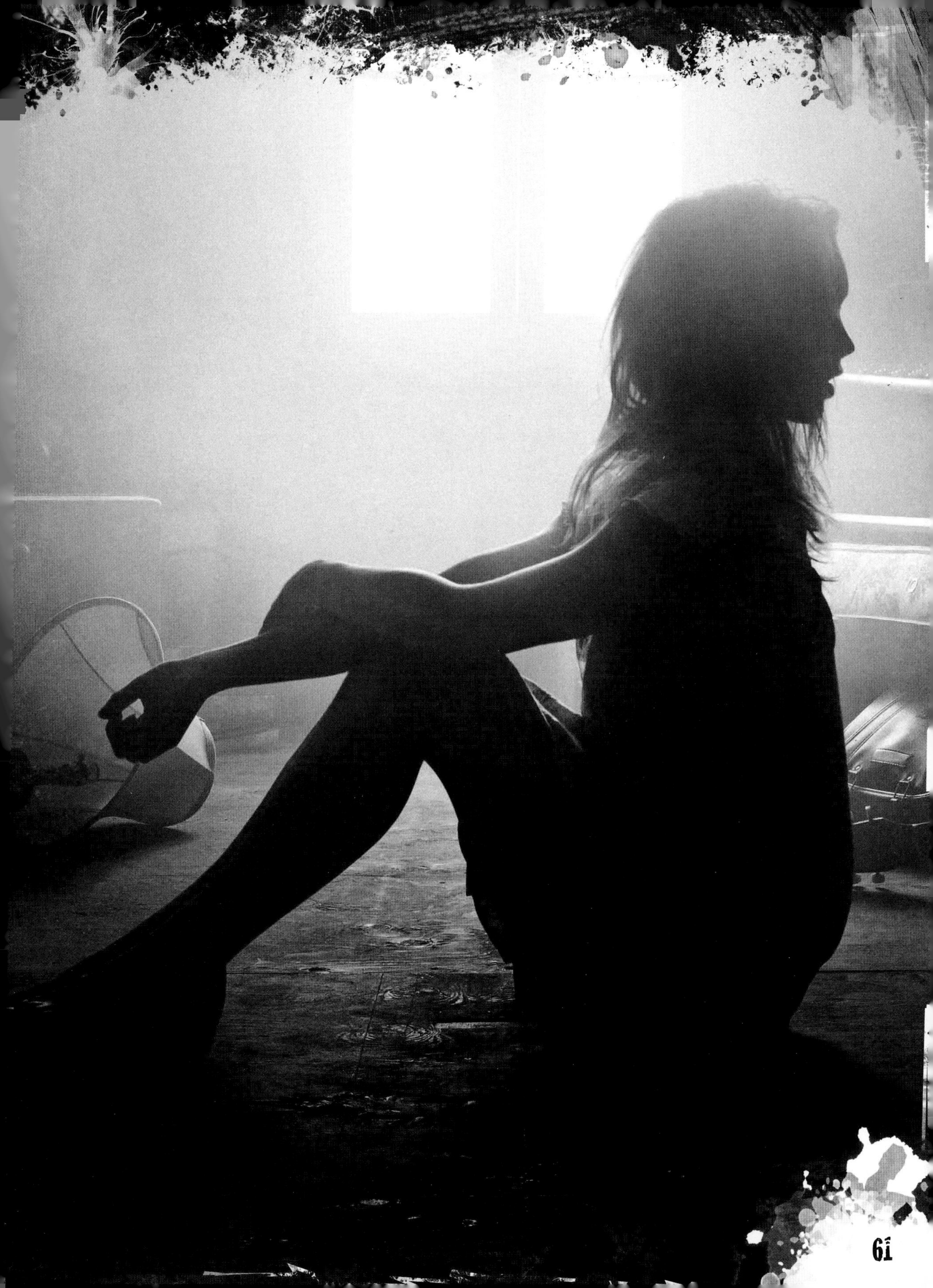

Curiosidades:

- Paul Newman, Jack Nicholson y Roy Scheider estaban deseosos de participar en *El exorcista*, pero William Friedkin no quería actores famosos, una cuestión que preocupaba a la actriz Ellen Burstyn (la madre de Regan), que comentó al director que Jason Miller, que interpretaría al padre Karras, no estaba preparado para una interpretación de tal calibre. El temor de Burstyn era lógico, pues para Miller era su primera película, ya que hasta entonces «solo» había sido considerado como un escritor de prestigio, ganador del Premio Pulitzer de Teatro en 1973.

- Como otras películas de la época, *El exorcista* también fue etiquetada como una «cinta maldita». A los problemas con el director, hubo que añadir el incendio del set de la casa, las altas temperaturas del rodaje en Irak o la pérdida durante dos semanas de la estatua del demonio Pazuzu, que, debido a un error en el almacenaje del avión, acabó con destino a Hong Kong.

- Para la actriz Ellen Burstyn la maldición no terminó ahí, pues según ella, se podrían achacar hasta nueve muertes a la película (hay que recordar que el rodaje duró seis meses). Entre ellas hubo varios operarios, familiares del reparto y dos actores secundarios que no llegaron a ver el estreno: Jack MacGowran, que falleció antes de poder rodar su muerte a manos de Regan, y Vasiliki Maliaros (la madre de Karras), por causas naturales.

- El maestro de maquillaje Dick Smith estuvo detrás del laborioso aspecto de la Regan demoníaca. A su lado destacaron Marcel Vercoutere, coordinador de efectos especiales, y un joven Rick Baker, que pronto se convertiría en uno de los grandes maquilladores del cine (*La guerra de las galaxias, Un*

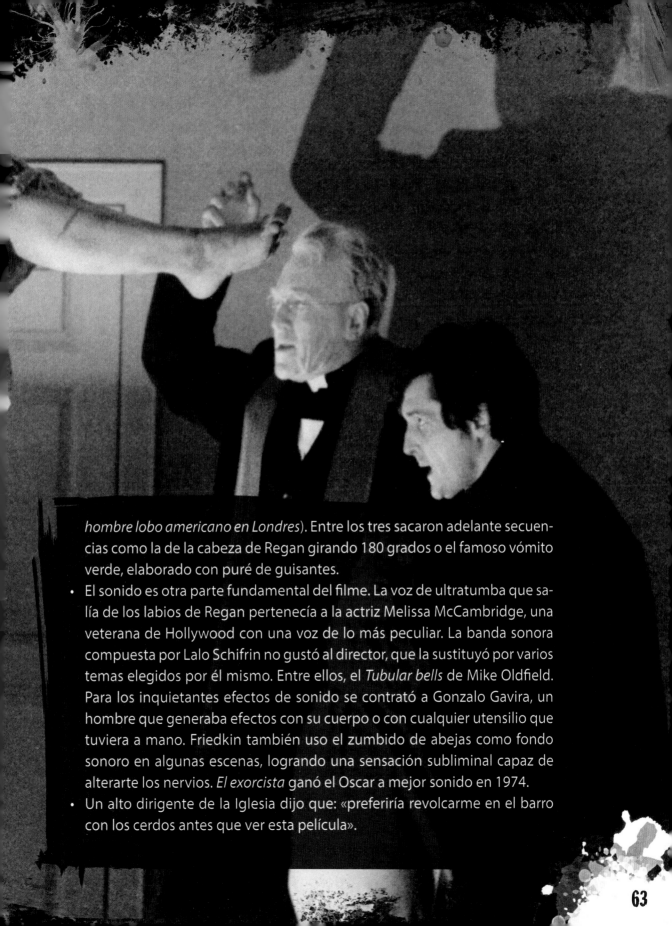

hombre lobo americano en Londres). Entre los tres sacaron adelante secuencias como la de la cabeza de Regan girando 180 grados o el famoso vómito verde, elaborado con puré de guisantes.

- El sonido es otra parte fundamental del filme. La voz de ultratumba que salía de los labios de Regan pertenecía a la actriz Melissa McCambridge, una veterana de Hollywood con una voz de lo más peculiar. La banda sonora compuesta por Lalo Schifrin no gustó al director, que la sustituyó por varios temas elegidos por él mismo. Entre ellos, el *Tubular bells* de Mike Oldfield. Para los inquietantes efectos de sonido se contrató a Gonzalo Gavira, un hombre que generaba efectos con su cuerpo o con cualquier utensilio que tuviera a mano. Friedkin también uso el zumbido de abejas como fondo sonoro en algunas escenas, logrando una sensación subliminal capaz de alterarte los nervios. *El exorcista* ganó el Oscar a mejor sonido en 1974.
- Un alto dirigente de la Iglesia dijo que: «preferiría revolcarme en el barro con los cerdos antes que ver esta película».

UN INQUIETANTE PASADO EN UTAH

HEREDITARY

PELÍCULA

Hereditary. 2018. EE.UU. **Dirección:** Ari Aster. **Reparto:** Toni Collette, Gabriel Byrne, Alex Wolff. **Género:** Terror. Sobrenatural. 126 min.

VUELTA A LAS ESENCIAS

Annie Graham nunca se llevó bien con su madre. Era manipuladora y, como el resto del árbol genealógico de los Graham, tenía graves problemas mentales.

La muerte de la abuela parece suponer un alivio para Annie, pero entre los recuerdos de la fallecida descubre rastros de un inquietante pasado. Al mismo tiempo, Charlie, la hija de Annie, comienza a comportarse de un modo extraño, y Annie sospecha que la influencia de la abuela persigue a su hija desde el más allá.

Hereditary supone una vuelta a las esencias del terror más adulto (habitual durante los años setenta), un tipo de películas que huía de efectismos y que requería de cierta paciencia por parte del espectador. A veces, el cine de miedo es algo sensorial, no tiene por qué ser del todo explicado para conseguir su objetivo; hemos visto muchos ejemplos a lo largo de la historia, como *El resplandor* (1980), *El exorcista* (1973) y muchas otras. *Hereditary* recupera esa manera de sumir al espectador en una pesadilla constante, y en eso se la puede considerar como una obra maestra.

¿QUÉ DEMONIOS ESTÁ PASANDO?

A medida que avanza la historia, *Hereditary* se vuelve desconcertante y puede frustrar a más de uno: ¿Es una cinta de posesiones? ¿Un drama familiar sobre una madre paranoica? ¿Una peli de sectas satánicas? ¿Un cuento de fantasmas? Tendrás que llegar al final para averiguarlo, y aun así quizás necesites ver la película en más de una ocasión. Si te gustó la primera vez y repites, te aseguro que merecerá la pena. Por si acaso, el director Ari Aster, nos da pistas sobre lo que quiere contar: «El objetivo era hacer una película de terror descarada, una que realmente satisfaga las demandas del género, pero de una manera inesperada. Al mismo tiempo, estaba tratando de usar el terror para contar una historia que en otro género podría ser demasiado sombría [...]. La película es una tragedia familiar, trata sobre el dolor y el trauma, y no termina con una nota muy esperanzadora. Si lo hiciera como un drama puro, podría ser una gran película, pero sería para una audiencia muy pequeña».

LA SOMBRA DEL DIABLO

Se ha hablado mucho sobre las influencias de *Hereditary*. Unos dijeron que era la nueva *El exorcista,* otros afirmaron que se trataba de una versión moderna de *La semilla del diablo*. El director salió al paso de los rumores y confirmó que su principal referente fue *La semilla del diablo*: «Creo que la película tiene mucho más en común con *La semilla del diablo* que con *El exorcista* [...]. Las comparaciones con *El exorcista* no ayudan, porque aquellos que esperen ver algo similar, se sentirán decepcionados».

> El objetivo era hacer una película de terror descarada, una que realmente satisfaga las demandas del género, pero de una manera descarada.

Ese parecido con la película de Polanski se debe a que, durante muchos minutos, se nos oculta qué hay detrás de los hechos inexplicables que sufre la familia Graham: «Estamos con estas personas que no saben lo que está sucediendo, y estamos con ellos en su ignorancia», explica el director. Esto no quiere decir que no pase nada hasta el desenlace, al contrario. Los momentos turbadores, inquietantes o directamente pavorosos van pasando mientras tú te vas encogiendo en el asiento. *Hereditary* graba en nuestra memoria varias imágenes poderosas y aterradoras (por no mencionar uno de los más brillantes sustos del cine de terror reciente). Difícil de olvidar el accidente de coche, las maquetas de Annie o el final en la caseta del árbol.

UN REPARTO A LA ALTURA

Para que el drama y el terror encajen, no solo hace falta que el director maneje bien el suspense y la atmósfera, o que la banda sonora se adecúe a las imágenes (genial la partitura de Colin Stetson); es esencial que nos creamos que los personajes están pasando un infierno, y para eso resultaba fundamental una excelente elección del reparto. En ese aspecto, Aster también acertó en la diana, pues sin duda hablamos de las mejores interpretaciones que ha dado

el género en los últimos años. Sobresale Toni Collette en el papel de una madre torturada por su pasado y desgarrada por su presente. Su interpretación es antológica, y hubo muchas voces que se alzaron preguntándose por qué ni siquiera fue nominada al Oscar a mejor actriz secundaria. Gabriel Byrne es el padre de familia, un hombre con afán conciliador que pronto se ve superado por las circunstancias. La portentosa contención de Byrne hace que sintamos pena por él. Alex Wolff se mete en la piel del atormentado hijo adolescente, y da una lección de cómo reaccionar ante el pánico, como demuestra en una gran secuencia que transcurre en el aula de un colegio. Por último, recalcar el rostro turbador de Milly Shapiro, que interpreta a la hija de Annie.

LA MUERTE FAVORITA DE LA VIEJA BRUJA

Durante un viaje en coche, un personaje asoma la cabeza por la ventanilla y es decapitado por un poste que hay en el margen de la carretera. El accidente ocurre fuera de cámara, pero la siguiente imagen nos muestra la cabeza del personaje horas después, sobre la carretera y cubierto de moscas.

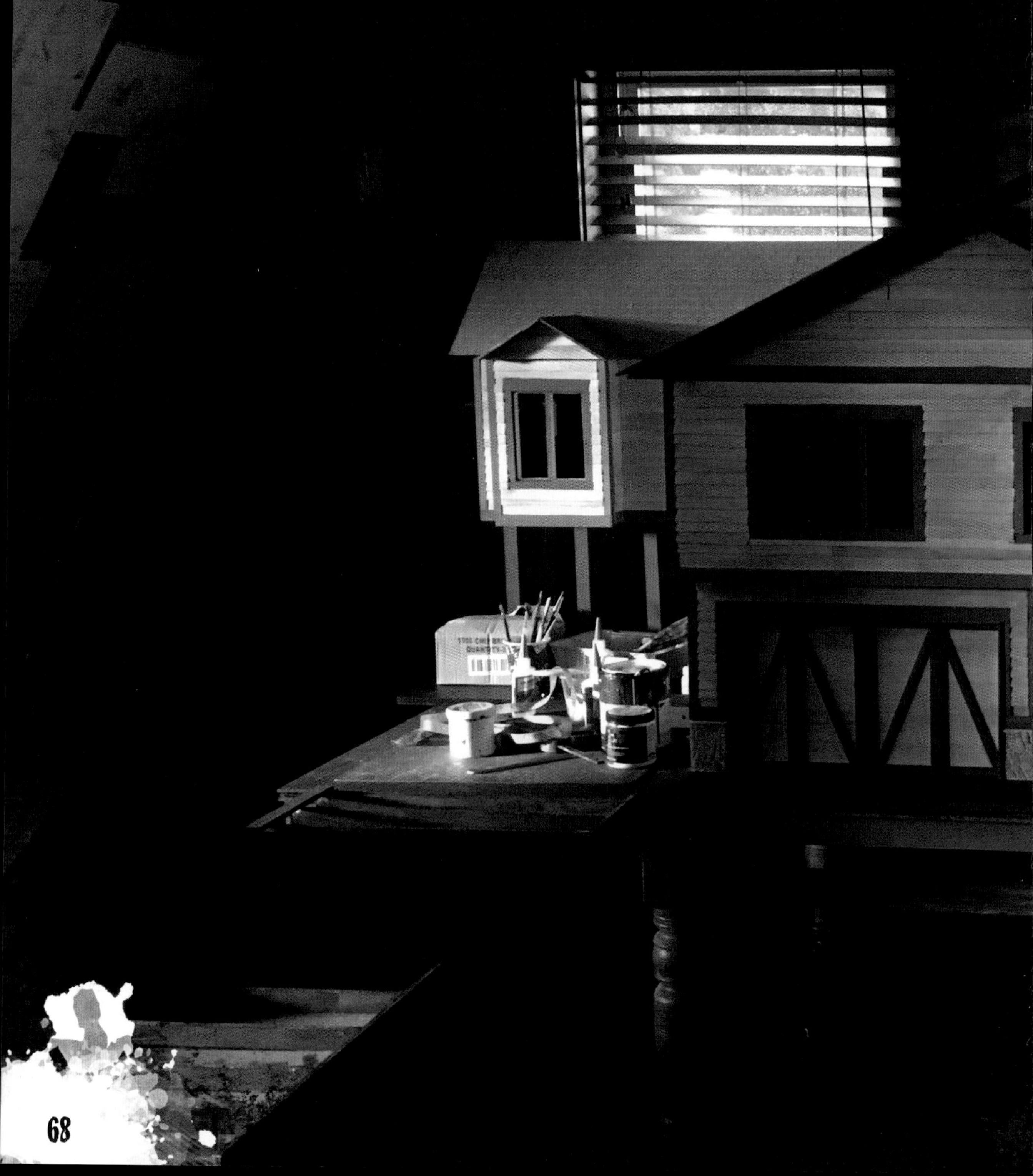

Curiosidades:

- En un homenaje a *La noche de Halloween* (1978), en la primera escena se puede leer la frase «escapando del destino», tema que se toca en el film dirigido por John Carpenter. Y hablando del destino, una casualidad hizo que el filme de Aster se estrenara el mismo día que se emitió el tráiler de *La noche de Halloween* (2018), *reboot/*secuela del original.
- El interior de la casa fue completamente construido en un estudio de sonido de Utah, siguiendo las indicaciones de Ari Aster. El motivo era que necesitaban quitar paredes y techos para filmar las habitaciones como si fueran las miniaturas de las maquetas de Annie. Un efecto que queda patente en la primera secuencia de la película.
- Para componer la estremecedora música, Colin Stetson se inspiró en sonidos de «agua y animales mientras caminan en una noche oscura».
- Después de terminar la película, la actriz Toni Collette le dijo a su agente que no le buscará películas intensas u oscuras; solo quería hacer comedias.
- Ese mismo año, Ari Aster emprendió su segundo proyecto como director: *Midsommar*, otra película de género con una atmósfera única y rodada en su mayor parte al aire libre.

ZONAS RESIDENCIALES Y SUBURBIOS

Dos lugares tan diferentes y tan
cercanos. En los suburbios, el
miedo surge de la pobreza y la
miseria. En las urbanizaciones,
el terror se esconde bajo la
superficie de lo idílico, de
lo supuestamente perfecto.

EN EL BARRIO LONDINENSE DE WHITECHAPEL

FROM HELL

CÓMIC

From Hell. 1993-1997. Reino Unido. **Guion:** Alan Moore. **Dibujo:** Eddie Campbell. **Editorial:** Eddie Campbell Comics/ Top Shelf Productions. **Género:** Basado en hechos reales. Horror. Drama

ALAN MOORE & EDDIE CAMPBELL

SUYO AFECTÍSIMO, JACK EL DESTRIPADOR

El 31 de agosto de 1888, el barrio londinense de Whitechapel despierta con la noticia del hallazgo de una mujer horriblemente asesinada. Mary Ann Nichols fue la primera de, al menos, cinco muertes asociadas al criminal popularmente conocido como Jack, el destripador. Muchas han sido las teorías sobre un caso que jamás se llegó a resolver. Hubo varios sospechosos y detenidos, pero ninguno confesó o fue condenado, y Jack, tal y como había aparecido, se desvaneció envuelto en una capa de misterio.

De manos de dos genios del cómic, *From Hell* bucea de forma magistral en una de las teorías más conocidas por los estudiosos de la figura del asesino. Un aviso: a continuación, se revela la supuesta identidad de Jack, pero tranquilos, no destripamos nada, pues desde las primeras páginas del cómic conoceremos su nombre.

DIOS SALVE A LA REINA

La historia comienza con el príncipe Albert Victor, Duque de Clarence, heredero a la Corona y nieto de la reina Victoria. Albert es un hombre de pocas luces que mantiene una relación secreta con Annie Crook, una dependienta que vive en el East End de Londres, uno de los barrios más pobres de la ciudad. Cuando la noticia llega a la reina, la muchacha acaba de tener un hijo. Para ocultar el escándalo, la monarca pide a sir William Whitley Gull, médico real y hombre de confianza, que se encargue, por todos los medios, de eliminar a todas las personas que hubieran podido tener conocimiento acerca del bebé de la dependienta. A medida que se van sucediendo los crímenes, el inspector Abberline, encargado de la investigación, va aproximándose a la identidad del destripador.

El guionista Alan Moore basó su planteamiento en el libro *Jack, the Ripper: The Final Solution* (1976), de Stephen Knight, que atribuía los asesinatos de Whitechapel a miembros de la cúpula real en un intento de salvar al príncipe heredero de una situación ignominiosa. Según el libro, Gull y su cochero, John Netley, fueron los causantes de la muerte de las cinco prostitutas, la mayoría amigas de Annie Crook.

LA MUERTE FAVORITA DE LA VIEJA BRUJA

Gull entra en la habitación de la prostituta Mary Jane Kelly. Primero le raja el cuello. Una vez muerta, le destroza la cara con un cuchillo, le arranca los pechos y uno de ellos lo coloca debajo de la cabeza de la fallecida.

DEL AUTOR DE WATCHMEN

Como desde su arranque ya sabemos quién es el destripador, los autores de *From hell* se centran en mostrarnos el lado oscuro de la era victoriana —un periodo de pobreza y desigualdad—, a través de dos personajes contrapuestos: el idealista inspector Abberline, y el perturbado doctor Gull. Con ellos descubrimos cómo una leyenda se puede convertir en muchas.

From Hell es la autopsia de un acontecimiento histórico, que utiliza la ficción a modo de bisturí.

From Hell engancha, pero es recomendable leerlo despacio y con paciencia. Si eres de los que gusta de lecturas rápidas, es posible que esta te aburra por su densidad. La historia es compleja con muchos detalles y personajes y, si no estás atento, es fácil perderse. La principal virtud de esta obra es la extraordinaria capacidad de su guionista, Alan Moore, para tratar temas tan diferentes como la política, el misticismo, el horror, la miseria o el paso del tiempo con una claridad pasmosa. Moore es un reputado autor inglés con obras de la talla de *Watchmen* o *V de vendetta*, y en esta ocasión vuelve a legar un cómic imperecedero, lleno de humanidad y terriblemente conmovedor.

Le acompaña al dibujo un soberbio Eddie Campbell, cuyo trazo realista y sucio —en blanco y negro— es perfecto a la hora de reflejar el ambiente sórdido y las duras condiciones en la que se vivía en el East End. Campbell tampoco se corta al mostrar las atrocidades y mutilaciones cometidas por Jack; hay viñetas que hielan la sangre.

Curiosidades:

- En el apéndice de *From Hell*, Alan Moore deja claro, con una gran ironía, que la conspiración de la Corona —y que Gull sea el destripador—, es una teoría más entre tantas, y que solo le sirvió de premisa para la historia que quería contar.
- Hay multitud de referencias a la masonería y a la magia. De hecho, Alan Moore practica la magia ceremonial desde la década de los noventa.
- Aparecen varias figuras relevantes de la época: Oscar Wilde, el poeta W. B. Yeats, el satanista Aleister Crowley o «el hombre elefante».
- *From Hell* originalmente se editó en diez volúmenes, y posteriormente ha sido publicado en un solo tomo de más de 500 páginas. Ganó cinco premios Eisner (los Oscar del cómic): Mejor Historia Realizada en 1993, Mejor Guion en 1995, 1996 y 1997, y Mejor Reimpresión de una Novela Gráfica en el año 2000.
- En 2001 se adaptó al cine con Johnny Depp como principal reclamo. *Desde el infierno* es un entretenido thriller, sangriento y con unos estupendos secundarios (Ian Holm, Jason Fleming), que en la forma se parece al cómic, pero que en el fondo no tiene nada que ver, quedándose solo en la superficie de la historia.

TERROR EN CABINI-GREEN

CANDYMAN, EL DOMINIO DE LA MENTE

PELÍCULA

Candyman. 1992. EE.UU. **Dirección:** Bernard Rose. **Reparto:** Virginia Madsen, Tony Todd, Xander Berkeley. **Género:** Terror. Sobrenatural, Leyendas urbanas. 99 min.

LEYENDAS URBANAS

Mientras prepara una tesis sobre leyendas urbanas, Helen Lyle descubre la historia de Candyman, un ser malvado con un gancho por mano que aparece si pronuncias cinco veces su nombre delante de un espejo. Su investigación la lleva a unos bloques de edificios semi abandonados, donde sus habitantes conocen y temen la leyenda de Candyman. Allí Helen se convence de que tal criatura no existe, por lo que se atreve a repetir su nombre delante de un espejo en cinco ocasiones. El terror se desencadena, y una serie de muertes violentas se suceden en el entorno de Helen, que además parece la principal sospechosa de los crímenes.

Basada en *Lo prohibido*, un relato de Clive Barker incluido en sus «Libros de sangre» (1984), *Candyman* es una película elegante y terrorífica; sin duda una de las más sugestivas cintas de terror que se rodaron en la irregular década de los noventa.

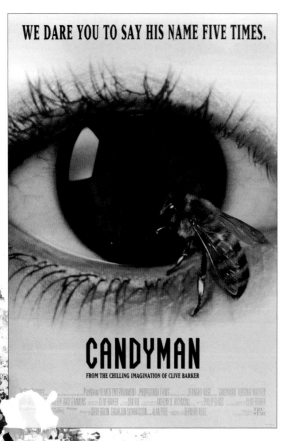

DEL RELATO AL CINE

Puede que a los aficionados más jóvenes no les suene el nombre de Clive Barker, sobre todo si se compara con Stephen King; a finales de los ochenta y principios de los noventa, Barker era considerado uno de los nuevos genios de la literatura de terror. Su obra más importante hasta la fecha es *Los libros de sangre*, seis volúmenes que reúnen sus mejores relatos y que publicó entre 1984 y 1985. Sus cuentos son imaginativos y sangrientos; Barker posee una inventiva descomunal para crear mitologías llenas de seres espantosos y monstruos que viven muy cerca de nuestra realidad. El guion de *Candyman*, del también director Bernard Rose, recoge la esencia de «Lo prohibido», donde Barker habla sobre la importancia de los mitos y cómo estos te pueden morder el

trasero. Rose añadió un componente racial a la historia e hizo de Candyman un personaje con un aire trágico, pues antes de ser maldito fue un esclavo negro al que torturaron y asesinaron por enamorarse de una mujer blanca. Pese a que el cuento de Barker es más cruel que la película, el escritor quedó encantado con el filme y con la visión que aportó Bernard Rose.

LA MUERTE FAVORITA DEL GUARDIÁN DE LA CRIPTA

El garfio de Candyman atraviesa el pecho de un psicólogo, y después lo abre en canal. Eso debe producir cosquillas.

DULCES PARA EL DULCE

Candyman tiene algo especial, de cuento para niños. De pequeños, a muchos de nosotros nos metieron el miedo en el cuerpo con la leyenda de Verónica, que aseguraba que el fantasma de una niña muerta aparecería detrás de ti si repetías su nombre varias veces delante de un espejo (en Estados Unidos tiene el nombre de *Bloody Mary*). Con esta idea el director introduce el personaje de Candyman, del que también sabemos que se haya conectado a la arquitectura y los problemas de delincuencia de un bloque de infraviviendas llamado Cabini-Green: un barrio real de Chicago donde resultaría más fácil justificar la violencia si se pudiera atribuir a un hombre del saco que empuñara un garfio que a los propios vecinos. Rose se empapó de las historias verídicas de asesinatos de Cabini-Green y usó algunas en la película. Otras, como la leyenda de un payaso loco que metía cuchillas de afeitar dentro de caramelos, las mantuvo del cuento original de Barker. Cabini-Green se empezó a derruir al poco de terminar el rodaje del filme.

SINFONIA GORE

Si bien la película tiene un claro poso psicológico (se juega con la ambigüedad de que Candyman no exista y de que Helen sea la asesina), dejando mucho espacio para la imaginación (la muerte de la amiga o el origen de Candyman), el filme está repleto de potentes muertes, donde la sangre corre por litros; el garfio de Candyman es implacable, y te abrirá en canal desde la ingle hasta el esófago. Especialmente aterradoras son las imágenes de los escenarios de los crímenes, con tantos detalles que se nota que quisieron que fueran lo más reales posibles. Otro punto fuerte de esta *horror movie* es su reparto, con una inspiradísima Virginia Madsen y un tremendo Tony Todd como el «caramelero».

Tampoco sería descabellado decir que *Candyman* tiene el honor de contar con una de las mejores bandas sonoras compuestas para una producción terrorífica, obra del prestigioso músico Phillip Glass. El tema principal es tan bello y fascinante que ha trascendido la fama de la película, y cada día se pueden encontrar nuevas versiones realizadas por fans en YouTube. Sin esta banda sonora, *Candyman* seguiría siendo una notable cinta de terror, pero con la música de Phillip Glass, el arte eleva al arte.

SECUELITIS

El éxito de *Candyman* se tradujo en dos secuelas, la primera se estrenó en 1995, y profundizaba en el pasado del personaje y en la crítica racial. Fue un acierto cambiar los suburbios de Chicago por un Nueva Orleans en pleno carnaval, pero la película del ahora prestigioso Bill Condon (*Dioses y monstruos)* ya no tenía el encanto de la primera. *Candyman 3: El día de los muertos* (1999) traslada la historia a un barrio hispano de Los Ángeles, donde una descendiente de Candyman intenta ganarse la vida como artista. La película supone un cierre olvidable para esta trilogía. En 2021 se estrenará un *remake* producido por el talentoso Jordan Peele.

- Como en el cuento original Candyman era blanco, los productores estuvieron a punto de cancelar el rodaje cuando se enteraron que el asesino era un hombre de raza negra.
- El personaje de Candyman estaba siempre rodeado de abejas. Tony Todd confirmó que durante las tres películas recibió un total de 26 picaduras.
- Para que hubiera una mayor conexión romántica entre los personajes de Virginia Madsen y Tony Todd, Bernard Rose hizo que los actores dieran juntos unas cuantas sesiones de baile de salón.
- El compositor Phillip Glass declaró sentirse decepcionado con la película, de la que dijo que era «un *slasher* de bajo presupuesto». Con el tiempo suavizó sus críticas, admitiendo que la película se había convertido en un clásico y que eso le reportó mucho dinero.
- La frase «dulces para el dulce» está basada en «dulces dones para mi dulce amiga», una frase que se puede leer en el quinto acto de *Hamlet,* la inmortal novela de William Shakespeare.

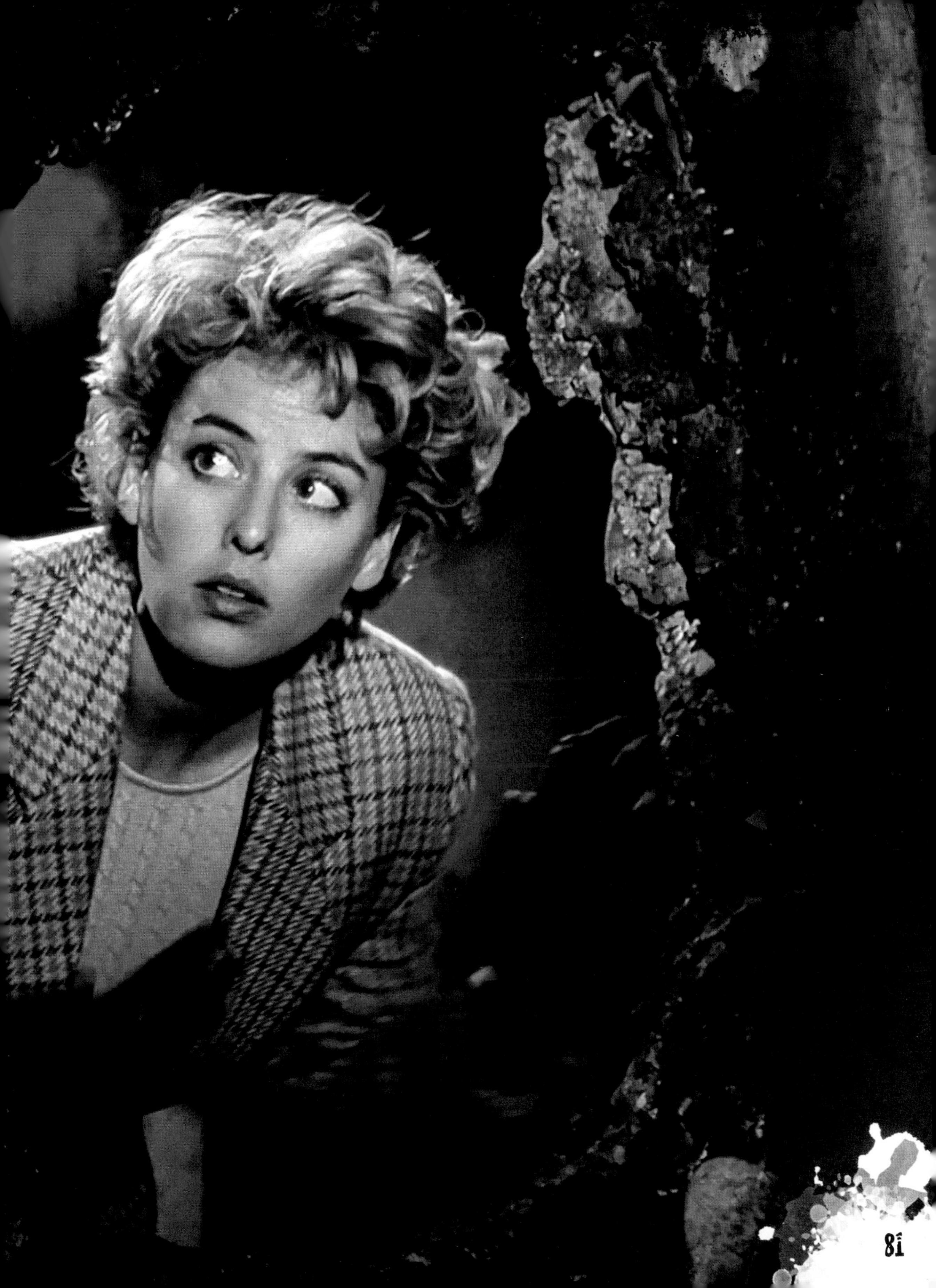

EN LA URBANIZACIÓN EAST COMPTON

THEM

SERIE

Them. 2021. EE.UU. **Creador:** Little Marvin. **Reparto:** Deborah Aroyinde, Ashley Thomas, Alison Pill. **Género:** Terror. Drama. Thriller. **Plataforma:** Amazon Prime.

TERROR Y DRAMA SOCIAL

Años cincuenta. Tras la trágica muerte de uno de sus miembros, los Emory, una familia de raza negra decide empezar una nueva vida en Los Ángeles, donde el marido ha conseguido un puesto de trabajo. Su nuevo hogar se halla situado en una zona residencial idílica, pero hay dos problemas: el primero es que es un lugar habitado por gente de raza blanca en extremo racista y violenta; el segundo inconveniente se esconde dentro de la casa, y se trata de una entidad sobrenatural que parece dispuesta a destruir sus vidas.

Them es una intrigante miniserie de diez episodios muy en la onda de las producciones de Jordan Peele. Si te gustaron *Déjame salir* (2017), *Nosotros* (2019), o *Territorio Lovecraft* (2020), películas y series donde se unen crítica social y escalofríos, pasarás un buen rato con este irregular pero hipnótico viaje a las entrañas de la América profunda.

EL VERDADERO MIEDO

La propuesta de *Them* es seductora, ya que el drama alrededor de la familia —por cercano y real— es mucho más tremendo y turbador que la parte sobrenatural de la historia. Little Marvin, creador de la serie, dice al respecto: «El terror ayuda a que un tema tan duro como el racismo sea más fácil de ver para la audiencia. Las narrativas de género tienen una capacidad realmente maravillosa para envolver temas muy difíciles en un paquete que hace que tu pulso se acelere y te resulte entretenido. Podría haber contado esta misma historia como un drama, pero habría sido emocionalmente devastador y creo que sería muy difícil ver eso»; de hecho, las escenas verdaderamente terroríficas —no aptas para todos los espectadores—, son las que tienen que ver con comportamientos xenófobos.

Them aborda sin tapujos el odio y el miedo que una parte de la sociedad americana tenía a la población de raza negra, y como estos intentaban sobrevivir en un sistema que los humillaba e infravaloraba como personas. En este sentido, quizá se echa en falta algún personaje blanco que no sea repugnante y racista, porque viendo la serie da la sensación de que no había nadie a favor del movimiento negro. La trama paranormal de la serie también tiene un claro componente segregacionista, y que tenga sus orígenes en los tiempos de los colonos sirve para que nos preguntemos si el paso del tiempo ha cambiado lo suficiente este tipo de actitudes.

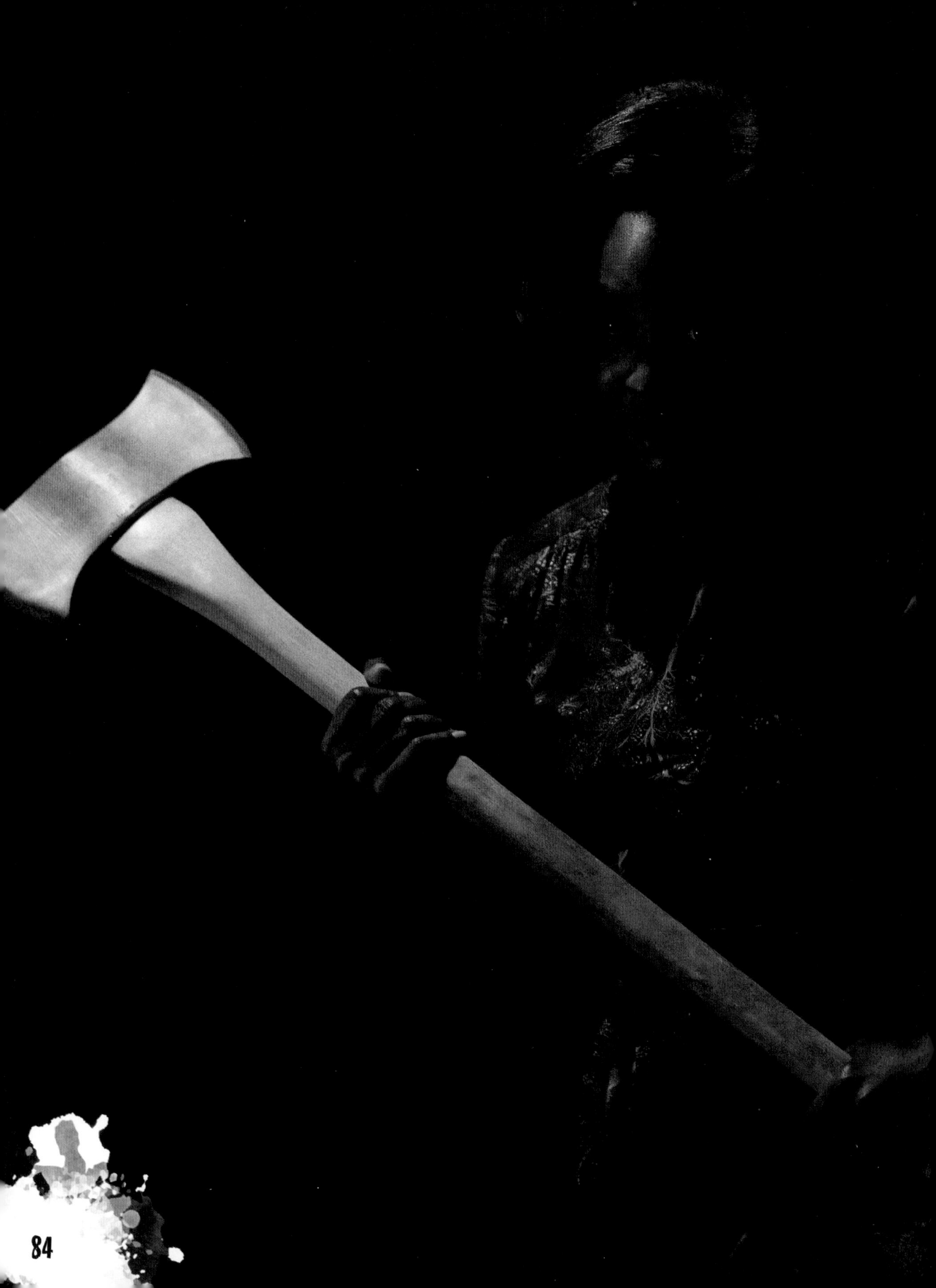

ELLOS Y NOSOTROS

Según palabras de Marvin, *Them* se inspira en películas como *El exorcista, Carrie, El resplandor* (especialmente), *Terciopelo azul* (por mostrar el lado oscuro de los lugares soleados), y nosotros añadimos *Poltergeist II,* de la que parece calcar un personaje. Las fuerzas oscuras que viven con los Emory se meten en sus cabezas y les hacen sucumbir ante sus miedos, ver visiones y comportarse de forma salvaje. Como pasaba en algunas de las películas mencionadas, en los primeros episodios puedes llegar a pensar que todo el terror que se muestra es psicológico, y que no hay fantasmas por ningún lado.

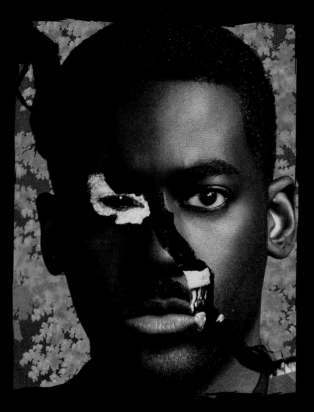

Them se toma las cosas con calma y quizá tarda demasiado en ir al grano, ya que hasta los últimos episodios no termina de «soltarse el pelo» y de proporcionarnos todo lo que prometía: tensión al límite, mucha violencia y terror. El noveno episodio —que relata el pasado de la maldición que hay en la casa de los Emory—, resulta perfecto, y el último también es ejemplar. El reparto es solvente, y destacan Ruby y Gracie —las preciosas hijas de los Emory—, y Betty Wendell, la fría y despiadada mujer blanca.

LA MUERTE FAVORITA DEL GUARDIÁN DE LA CÁMARA

Un hombre y una mujer de raza negra son apresados por una turba, que primero los deja ciegos con hierros candentes y después los quema vivos colgando bocabajo.

Curiosidades:

- A Stephen King le entusiasmó el comienzo de la serie, de la que llegó a decir: «El primer episodio me asustó muchísimo, y soy difícil de asustar. Bonificación: si nunca has visto un grupo de mujeres blancas extremadamente espeluznantes con vestidos de los años cincuenta, esta es tu oportunidad».
- La joven actriz Shahadi Wright Joseph —Ruby—, venía de interpretar un papel similar en el filme *Nosotros* (*Us* en inglés), la segunda obra de terror del director Jordan Peele. Que la serie se titule *Them* (*Ellos*), es una simple coincidencia.

- Aunque la miniserie trata sobre el racismo en EE. UU., la mayoría de actores y actrices son australianos, ingleses o canadienses.
- Entre el grupo de directores que se encargan de cada episodio, destaca Ti West, en su día prometedora figura del terror con películas como *El cobertizo* (2005), *La casa del diablo* (2009), o *The sacrament* (2013).
- La serie transcurre en 1953, pero su creador, Little Marvin, quería que pareciese que se había rodado en los años setenta. Esto afectó a varias decisiones artísticas, como la música. A Marvin no le gustaban los temas musicales de aquel año, y se decantó por utilizar canciones de distintas épocas, eligiendo figuras del calibre de Diana Ross o Roberta Flack.

SUSTOS EN CUESTA VERDE

POLTERGEIST: FENÓMENOS EXTRAÑOS

PELÍCULAS

Poltergeist. 1982. EE.UU. **Dirección:** Tobe Hooper. **Reparto:** JoBeth Williams, Graig T. Nelson, Beatrice Straight. **Género:** Terror. Casas encantadas. Fantasmas. 114 min.

¡YA ESTÁN AQUÍÍÍÍ!

Una típica familia americana se traslada a vivir a un próspero barrio residencial llamado Cuesta Verde. Pero la paz del lugar contrasta con una serie de sucesos extraños y fenómenos paranormales que se producen en la casa, y que desembocan en la misteriosa desaparición de la hija pequeña.

Poltergeist es algo más que una excelente cinta de terror, es la película que marcó la infancia de toda una generación. A diferencia de otras producciones de la época, no era tan truculenta como *Viernes 13* (1980), o *Terror en Amityville* (1979), se podía ver y disfrutar en familia, y esto hizo que se convirtiera en un fenómeno social. Frases como «Ya están aquí», que pronuncia la malograda Heather O´Rourke, o «Carol Anne, ve hacia la luz» se hicieron famosas, y mucha gente esperaba a que terminase la programación televisiva para ver si escuchaba o veía algo a través del ruido de su televisor. Por no hablar del miedo que muchos le cogimos a los payasos…

TERROR Y ESPECTÁCULO

En los títulos de crédito figura Tobe Hooper (*La matanza de Texas*) como director, pero es conocido que muchos otorgan el mérito de la película a Steven Spielberg, que ejercía de productor y coguionista. Hay algunos detalles que parecen confirmar que, efectivamente, el realizador de *Tiburón* hizo algo más que aconsejar a Hooper: la dirección de actores y la soberbia puesta en escena recuerdan mucho al cine de Spielberg, aunque para ser justos, también a Hooper (la secuencia final en la piscina parece corroborarlo). En todo caso, el principal beneficiado de esta codirección es el espectador, que asiste a uno de los primeros *blockbusters* de los ochenta, donde hay sitio para los sustos, el humor, el suspense, la emoción y los grandes efectos especiales.

LA MUERTE FAVORITA DE LA VIEJA BRUJA

¡¡¡Sorpresa!!! a lo largo del filme no se produce ninguna muerte violenta, pero miedo vais a pasar un rato, diablillos.

MOMENTOS INOLVIDABLES

Es complicado quedarse con una sola secuencia de *Poltergeist*; son muchas las que han superado el paso del tiempo con una salud envidiable: la genial escena en la que se asocia la llegada de la tormenta con el amenazante árbol del jardín, el muñeco del payaso debajo de la cama, la cara del ayudante de la médium derritiéndose delante de un espejo, los fantasmas bajando la escalera, JoBeth Williams impulsada al techo de la habitación, o todo el tramo final, lleno de sustos y giros. Seguro que cada uno tenéis vuestro momento favorito, pero todos esos instantes no serían lo mismo sin la monumental banda sonora compuesta por John Williams, una de las más bellas, y la vez inquietantes, jamás compuestas para una película. Tampoco olvidemos un reparto muy bien escogido, en el que destaca la inocencia de Heather O´Rourke y esa peculiar médium interpretada por Zelda Rubinstein.

¿MALDICIÓN O CASUALIDAD?

En los años setenta y ochenta era habitual colgar el cartel de «maldita» a cualquier película Hollywoodiense en la que hubiera ocurrido alguna desgracia; es difícil descifrar si esto se debía a fines publicitarios o al interés por lo escabroso del público.

El caso de *Poltergeist* es realmente llamativo, pues se produjeron varias desgracias en un relativo corto espacio de tiempo, y pasó a ser una cinta maldita casi de inmediato.

> Poltergeist es algo más que una excelente cinta de terror, es la película que marcó a toda una generación.

La primera tragedia se produjo cuando la joven actriz Dominique Dunne, que daba vida a la hija mayor de la cinta, fue estrangulada por su ex pareja al poco de estrenarse el film. Más adelante, durante el rodaje de *Poltergeist II: El otro lado* (1986), fallecía Julian Beck, un veterano actor que encarnaba a un siniestro sacerdote. La causa fue un cáncer de estómago. Un año después moría Will Sampson, otro de los actores del film, debido a las complicaciones de un trasplante de corazón y pulmón. Y el colmo de esta desgraciada cadena de acontecimientos fue la inesperada muerte de Heather O´Rourke durante la filmación de *Poltergeist III* (1988). La niña, de tan solo doce años, sufrió un paro cardíaco provocado por un problema intestinal. Para acabar la secuela, tuvieron que rodar algunas tomas con un doble. La maldición terminó (de momento) con el fallecimiento de dos actores secundarios más. ¿Maldición o casualidad?

Curiosidades:

- El terminó *poltergeist* se usa para definir hechos normalmente violentos que suceden en sitios supuestamente encantados, y que no tienen una explicación racional. Estos fenómenos incluyen movimiento de objetos, olores desagradables o ruidos extraños, y los más agresivos pueden acabar en ataques físicos.

- En una de las primeras escenas, la madre de la familia descubre que todas las sillas de su cocina han sido apiladas unas encima de otras. Esta imagen se basa en varios casos «reales», que señalan este fenómeno como un típico poltergeist.

- Spielberg decía que *Poltergeist* era su «*Tiburón* de tierra», y lo explica de este modo: «En *Tiburón* (1975) tenemos un enemigo oculto que no vemos hasta el final, y en *Poltergeist* ocurre lo mismo, no vemos el mal hasta el desenlace».

- En un primer momento, Spielberg quiso dirigir oficialmente la película, pero se lo impedía una cláusula que tenía en el contrato que había firmado con Universal para el rodaje de *E.T.* por el cual no podía rodar una película en 1982. Aunque nunca ha confirmado que dirigió varias secuencias de *Poltergeist*, más de una vez ha comentado que nunca volvería a dejar en manos de otros un guion escrito por él mismo.

- Durante el rodaje se usaron algunos esqueletos reales. Años después, la actriz JoBeth Williams afirmó que la maldición de la película se pudo haber producido por la utilización de esos restos y «a la falta de respeto al mundo de los muertos».

- La calidad y la recaudación de esta trilogía fueron en progresivo declive. Si la primera batió récords de taquilla, sus continuaciones fueron paulatinamente cayendo en el olvido. Tanto la segunda como la tercera entrega se hallan a mucha distancia de la original. En 1996 se produjo una mediocre serie: *Poltergeist: El legado,* y en 2015 se estrenó el inevitable y pobretón *remake*, que engrandece aún más el filme de Hooper.

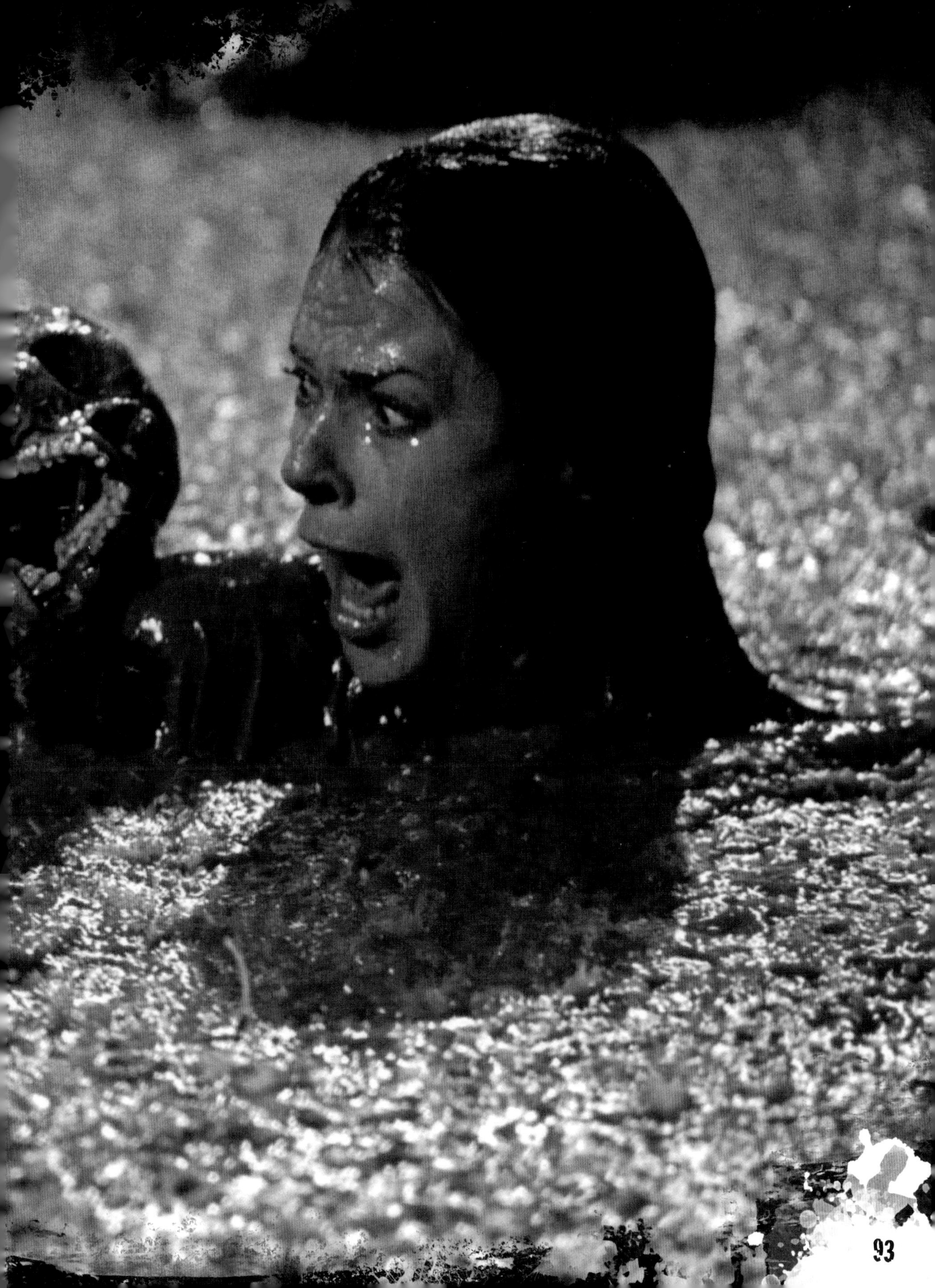

INDIOS HOSTILES EN EL BRONX

LOBOS HUMANOS

PELÍCULA

Wolfen. 1981. EE.UU. Basada en el libro de Whitley Strieber. **Dirección:** Michael Wadleigh. **Reparto:** Albert Finney, Gregory Hines, Edward James Olmos. **Género:** Terror. Hombres lobo. 115 min.

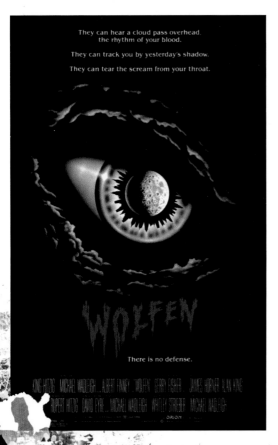

PARA EL LOBO, EL SALVAJE ES EL HOMBRE

Dewey es un veterano policía de Nueva York al que asignan el doble homicidio de un rico empresario y su mujer. Mientras inicia las pesquisas, sucede otro crimen en el Bronx sur, en un suburbio de edificios abandonados. Las autopsias de los tres cadáveres apuntan al mismo asesino: un enorme lobo sediento de sangre que deambula por la ciudad.

A diferencia de muchas películas de los ochenta, donde importaba más el gore que el argumento, *Lobos humanos* es una cinta de terror adulta que incluye una reivindicación racial y un mensaje ecologista. Basada en el libro de Whitley Strieber, Warner Bros contó con un buen director, Michael Wadleigh, un reparto de primera (Finney, Olmos, Hines) y una estupenda banda sonora a cargo de James Horner (*Titanic*).

UNA DE INDIOS

Lobos humanos es un filme atípico con una historia diferente. Dewey descubre que la barriada pobre donde fue cometido el segundo de los asesinatos es defendida por una tribu urbana de indios hostiles que se halla enfrentada a una poderosa corporación dispuesta a levantar un moderno complejo empresarial en suelo sagrado. El policía se inclina a dar la razón a estos indios marginados por la sociedad, pero se encuentra en una extraña tesitura, pues al parecer algunos de esos indígenas podrían transformarse en licántropos y ser los culpables de las muertes que investiga. La película refleja con claridad la contradicción de lo que parecía evidente: ni las víctimas eran tan inocentes, ni los indios mataban sin motivo. Una paradoja que se refleja en un desenlace emotivo y brillante, pero que quizás no satisfaga a los que busquen el típico final lleno de acción y violencia.

LA MUERTE FAVORITA DE LA VIEJA BRUJA

Un jefe de policía es atacado por los lobos. Primero le arrancan una mano de cuajo, después lo decapitan de un solo mordisco, y su cabeza cortada sigue moviendo los ojos y los labios.

LOBOS FEROCES

El filme se cuece a fuego lento, y en su parte central se echa de menos más ritmo, pero en general es un filme con muchos elementos de interés. Hay una buena química entre el policía interpretado por Albert Finney y el forense que encarna Gregory Hines; ambos comparten momentos de humor, estupendos diálogos («¿Por qué te hiciste policía? Porque me gusta matar»), y una secuencia de suspense que te dejará en *shock*. Finney es un gran actor, y en *Lobos humanos* da una lección de cómo moverse y gestualizar delante de una cámara. Llegados a este punto, más de uno os preguntaréis: ¿pero hay buenas transformaciones en lobo? ¿y muchas muertes? Pues no, no llegamos a ver las «transformaciones»; *Lobos humanos* prefiere sugerir, y en ese sentido se parece más a *La mujer pantera* (1942) que a *Aullidos* (1981). Y asesinatos hay unos cuantos, con varias amputaciones y una buena dosis de hemoglobina producida por unos lobos realmente feroces. Si eres fan de las películas de terror de los setenta, no te la pierdas.

Curiosidades:

- Fue la primera película en usar un efecto de visión térmica desde el punto de vista de un personaje, en este caso los lobos. Este tipo de efecto se hizo popular seis años después gracias a *Depredador* (1987), el famoso filme de Schwarzenegger.

- Dustin Hoffman estaba muy interesado en el proyecto, y quería hacer el papel principal, pero el director Michael Wadleigh lo rechazó en favor de Finney. Es la única vez que a Hoffman se le ha denegado un papel.

- El título original de la película es Wolfen, que era una palabra usada por los granjeros holandeses que se establecieron en América para describir a los lobos y a los indios como animales salvajes. El guion original de la película comenzaba en el siglo XVII.

- En una de las últimas secuencias de *Joker* (2019), la premiada cinta de Joaquin Phoenix, en un callejón se puede observar el poster de la película.

- En 1981, año del estreno de *Lobos humanos*, el compositor James Horner compuso otras dos bandas sonoras para películas de terror: *La mano*, de Oliver Stone, y *Bendición mortal*, de Wes Craven.

EDIFICIOS PÚBLICOS Y PRIVADOS

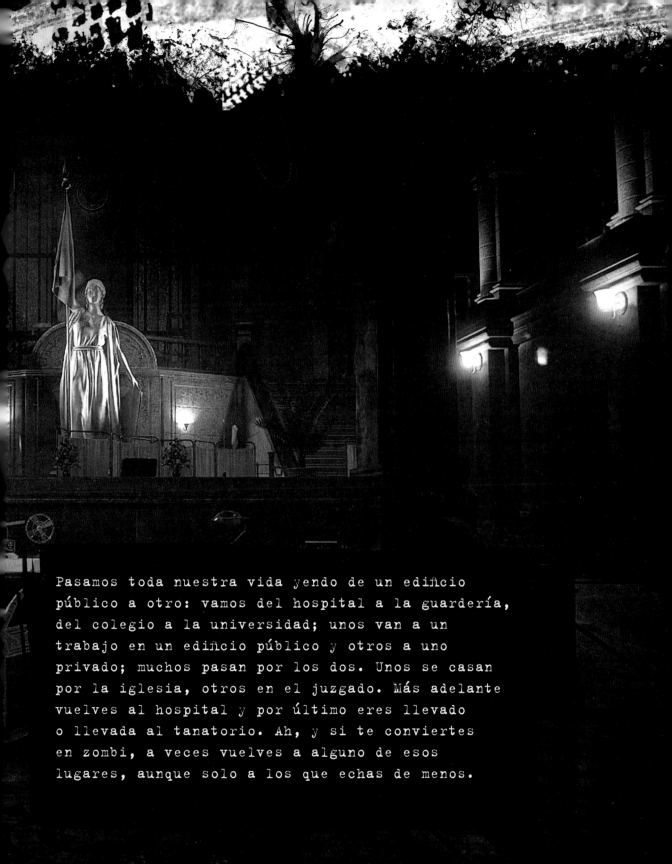

Pasamos toda nuestra vida yendo de un edificio
público a otro: vamos del hospital a la guardería,
del colegio a la universidad; unos van a un
trabajo en un edificio público y otros a uno
privado; muchos pasan por los dos. Unos se casan
por la iglesia, otros en el juzgado. Más adelante
vuelves al hospital y por último eres llevado
o llevada al tanatorio. Ah, y si te conviertes
en zombi, a veces vuelves a alguno de esos
lugares, aunque solo a los que echas de menos.

EL COLEGIO OLD CENTRAL

UN VERANO TENEBROSO

LIBRO

Summer of Night. 1991. EE.UU. **Autor:** Dan Simmons. Editada por Ediciones B. 799 páginas. **Género:** Terror. Infancia. Sobrenatural.

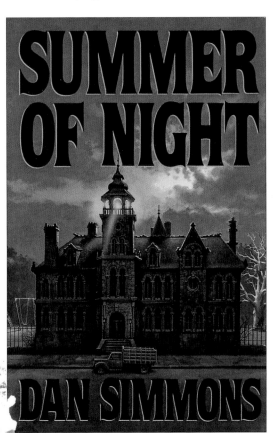

SÉ LO QUE LEÍSTE EL ÚLTIMO VERANO

En la pacífica localidad de Elm Haven, la llegada del verano coincide con la misteriosa desaparición de un niño. Cinco ociosos amigos de la misma escuela intentan averiguar qué ha sido de él, y pronto se topan con que algo extraño sucede en Old Central, el viejo colegio que ese mismo año se dispone a cerrar sus puertas, y que parece esconder una presencia maldita en el interior de sus muros.

Un verano tenebroso es una novela ideal para leer, precisamente, en verano, aunque es tan entretenida y espeluznante que podrás disfrutarla en cualquier época del año. El libro de Simmons está considerado un clásico del terror, ¡y eso que el autor la escribió en 1991!

EDUCACIÓN MORTAL OBLIGATORIA

Si te pregunto a qué te suena una historia que tiene que ver con niños y un ser diabólico que se presenta bajo diferentes apariencias, dependiendo de la edad que tengas me contestarás que estoy hablando de *Strangers Things* (2016) o de *It* (1986), la famosa novela de Stephen King. *Un verano tenebroso* tiene cosas en común con las dos, pero quizá se parezca más a la exitosa serie de Netflix que al libro del maestro de Maine. Para no destripar las sorpresas de la novela, diremos que en *It* el mal suele tomar forma humana, pero en *Un verano tenebroso* predominan otro tipo de criaturas (muy propias del imaginario del escritor H.P. Lovecraft) que podrían irse de copas con los bichos que pululan por el universo de *Stranger Things*. En ritmo también se parece a la serie de Netflix, pues pasan un montón de cosas y el enfrentamiento con los monstruos es continuo, mientras *It* es un libro un pelín más reflexivo. Los que busquen una novela sangrienta tampoco quedarán defraudados; hay muertes y escenas desagradables para dar y tomar.

> Old central es como un ser consciente que se resiste a morir, y los principales afectados son los pequeños protagonistas de la novela.

PENNYWISE VS. SIMMONS

El que no conozca a Dan Simmons dirá que *Un verano tenebroso* es una copia de *It*, ya que King lo escribió cinco años antes. Veamos lo que dice Simmons al respecto: «La primera vez que lo conocí (a King) fue justo después de terminar *Un verano tenebroso,* […] yo no había leído el libro de *It*, pero Steve tuvo la oportunidad de leer mi libro, así que sabíamos las diferencias que había entre los dos, pero otras personas pensaron: "Oh, está copiando el libro de Stephen King". Sin embargo, pudimos comparar notas porque, al tener casi la misma edad, nos asustaban las mismas películas, encontramos las mismas novelas de bolsillo, […] fue divertido hablar con él y comparar esas notas sobre lo que nos formó en términos de lo que nos gusta escribir, lo que nos asusta y lo que esperamos que asuste a otras personas».

OLD CENTRAL

Con permiso de los seres que pululan por las calles de Elm Haven, la verdadera atracción de *Un verano tenebroso* es Old Central, la escuela donde mora algo terrible. Hasta ahora siempre habíamos leído libros sobre castillos embrujados o casas malditas, pero nadie se había atrevido a introducir el terror en ese lugar donde empezamos a formarnos como ciudadanos. Simmons maneja con recursos de genio las descripciones sobre la decadencia del edificio, los fantasmagóricos pasillos y la misteriosa campana que parece gobernar Elm Haven. En varios pasajes, el libro de Simmons recuerda a *La casa encantada* (1959), de Shirley Jackson, una mansión que no solo estaba repleta de fantasmas, sino que parecía cobrar vida. Como en aquel gran clásico, Old Central es como un ser consciente que se resiste a morir, y los principales afectados son los pequeños protagonistas de la novela, para los que enfrentarse a lo que amenaza con matarlos significa también superar los miedos adquiridos en la escuela: el miedo al castigo, a fallar, a que tus compañeros te den de lado; el temor, en definitiva, a suspender en la vida.

DAN SIMMONS, UN ESCRITOR TODOTERRENO

Dan Simmons es conocido por sus obras de ciencia-ficción, entre las que destacan *Hyperion* (1989), *La caída de Hyperion* (1989) o *Endymion* (1996). Aparte de *Un verano* tenebroso, el prolífico escritor estadounidense también tiene en su haber algunos libros de terror muy recomendables, como la obra maestra *La canción de Kali* (1986), *Los vampiros de la mente* (1989), *El abominable* (2013) o *El terror* (2007), famoso por la adaptación televisiva que se estrenó en formato de miniserie en 2018.

LA MUERTE FAVORITA DEL GUARDIÁN DE LA CÁMARA

Uno de los niños es acosado por extrañas sombras dentro de un campo de maíz. Las sombras acaban por sujetarlo, mientras una cosechadora se pone sola en funcionamiento y pasa por encima del chico.

LA COMISARÍA DE RACOON CITY

RESIDENT EVIL 2 (Remake)

VIDEOJUEGO

Biohazard. 2019. Japón. **Dirección original:** Shinji Mikami, Hideki Kamiya. **Dirección del remake:** Yasuhiro Ampo, Kazunori Kadoi. **Compañia:** Capcom. **Género:** Horror de supervivencia. **Plataformas:** Playstation, PC y XBOX

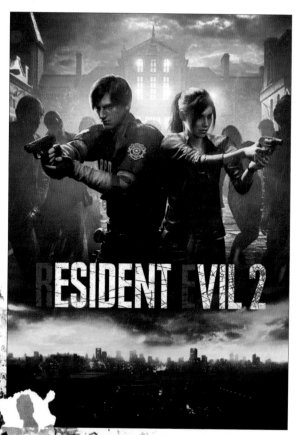

EL RENACER DE UN CLÁSICO

El virus T es un arma biológica creada por la farmacéutica Umbrella que provoca mutaciones y convierte a las personas en muertos vivientes. Dos meses después de que se produzca el escape de este virus, los zombis deambulan por las calles de Racoon city, una ciudad sumida en el caos. Claire Redfield, una chica que busca a su hermano, y el oficial de policía Leon S. Kennedy, en su primer día de trabajo, unen esfuerzos después de coincidir en una comisaría de distrito y comprobar que se ha producido una masacre. Los dos se separan en busca de supervivientes, y pronto descubren que no están solos.

Para muchos, *Resident Evil 2* (1998) es el juego preferido de la franquicia de Capcom, el que mejor ha sabido conjugar acción, exploración y esa sensación de angustia constante tan típica de la saga. El género de horror de superviven-

cia no sería el mismo sin el primer *Resident Evil* (1996), pero la segunda parte afianzó las ideas de la primera y las propulsó a una nueva dimensión. Esta versión remasterizada pule fallos y mejora en lo audiovisual, pero deja intacto todo lo demás para que disfrutemos de una experiencia inolvidable.

SOBREVIVE COMO PUEDAS

Al inicio de la aventura tienes que elegir jugar con Leon o con Claire. Una vez acabada la parte de uno —da igual el orden—, puedes jugar la campaña del otro, que te aportará un punto de vista diferente de las mismas situaciones. Además, verás el rastro que dejó el primer personaje con el que jugaste, lo que otorga mayor coherencia a la historia. Este sistema novedoso de juego fue bautizado con el nombre de *Zapping system*, y se trataba de un concepto extraído de *Regreso al futuro II* (1989), donde Marty y compañía viajaban en el tiempo y se encontraban con los cambios que habían realizado en la primera película.

LA MUERTE FAVORITA DEL GUARDIÁN DE LA CÁMARA

Impresiona la primera vez que un zombi te atrapa y te devora, arrancándote la mitad del cuello. Ñam, ñam.

Esta versión remasterizada pule fallos y mejora en lo audiovisual, pero deja intacto todo lo demás para que disfrutemos de una experiencia inolvidable.

Resident Evil 2 tiene una perspectiva en tercera persona y, como en todo buen juego de supervivencia, la munición y los botiquines de salud son bienes escasos, y debes aprender a dosificarlos. A lo largo de la aventura hay que buscar objetos, cumplir misiones y resolver puzles, estos no demasiado complejos, mientras te enfrentas a los peligros que acechan por los pasillos de la comisaría. Cada enfrentamiento con los zombis se transforma en una escena brutal de una película gore, tal es el realismo en los gráficos y en las secuencias cinemáticas (aquellas en las que hay narración pero no tenemos el control del personaje). Y ¡Ojo!, porque los muertos vivientes son unos teletubbies al lado de los temibles Lickers o el imparable Tyrant, un jefe final que te pondrá en apuros continuamente.

INMERSIÓN TOTAL

Pocos videojuegos pueden presumir de ser tan inmersivos. *Resident Evil* te obliga a aguantar la respiración, a mirar de reojo, a escuchar cada sonido. Y por muy preparado que creas estar, *pum*, en cualquier instante te llevas un susto que te pone los pelos como los clavos del cenobita de *Hellraiser*. Para lograr que la experiencia fuera óptima, era necesario cuidar mucho la ambientación y el sonido, y el juego es sobresaliente en los dos apartados. Una cosa tan aparentemente sencilla como el eco del golpeteo de la lluvia sobre una ventana semitapiada por maderos, sugestiona más que un monstruo babeante de dos metros. Otro aspecto notable de *Resident Evil 2* es el ritmo, pues el relato va de menos a más, pero sin dejar de mantener el interés. En las últimas fases la acción es constante y la angustia casi insoportable, pero merecerá la pena si sobrevives. Resumiendo: tendrás que pegarte una buena ducha una vez hayas acabado la partida.

Curiosidades:

- El título original en japones significa *Biohazard* o «Riesgo biológico», pero en Estados Unidos y Europa lo cambiaron a *Resident Evil*.

- Desde su nacimiento, la franquicia ha ido creciendo a todos los niveles. Actualmente hay ocho videojuegos —nueve contando *Resident Evil 0*—, más los *remakes,* títulos satélites (como *Resident Evil: Survivor,* 2000, o *Resident Evil: Revelations,* 2012), y varios pertenecientes a dispositivos móviles; no olvidemos la saga de seis películas interpretadas por Milla Jovovich, siete novelas, mangas, una novela gráfica, una miniserie de animación (*Resident Evil: Oscuridad infinita,* 2021), y una serie de televisión en preparación.

- *Resident Evil* (1996), *Resident Evil 2* (1998) y *Resident Evil 4* (2005), fueron elegidos en su día como videojuegos del año.

- En total, la saga de videojuegos está protagonizada por cinco personajes principales: Chris y Claire Redfield, Jill Valentine, Leon S. Kennedy, Ethan Winters y una gran galería de secundarios.

- En uno de los pasillos de la comisaría, se puede leer la palabra «Redrum», que rinde homenaje a uno de los momentos de la película *El resplandor.*

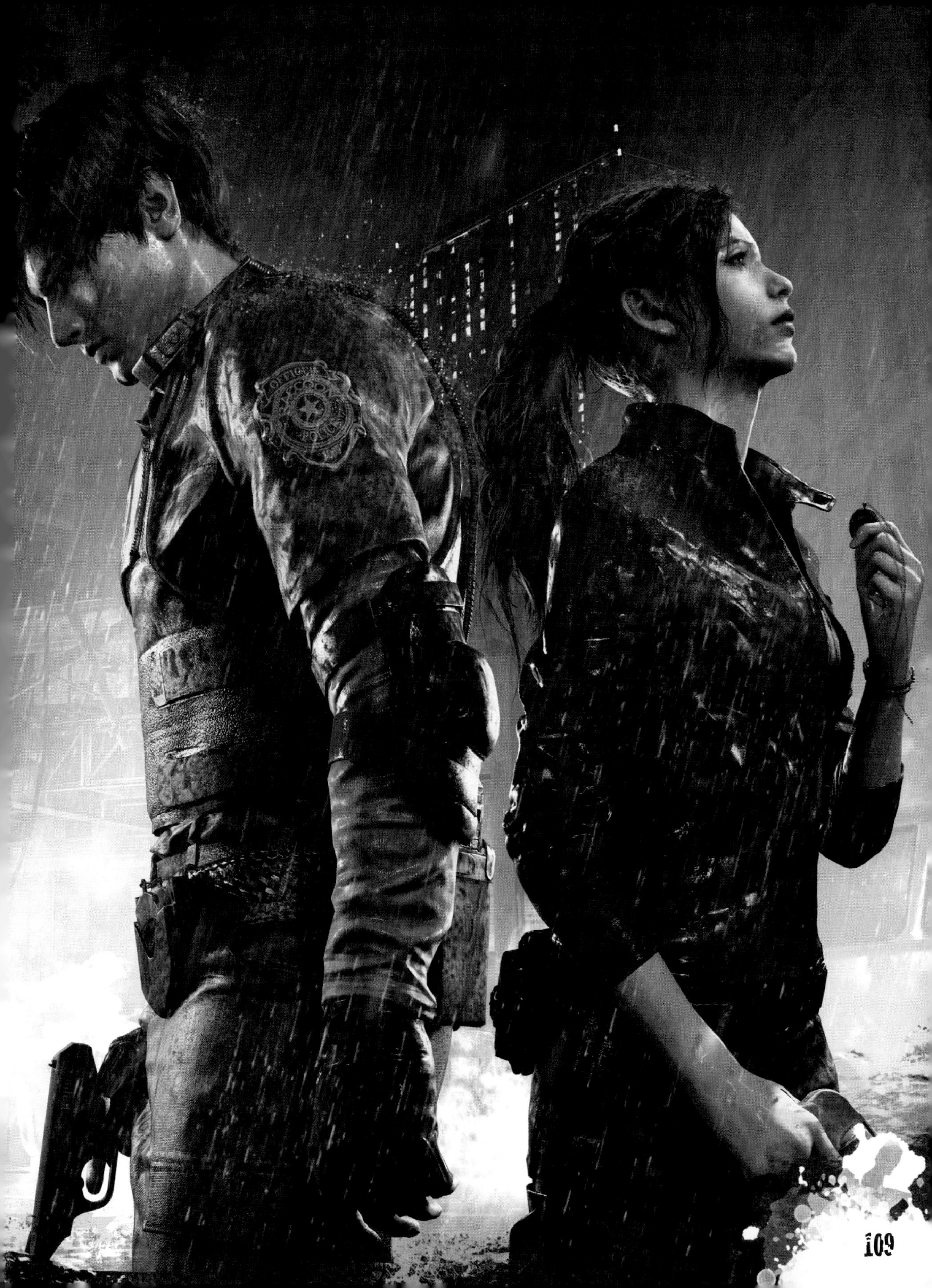
OFFICER
RACCOON
POLICE

ACADEMIA DE BAILE TANZ

SUSPIRIA

PELÍCULAS

Suspiria. 1977. Italia. **Dirección:** Dario Argento. **Reparto:** Jessica Harper, Stefania Casini, Flavio Bucci. **Género:** Terror. Sobrenatural. Brujería. 101 min.

SINFONÍA DE HORROR

Suzzy Bannon es una chica norteamericana que viaja a Alemania para mejorar sus estudios de baile en una elitista academia de Friburgo. La misma noche que llega a la ciudad una alumna es salvajemente asesinada, y en días posteriores suceden otros crímenes relacionados con la escuela. El extraño comportamiento de las profesoras y el ambiente opresivo que reina en el lugar, lleva a Suzzy a pensar que hay un oscuro y siniestro secreto relacionado con la directora del centro.

Obra de culto y estudio, *Suspiria* (1977) es la pieza de un genio llamado Dario Argento, que después de dirigir la imprescindible *Rojo oscuro* (1975), alcanzó el grado de excelencia con esta película de terror vestida con traje de ópera. No te preocupes si no te enteras de la mitad de las cosas que ves en la pantalla, porque enseguida quedarás bajo el hechizo de la virtuosa puesta en escena, y jamás podrás olvidar algunos de los asesinatos más chocantes que ha dado el cine de horror de las últimas décadas.

DANZANDO CON BRUJAS

El filme se inspiró en *Levana y nuestras señoras del dolor,* uno de los poemas del libro *Suspiria de profundis,* escrito por Thomas de Quincey en 1845. El poeta se refiere a tres diosas hermanas que simbolizan los padecimientos del ser humano: *mater suspiriorum* (madre de los suspiros), *mater tenebrarum* (madre de las tinieblas), y *mater lachrymarum* (madre de las lágrimas). Argento fue algo más directo y convirtió estas figuras en brujas malvadas que buscaban destruir el mundo. Se rodó una película para cada una de las tres madres: la primera fue *Suspiria* —madre de los suspiros—, siguió *Inferno* (1980) —madre de las tinieblas— y la trilogía se cerró con la tardía *La madre del mal* (2007) —madre de las lágrimas—, aunque se pueden ver de forma independiente, ya que apenas se hacen alusiones al título anterior.

Nunca el terror fue tan bello, ni la muerte tan cruel.

   El director y su pareja y actriz Daria Nicolodi escribieron el guion basándose en distintas fuentes. Argento estaba interesado en historias de magia y ocultismo, mientras Nicolodi añadió al guion un cierto toque de cuento tétrico para adultos. Ambos usaron el personaje de Blancanieves para perfilar el papel protagonista interpretado por Jessica Harper. De hecho, cuenta Argento que la pesadillesca y absorbente estética de *Suspiria* (repleta de vívidos colores como el azul y el rojo) intentaba emular las tonalidades de la *Blancanieves* de Walt Disney.

EL ARTE DE LA MUERTE

Al gran trabajo de iluminación, hay que sumarle los irreales y vanguardistas interiores de la academia —con su imponente fachada—, la estridente y alineante banda sonora de Goblin, y el talento del director con la cámara, que la mueve a su antojo en *travellings* imposibles. *Suspiria* es un filme poco convencional que te atrapa a través de la imagen. El primer crimen roza el surrealismo por lo exagerado y grotesco, yendo un paso más allá en los asesinatos que solían acaecer en las cintas italianas de terror de la época (o *giallos*). Hay una extraña belleza en cada muerte —como si fueran cuadros gore en movimiento—, y escenas que te cortan la respiración, sirva de ejemplo la secuencia donde las estudiantes escuchan una respiración de ultratumba, o aquella en la que Suzzy descubre el secreto oculto de una de las habitaciones.

Como toda obra «diferente», tiene sus seguidores y detractores, y estos últimos se quejan de la escasa coherencia del argumento o de unos personajes mal desarrollados. En todo caso, *Suspiria* es una experiencia que cualquier amante del fantástico debería ver al menos una vez en su vida.

LA NUEVA SUSPIRIA

En 2008, el talentoso director italiano Luca Guadagnino (*Call Me by Your Name*, 2017), se hizo con los derechos de la historia escrita por Argento y Nicolidi, pero debido a varios problemas con el estudio que iba a producirla el rodaje se pospuso hasta 2018. Según el propio Guadagnino, la nueva *Suspiria* sería un homenaje, pero no un *remake*. El argumento puede sonar parecido —la estudiante que llega a una academia de baile donde ocurren unos misteriosos crímenes—, pero son obras muy diferentes. Lo que primero salta a la vista es su estética; esta versión se aleja de los llamativos colores intensos para mostrar lo contrario: un estilo visual otoñal de colores apagados. No se puede decir que la historia provoque muchos escalofríos, no era esa la intención del director; aunque hay varias escenas espeluznantes —genial la del descoyuntamiento de una bailarina—, Guadagnino propone una reflexión sobre la raíz del mal, y lo hace desde dos puntos de vista: el de un poderoso matriarcado que trabaja en la sombra —las brujas—, y el del pasado del régimen nazi. Si te atraen estos temas, seguro que le sacas jugo a esta interesante y diferente propuesta; eso sí, hay dos «peros»: la trama carece del suspense de la original, pues desde el inicio sabemos quiénes forman el aquelarre; la segunda pega es su excesiva duración, que supera los 130 minutos.

Dario Argento dijo esto sobre el filme: «Traicionó el espíritu de la película original: no hay miedo, no hay música, no me satisfizo tanto […] es una película refinada, como Guadagnino, que es una buena persona».

LA MUERTE FAVORITA DEL GUARDIÁN DE LA CRIPTA

En la versión de 1977, una chica es apuñalada atrozmente en el torso hasta que se le ve el corazón; después el asesino desliza una cuerda alrededor de su cuello y la empuja por una claraboya. La joven muere ahorcada y una de las piezas de la claraboya cae sobre otra chica que miraba desde abajo, atravesándole la cabeza.

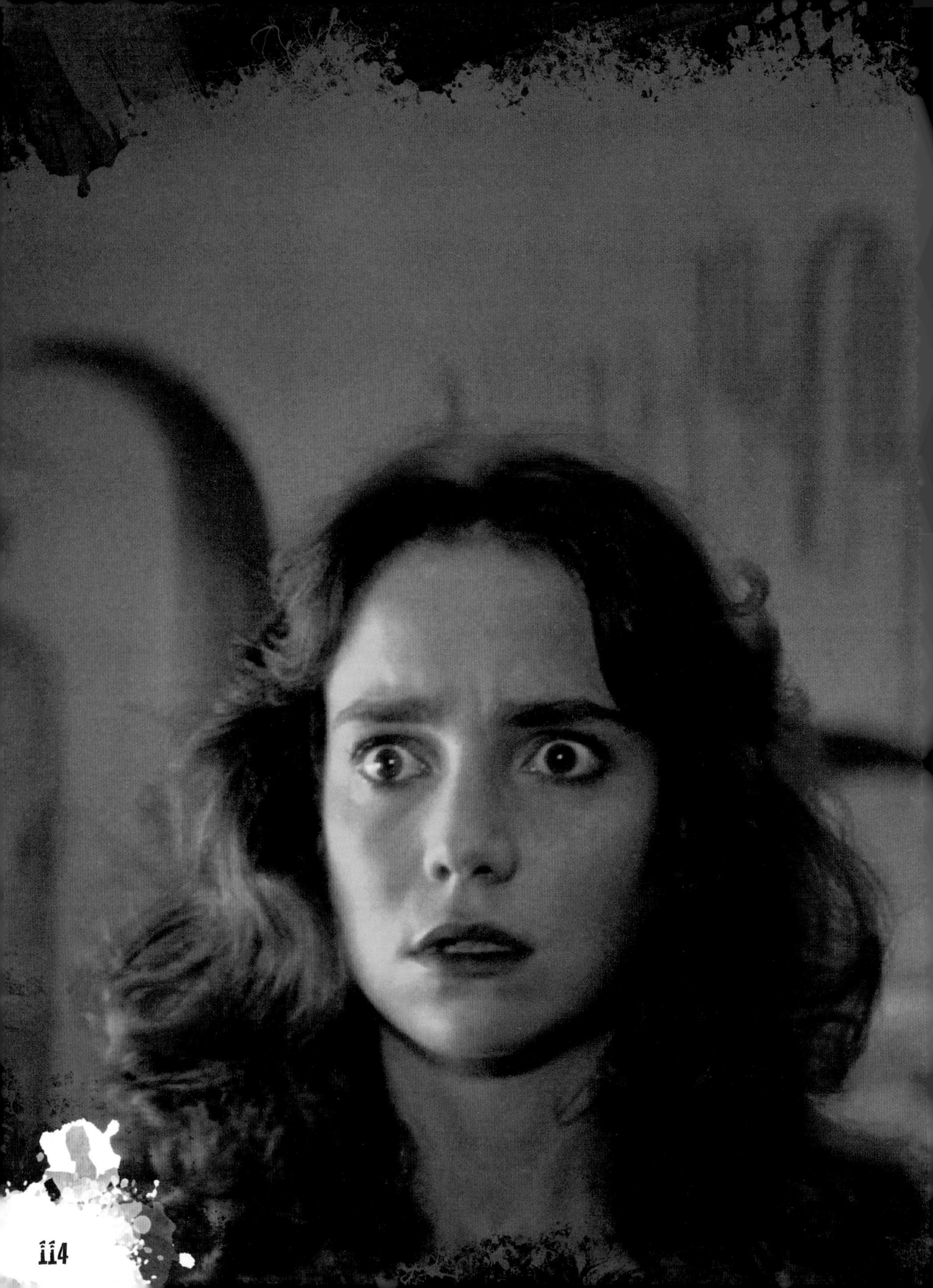

Curiosidades:

- Para el papel principal, Argento se decantó por Jessica Harper gracias a su estelar debut en el musical *El fantasma del paraíso* (1974), de Brian de Palma.

- Dario Argento contrató a la mítica actriz Joan Bennett para el papel de subdirectora de la academia porque la diva trabajó tres veces a las órdenes del no menos mítico director Fritz Lang (*La mujer del cuadro*), del que Argento es gran admirador.

- *Suspiria* está incluida entre las *1001 películas que tienes que ver antes de morir*, el famoso libro escrito por Steven Scheneider.

- Si te gustó la primera parte de la trilogía, puedes lanzarte sin problemas a por *Inferno* (1980), una segunda entrega aún más bizarra, pero con una asombrosa fotografía de Romani Albani y asesinatos marca de la casa. La última parte, *La madre del mal* (2007), es claramente inferior a las dos primeras.

- Después de *Inferno*, Nicolodi escribió un borrador de guion para rodar la tercera parte de la trilogía, pero el productor Dino De Laurentis no parecía muy interesado, y Argento decidió centrarse en su siguiente obra: *Tenebre* (1982), que pese al título no tiene nada que ver con las «tres madres». Años después, Nicolodi le entregó ese guion a su amigo el director Luigi Cozzi, pero este tampoco quería rodar una secuela de los filmes de Argento, así que reescribió el texto y Nicolodi se desvinculó del proyecto. Antes de empezar el rodaje, uno de los productores dijo a Cozzi que había adquirido los derechos del relato *El gato negro*, de Edgar Allan Poe, y le pidió que sacase algunos gatos en la historia. Dicho y hecho, en 1989 se estrenó *El gato negro*, una desvergonzada serie B en la que una bruja llamada Levana acosa a una actriz (Caroline Munro). Una película de brujas, gatos y gore, versión bastarda de la trilogía de las madres.

UNA IGLESIA ABANDONADA EN LOS ÁNGELES

EL PRINCIPE DE LAS TINIEBLAS

PELÍCULA

Prince of Darkness. 1987. EE.UU. **Dirección:** John Carpenter. **Reparto:** Jameson Parker, Lisa Blount, Donald Pleasance. **Género:** Terror. Religión. Posesiones. 97 min.

"A new film from John Carpenter. master of terror and suspense."

Before man walked the earth ...
It slept for centuries.
It is evil. It is real.
It is awakening.

JOHN CARPENTER'S
PRINCE OF DARKNESS

EL FIN DEL MUNDO EN UN RECIPIENTE

A la muerte de un sacerdote perteneciente a una orden llamada la Hermandad del sueño, el padre Loomis descubre que el fallecido ocultaba un extraño recipiente de cristal en el sótano de una iglesia abandonada. Loomis sospecha que en su interior reposa una fuerza diabólica que el sacerdote y la hermandad custodiaban. El padre pide a un profesor de física que le ayude a desentrañar el contenido del recipiente, y junto a un grupo de alumnos acuden a la iglesia. Todas las señales apuntan a que en el receptáculo de cristal anida un mal que está a punto de desatarse, y que amenaza con acabar con la humanidad.

El príncipe de las tinieblas (1987) pertenece a la denominada «trilogía del apocalipsis» del realizador John Carpenter, que incluye *La cosa* (1982) y *En la boca del miedo* (1995). Como indica su nombre, todas ellas tratan sobre el fin del mundo desde un punto de vista terrorífico.

SATÁN EN BOTELLA

No reventamos el argumento si decimos que en el interior del recipiente se halla una fuerza demoníaca —de siete millones de años de antigüedad— que se libera y causa estragos entre el personal, ya que estos acontecimientos se desatan en el primer tercio del filme. Como ocurría de forma análoga en *La cosa*, el mal se transmite al ser humano y lo posee. Lo realmente curioso es su forma de «contagiarse»: a través de un chorro de líquido (tipo manguera) que sale por la boca del poseído. Si alguna gota cae en la boca de la víctima, está listo. Además, otros enemigos acechan en el exterior del edificio. Varios vagabundos parecen haber sido controlados por el recipiente, y andan dispuestos a asesinar a cualquiera que abandone la iglesia.

LA MUERTE FAVORITA DEL GUARDIÁN DE LA CRIPTA

En una secuencia que parece homenajear al cine de terror italiano, una vagabunda apuñala a una víctima con unas tijeras de podar, mientras ambos pisan una mullida alfombra de cucarachas crujientes.

TERROR DE ADULTOS

Estos ingredientes dan como resultado uno de los temas favoritos del director: el encierro físico y psicológico de una serie de personajes que son asediados por fuerzas malignas: «Estoy muy orgulloso de esta película —comenta Carpenter—. Es un regreso a un tema y estilo de realización de películas que no he hecho en mucho tiempo».

Efectivamente, *El príncipe de las tinieblas* supuso la vuelta del realizador a un esquema que no repetía desde *La cosa*, pero también —después de su fracaso en Hollywood— a los pequeños presupuestos y a poder controlar sus historias: «Muchas películas de hoy en día tratan de gente joven siendo modernos. Pero los personajes de este filme son adultos. Si hubiera trabajado con un gran estudio, me habrían hecho cambiar a los estudiantes por adolescentes». Carpenter comenta que su película es «un cruce entre ciencia ficción y terror, una combinación entre *El exorcista* (1973) y *El experimento del Doctor Quatermass* (1955)»; este último se trata de uno de los filmes predilectos del director, donde un ser alienígena posee y se fusiona con el doctor que da título a la cinta. De hecho, en los títulos de crédito de *El príncipe de las tinieblas* firma el guion con el seudónimo de Martin Quatermass.

ESTO NO ES UN SUEÑO, NO ES UN SUEÑO

Prince of darkness es un entretenimiento de lujo, con acción, un ritmo *in crescendo* y una excelente banda sonora compuesta, como es habitual, por el mismo Carpenter. No es una película especialmente turbadora, pero la atmósfera que rodea a la iglesia fascina desde las primeras secuencias, con esos callejones oscuros, los vagabundos caminando como zombis…, y ese gran momento donde una de las victimas aparece cubierta de cucarachas y después se le desprende la cabeza. Aparte de que hasta el desenlace no conocemos las verdaderas intenciones de lo que contiene el recipiente, la historia cuenta con otro misterio: todos los protagonistas tienen un sueño que se repite, en el que alguien les advierte que aquello no es un sueño, sino un mensaje del futuro enviado para advertirles de un suceso que deben evitar. Dicho evento se refiere a la imagen recortada de una persona saliendo de la iglesia que no llegamos a ver, ya que el sueño/mensaje se interrumpe justo al final. Esta apasionante circunstancia (que parece mandada desde *Están vivos,* otra cinta de Carpenter), le da al epílogo de la película un plus de genialidad: nunca unos dedos acercándose a un espejo nos han interesado tanto.

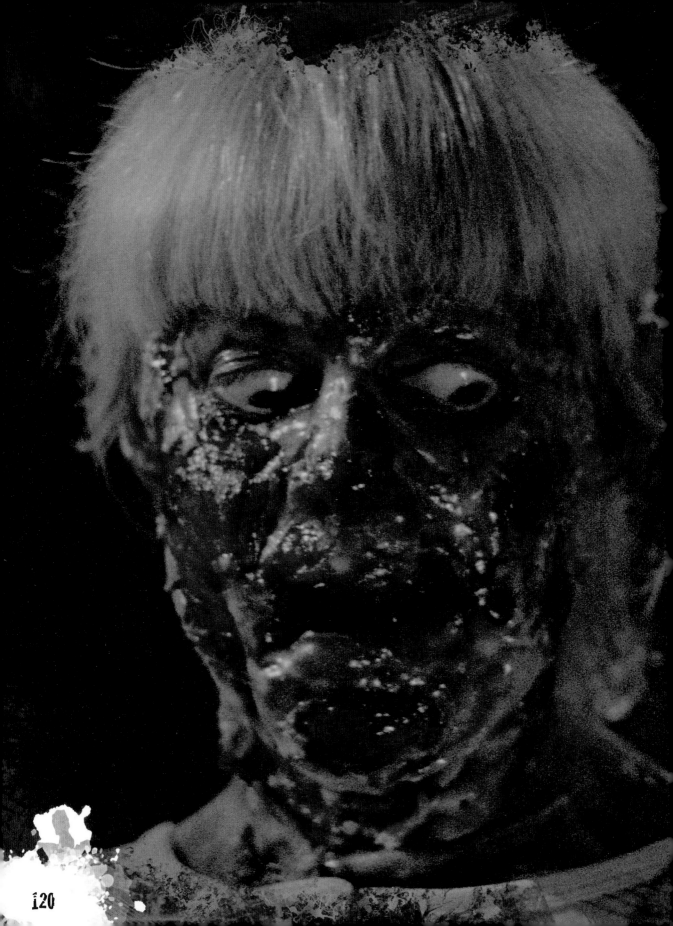

Curiosidades:

- La comentada escena del mensaje del futuro se basó en un sueño que tuvo la productora Debra Hill, en el que una figura oscura que salía de una iglesia la llenaba de pavor. John Carpenter desarrolló la historia en torno a esta idea, con la esperanza de recrear el miedo que realmente sentía Hill.

- En la película se relaciona la física con los fenómenos sobrenaturales que rodean el enigmático recipiente. No se hacen profundas reflexiones, pero sí queda patente que el director conocía el debate entre religión y ciencia: «He estudiado mucha física cuántica —explica Carpenter—. He incorporado parte de la realidad científica que el público general aún no conoce […]. Todos tratamos de aferrarnos a una estructura racional del universo, pero el universo realmente no es racional. Cuando aprendes física, descubres una realidad diferente, que es más extraña y aterradora que la que conocemos».

- Los actores principales no son muy conocidos, pero tanto Jameson Parker como Lisa Blount (que rodó varias cintas de terror durante esos años) resultan convincentes y comparten una «fascinante» historia de amor. En roles secundarios tenemos al siempre interesante Donald Pleasance, a Victor Wong (*Golpe en la pequeña China*), y al cantante Alice Cooper, encarnando a un indigente poco amistoso.

- El personaje que interpreta Donald Pleasance se apellida Loomis, al igual que su personaje en la saga de *La noche de Halloween*.

TERROR ADOLESCENTE EN EL INSTITUTO LAKEWOOD

SCREAM

SERIE

Scream. 2015-2019. EE.UU. **Creadores:** Jill E. Blotevogel, Dan Dworkin, Jay Beattie. **Reparto:** Willa Fitzgerald, John Karna, Bex Taylor-klaus. **Género:** Terror. Slasher. Adolescentes. **Plataforma:** MTV.

EL REGRESO DE GHOSTFACE

En la ciudad de Lakewood están conmocionados por la brutal muerte de Nina, una de las chicas más populares del instituto. Dentro de su grupo de amistades, la joven Emma Duval comienza a recibir unas amenazantes llamadas anónimas, mientras otros chicos del grupo son asesinados o desaparecen. Todo señala a que los crímenes actuales están vinculados a otros que un tal Brandon James pudo cometer veinte años antes; unos sucesos que no fueron esclarecidos porque Brandon desapareció.

Con el estreno de su cuarta entrega en 2011, la saga de *Scream* se cerró dando síntomas de agotamiento. Sus creadores, Kevin Williamson y Wes Craven, habían exprimido los autohomenajes del cine de terror al máximo, y los guiones no tenían la fuerza de las primeras entregas. Los personajes tampoco daban más de sí y Ghostface ya no despertaba el mismo entusiasmo. Pero había demasiados fans de la franquicia, y se pensó en cómo actualizar la saga para las nuevas generaciones manteniendo su espíritu. Así se concibió la serie de *Scream*.

MENOS RISAS, MÁS TERROR

Scream es una serie de adolescentes producida por la MTV que constó de dos temporadas, un especial y una miniserie posterior. Lejos de lo que se podría pensar, la serie no es un *Jersey Shore* con asesinatos de por medio. Posiblemente para distanciarse de otros programas de la cadena, *Scream* abandona el tono paródico de los últimos filmes para abrazar el suspense y el *slasher* puro y duro. Cada episodio se convierte en una carrera contrarreloj para evitar la siguiente muerte y de paso averiguar la identidad del nuevo Ghostface, que, naturalmente, se encuentra entre el numeroso elenco de personajes que rodean el instituto Lakewood. No hay nadie que se libre de ser sospechoso, pues cada uno oculta algo sobre su vida o su pasado que no quiere que sepan los demás. Entre los personajes principales tenemos a la típica chica mona —Emma—, y a su amiga Audrey, que es la rara del grupo; tampoco puede faltar el friki experto en cine de terror —Noah—, la joven estilosa y aparentemente superficial —Brooke—, el guaperas chulito —Jake—, o el atractivo jugador de rugby —Will—. A estos se irán sumando otros secundarios que te harán preguntarte, una y otra vez, quién —o quiénes—, se esconden detrás de la tétrica máscara.

LA MUERTE FAVORITA DEL GUARDIÁN DE LA CÁMARA

Emma recibe la llamada de alguien muy cercano para que acuda a una granja. Allí se encuentra a un amigo atado a una trituradora de madera. La máquina se pone en marcha y el chico es desmembrado, mientras Emma queda bañada en sangre y otras sustancias.

SANGRE, SUDOR Y LÁGRIMAS

La serie es adictiva, los diálogos son más creíbles que en otras producciones para adolescentes, y es bastante más sangrienta de lo que imaginas: hay litros de hemoglobina y asesinatos inesperados verdaderamente macabros. Si has visto mucho cine de terror, no creo que tengas problemas en adivinar quién es Ghostface en la primera temporada, pero en la segunda hay sospechosos nuevos y más de un interesante giro. Pese a que se dejan pistas falsas, no se intenta engañar al espectador, y si has seguido las dos temporadas con atención sabrás la identidad del asesino antes de llegar al desenlace.

En 2016 se rodó un especial de Halloween para cerrar algunas de las incógnitas que habían quedado pendientes al final de la segunda temporada. Los personajes principales viajan a una isla para investigar la antigua leyenda de Anna Hobbs, una historia sobre una chica que mató a su familia con unas tijeras. Como era de esperar, los muertos se amontonan y todo apunta a que Anna ha regresado con los vivos. A pesar de contar una aventura nueva —recomendable para una noche de Halloween—, este doble episodio sirve como final de la serie, si bien el epílogo abría la posibilidad de una continuación.

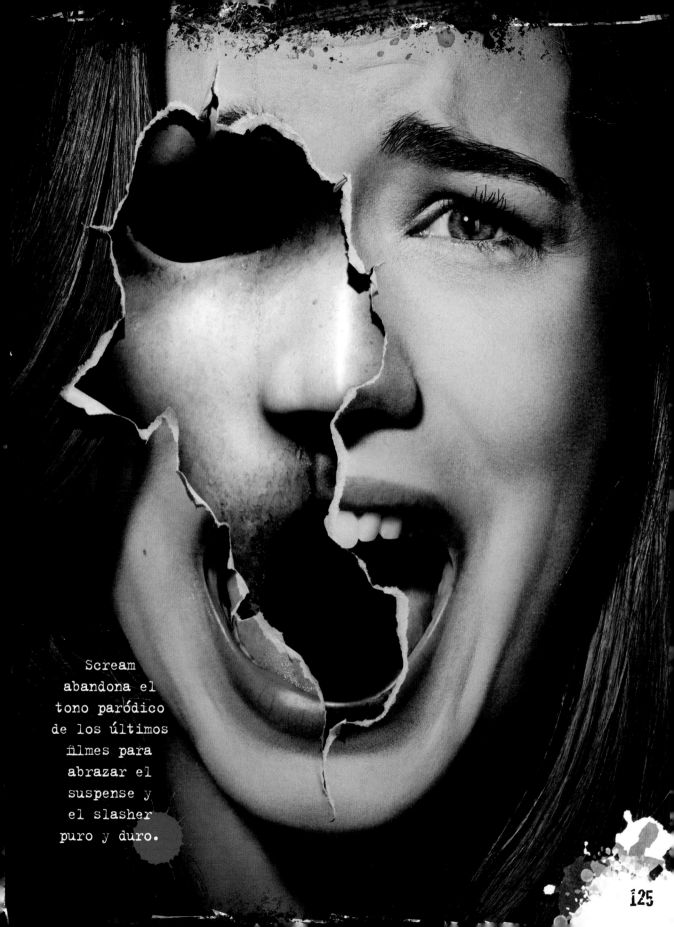

Scream
abandona el
tono paródico
de los últimos
filmes para
abrazar el
suspense y
el slasher
puro y duro.

125

Curiosidades:

- Muchos fans se preguntaron porque no se conservó la apariencia original de Ghostface. «La máscara es icónica, pero si mantuviéramos esa máscara en televisión sin seguir la historia de ninguno de los protagonistas originales sería engañar al público», comentaba Jaime Paglia, productor ejecutivo de la serie.

- A Wes Craven le gustó la nueva máscara, y Jill Blotevogel, productora ejecutiva, explicó que haría recordar a los fans otros clásicos del terror: «Recuerda a la máscara de hockey de Jason y a la blanca de Michael Myers, pero sin perder las señas de identidad de Ghostface».

- Cada episodio de la segunda temporada se titula como el nombre de una película de terror famosa: *Psicosis, Jeeper Creepers, El pueblo de los malditos*…

- La serie tuvo una acogida tibia entre la crítica y una parte de los aficionados, pero hay que decir que es una producción muy digna, y mejor que otras series de género que cuentan con mayor publicidad.

- Hubo una tercera temporada en forma de miniserie de seis episodios, pero sin los personajes de las anteriores y cambiando Lakewood por el instituto de un barrio marginal de Atlanta lleno jóvenes problemáticos. El protagonista es Deion, un joven afroamericano atormentado por un suceso de la infancia que alguien parece empeñado en traer al presente. Esa persona se esconde bajo la indumentaria de un Ghostface dispuesto a sembrar el terror de nuevo. Para esta tanda de episodios, se recuperó la máscara clásica de las películas, pero el cambio no gustó a casi nadie, y la miniserie tampoco.

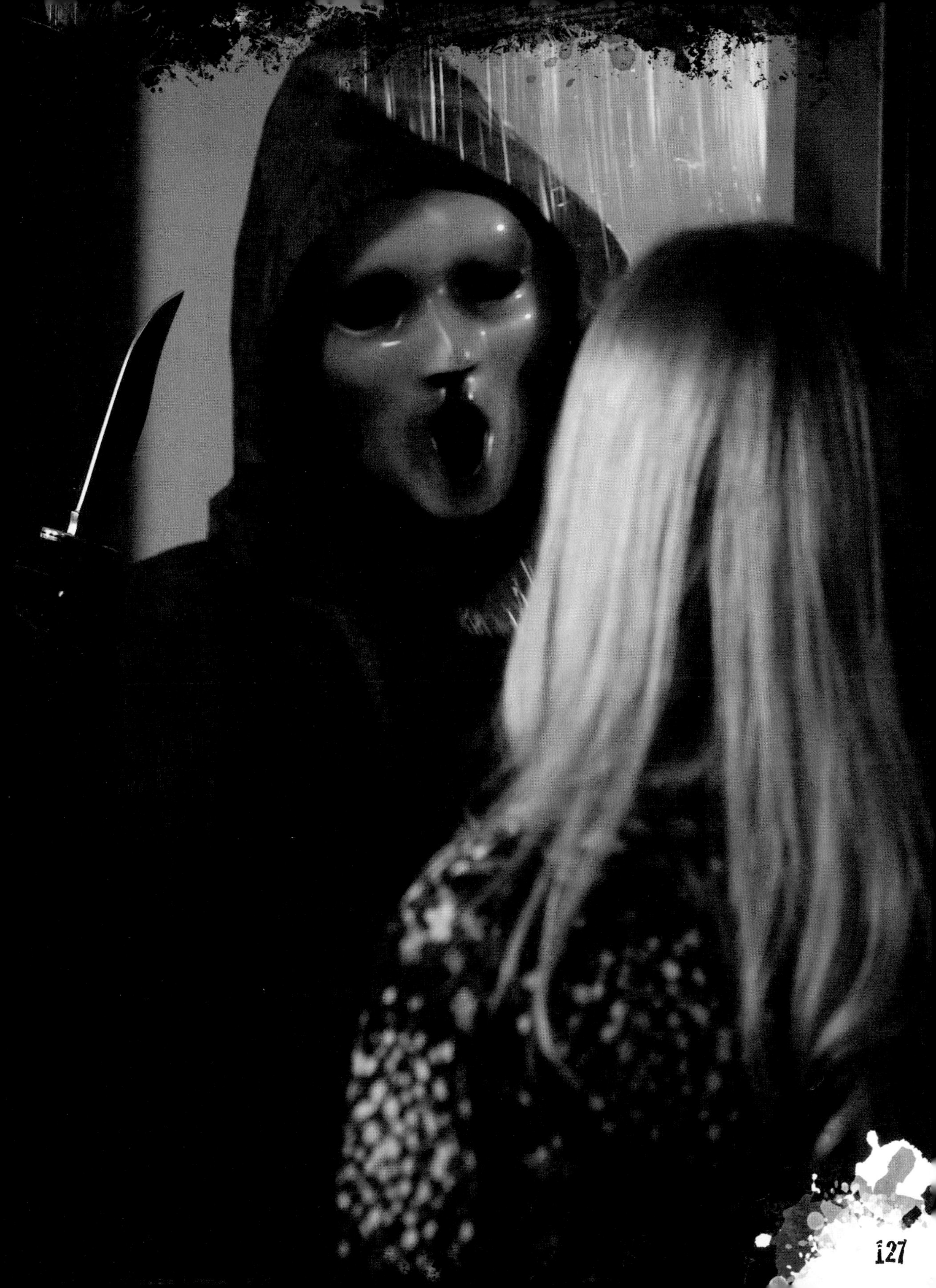

EN OFICINAS Y PLATÓS DE TELEVISIÓN

CREEPSHOW

SERIE

Creepshow. 2019-Actualidad. EE.UU. Basada en las películas de la saga *Creepshow.* **Productor:** Greg Nicotero. **Reparto:** Melissa Saint-Amand, Tricia Helfer, Ted Raimi. **Género:** Terror. Episodios. Antología. **Plataforma:** Shudder.

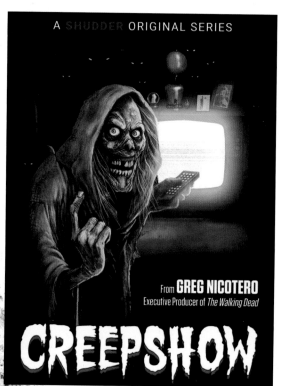

A SHUDDER ORIGINAL SERIES

From **GREG NICOTERO**
Executive Producer of *The Walking Dead*

CREEPSHOW

VIÑETAS MACABRAS

Creepshow (1982) es uno de esos grandes títulos del fantástico que siempre recuerdas con cariño. Su argumento se dividía en cinco historias de miedo guionizadas por Stephen King y dirigidas por George A. Romero. Todas ellas rendían tributo a los cómics de terror de que la compañía EC publicó en la década de los cincuenta, y eran un festival de risas y sangre hecho con mimo e inteligencia. Gracias a su éxito, en 1987 se rodó *Creepshow II*, una secuela menor, pero con algún acierto puntual (el segmento titulado *La balsa*). Mucho más adelante, en 2006, se intentaría relanzar la saga con una tercera parte que no pasó por los cines y que era para olvidar.

Ahora, *Creepshow* regresa con una serie lanzada por la plataforma Shudder, que procura recuperar el estilo clásico y cortante de aquellas historietas que solo buscaban entretener y dejar al lector con una sonrisa helada en sus labios. La primera temporada consta de seis episodios de cincuenta minutos que reunen dos historias cada uno. La segunda parte se reparte en cinco episodios de cuarenta minutos con dos historias en cada capítulo (menos el último, que solo es de uno).

EDIFICIO DE OFICINAS LAYNE CAPITAL PARTNESS
(T1, EP 4: EL LADO BUENO DE LYDIA LAYNE)

Lydia Layne es una empresaria ambiciosa que tiene de amante a Celia, una de sus empleadas. Cuando esta se entera de que Lydia le ha denegado un ascenso, se inicia una discusión que acaba con la muerte accidental de Celia. Al ver su carrera en peligro, Lydia decide deshacerse del cadáver; como es de noche y no hay personal en la oficina, sienta el cuerpo en una silla y lo lleva hasta el ascensor. Una vez dentro, se produce un terremoto y el ascensor queda bloqueado. Lydia intentará escapar antes de que la rescaten, aunque Celia no parece estar muy de acuerdo…

El lado bueno de Lydia Layne es un tenso y escalofriante relato con una pizca de Hitchcock y un poco del cine de James Wan (Expediente Warren). La historia genera ansiedad, una sofocante impresión de encierro y la sensación de que Celia parece una muerta muy viva. Tricia Helfer (Battlestar Galactica) hace un trabajo más que competente y este episodio tiene la mejor resolución de toda la temporada.

LA MUERTE FAVORITA DEL GUARDIÁN DE LA CRIPTA

Al visionario doctor Sloan, creador de «piel profunda», le explota el estómago para dejar salir a un enorme bicho armado de dientes y tentáculos. Qué bicho más dulce.

PLATÓ DE TELEVISIÓN AMERICA LIVE

(T1, EP 6: LOS COME CARNE)

Henry es un hombre con malos hábitos alimenticios que descubre un milagroso tratamiento para adelgazar llamado «piel profunda». Aconsejado por gente que lo ha probado, Henry accede a probar el tratamiento en directo para un programa de televisión. La fórmula de «piel profunda» consiste en introducir un bicho parecido a una anguila dentro del paciente para que le chupe la grasa. Antes de que Henry pueda recibir su sanguijuela particular, un eclipse solar hace que todos los bichos se vuelvan locos y devoren a sus anfitriones delante de las cámaras.

Como anuncia su argumento, *Los come carne* es igual de predecible que otros episodios de la serie, pero eso no supone un obstáculo para disfrutar de un rato divertido con una hiriente crítica a la sociedad del culto al cuerpo, mucha mala uva y una exagerada cantidad de hemoglobina y gore artesanal.

PLATÓ DE TELEVISIÓN: WQPS
(T2, EP 1: TELEVISIÓN PÚBLICA DE LOS MUERTOS)

En uno de los programas de la cadena WQPS, un invitado lleva bajo el brazo el libro de los muertos, más conocido entre los iniciados como el Necronomicón. El presentador se pasa de listo y lee en alto un pasaje del libro, con el que invoca a un demonio que posee al dueño de la reliquia. Desde ese momento se desata una orgía de muerte y destrucción por los distintos platós de la cadena.

Episodio dedicado a nostálgicos y amantes de la saga *Posesión infernal* (*The Evil Dead*). *Televisión pública de los muertos* homenajea a su director, Sam Raimi, imitando —dentro de las limitaciones artísticas y presupuestarias—, el estilo a lo dibujo animado macabro de aquel, y regalando continuos guiños a los aficionados de la mítica trilogía.

Para ser un capitulo sin apenas trama, *Televisión pública de los muertos* es la mar de ameno, no empaña el modelo original y es tan digno como cualquier episodio de *Ash vs Evil Dead* (2015), la serie protagonizada por Bruce Campbell. Buenos efectos especiales y atención al primer cuadro que aparece en el episodio.

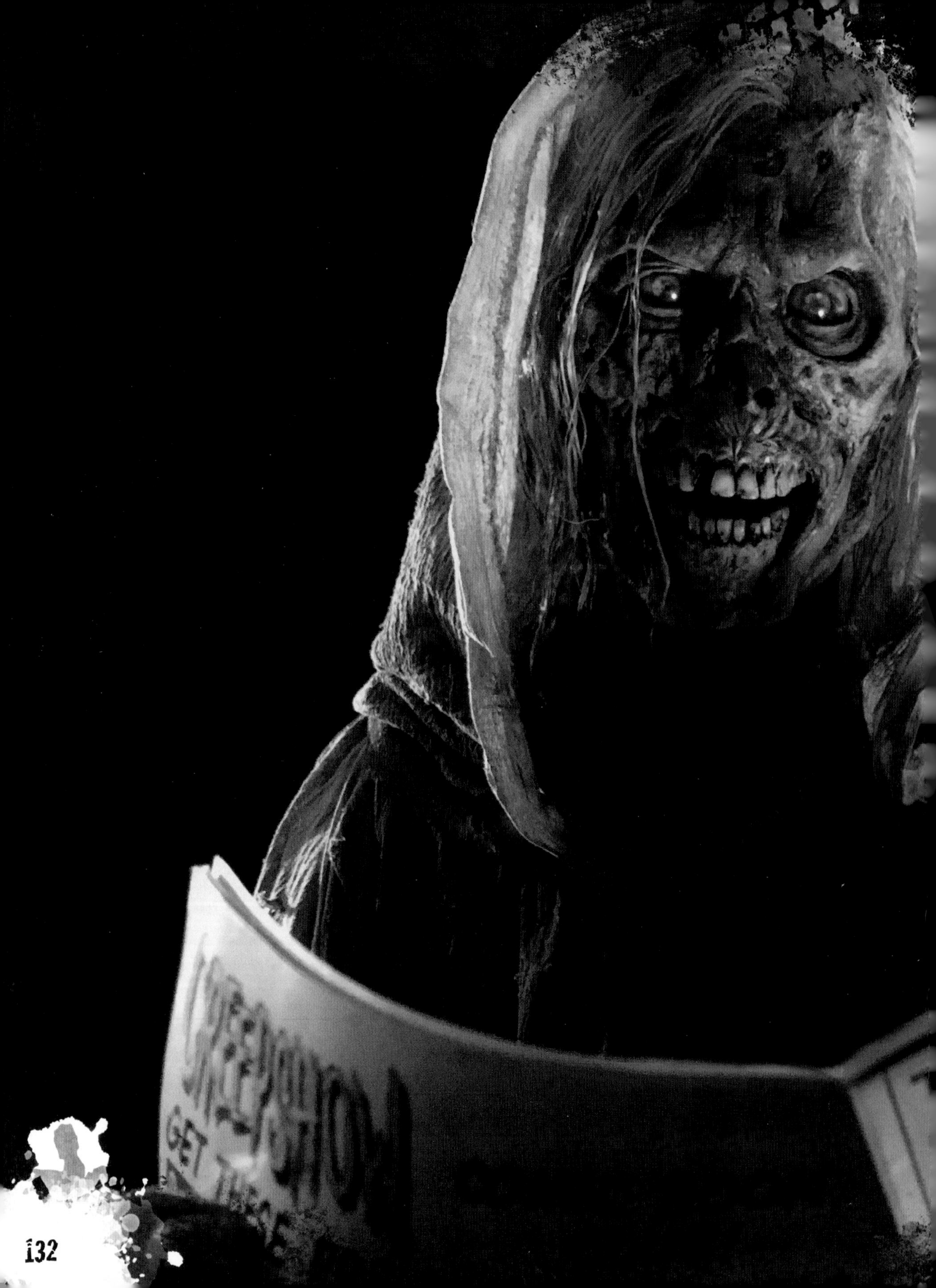
GET

Curiosidades:

- Las dos temporadas adaptan relatos de varios talentos del género. No falla Stephen King (*Materia gris*), su hijo Joe Hill (*Bajo el agua plateada del lago Champlain*), y otros buenos escritores del género, como Joe R. Lansdale (*La compañera nunca morirá*) o Paul Dini (*Los come carne*).
- No se puede decir que la compañía Shudder echara la casa por la ventana con *Creepshow*. En la mayoría de episodios se nota el exiguo presupuesto, lo que puede echar para atrás a espectadores poco habituados a la serie B.
- Como sucedía en las películas, el hilo narrador de cada episodio es un cómic titulado *Creepshow* presentado por el Creep, un esqueleto primo hermano del Crypt Keeper que salía en los cómics de *Los cuentos de la cripta*.
- Otros episodios muy recomendables son: *La casa de la cabeza, El hombre en la maleta, All hallows eve,* o *Night of the living late show*.
- En 2019, el parque temático Universal Studios situado en California montó un laberinto que incluía varias reconstrucciones de las historias de la primera película (como *El día del padre* o *La caja*), así como dos de la serie: *Materia gris* y *Hombre lobo caído*. Lástima que la atracción no se quedara de forma permanente.

LUGARES DE OCIO Y CULTURA

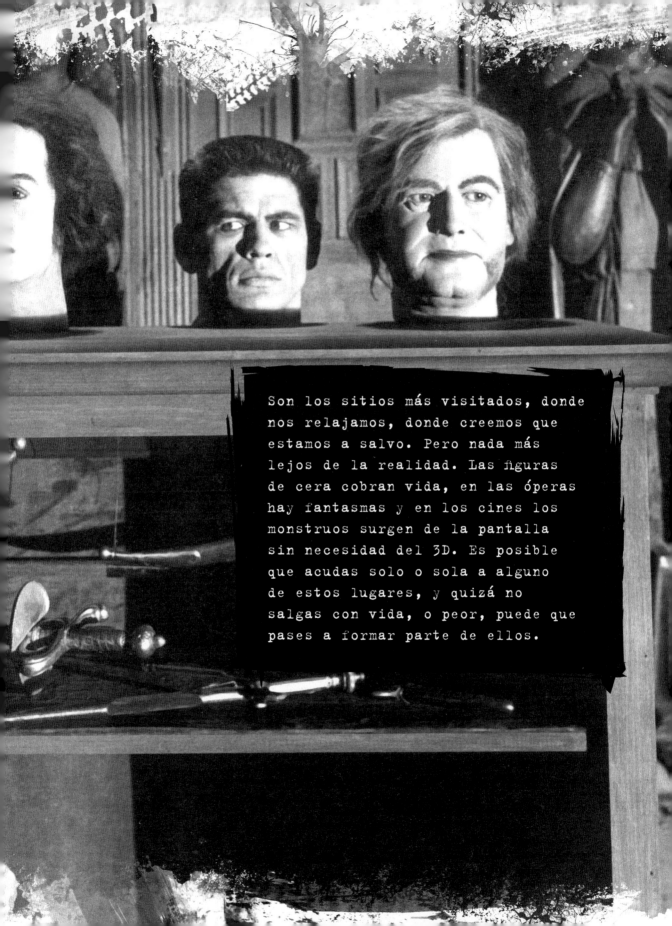

Son los sitios más visitados, donde nos relajamos, donde creemos que estamos a salvo. Pero nada más lejos de la realidad. Las figuras de cera cobran vida, en las óperas hay fantasmas y en los cines los monstruos surgen de la pantalla sin necesidad del 3D. Es posible que acudas solo o sola a alguno de estos lugares, y quizá no salgas con vida, o peor, puede que pases a formar parte de ellos.

MUSEOS DE CERA: LA CÁMARA DE LOS HORRORES

LOS CRÍMENES DEL MUSEO DE CERA

PELÍCULA

House of Wax. 1953. EE.UU. **Dirección:** Andre de Toth. **Reparto:** Vincent Price, Phyllys Kirk, Frank Lovejoy. **Género:** Terror. Intriga. Remake. 84 min.

CERA EN 3D

Un especulador prende fuego a su museo de cera para cobrar el seguro, dejando en el interior a su socio Henry Jarrod, el escultor que moldeó las figuras. Años después, el escultor, inválido tras el percance, reaparece para abrir otro museo, justo en el momento en el que empiezan a sucederse varias desapariciones en la ciudad.

Los crímenes del museo de cera es un *remake* de la interesante *Los crímenes del museo,* una cinta del año 1933 realizada por Michael Curtiz (*Casablanca*); estamos ante uno de esos raros casos en el que el *remake* es más famoso que la obra original, ¿el motivo? Hay dos principalmente: el primero es Vincent Price —un actor que en el año 53 ya era reconocido— haciendo su primer papel dentro del género que lo convertiría en leyenda; el segundo es que *Los crímenes del museo de cera* fue la primera película en color rodada en 3D por un gran estudio (Warner); para lograr tal efecto se rodó con dos cámaras, aunque el director, Andre de Toth, nunca pudo percibir el efecto óptico porque era ciego de un ojo.

FIGURAS MUY VIVAS

¿Por qué nos fascinan las figuras de cera? Quizá uno de los motivos sea el poder estar cerca de obras artesanales que tienen un extraordinario parecido a las personas que representan, figuras que admiramos (u odiamos), ya sean de ahora o de antes, reales o ficticias. Parece un hecho que, por naturaleza, nos sentimos cautivados por figuras controvertidas o escenas escabrosas. Con el personaje principal de *Los crímenes del museo de cera* ocurre algo curioso: Henry Jarrod siente atracción por lo oscuro debido a que sufrió un cambio de personalidad tras sobrevivir al incendio del local, dejando de lado la idea de tener un museo de efigies históricas para abrir uno dedicado a la muerte y a la tortura con el fin de preparar su venganza. Paradójicamente, y gracias al morbo que despierta el realismo de sus figuras, alcanza el triunfo que antes se le había negado. Lo que el público que visita el museo no sabe es que las figuras esconden un oscuro secreto.

LA MUERTE FAVORITA DE LA VIEJA BRUJA

El asesino duerme con cloroformo a un hombre y después lo ahorca arrojándolo por el hueco de un ascensor.

GRANDES MOMENTOS

La película arranca con un incendio espectacular, y continúa con varios crímenes cometidos por un misterioso individuo con el rostro deformado y vestido de negro. La ambientación está cuidada hasta el mínimo detalle, las figuras de cera son impresionantes, y el trabajo de escenificación y vestuario es soberbio. Puede que no dé miedo en sentido estricto, pero hay pasajes inquietantes, como aquel en el que Phyllis Kirk, la protagonista, entra en el museo de noche y se adentra en el taller rodeada de cabezas cortadas de cera, ojos de plástico y otras partes del cuerpo humano.

Otro gran momento se produce cuando se desenmascara al asesino; si bien hay muchos que aseguran que es poco realista, la imagen es sobrecogedora, y ha pasado a la historia del cine de terror junto a la espeluznante resolución de la película. Como siempre, Vincent Price hace un papel deslumbrante, uno de los más recordados de su extensa filmografía.

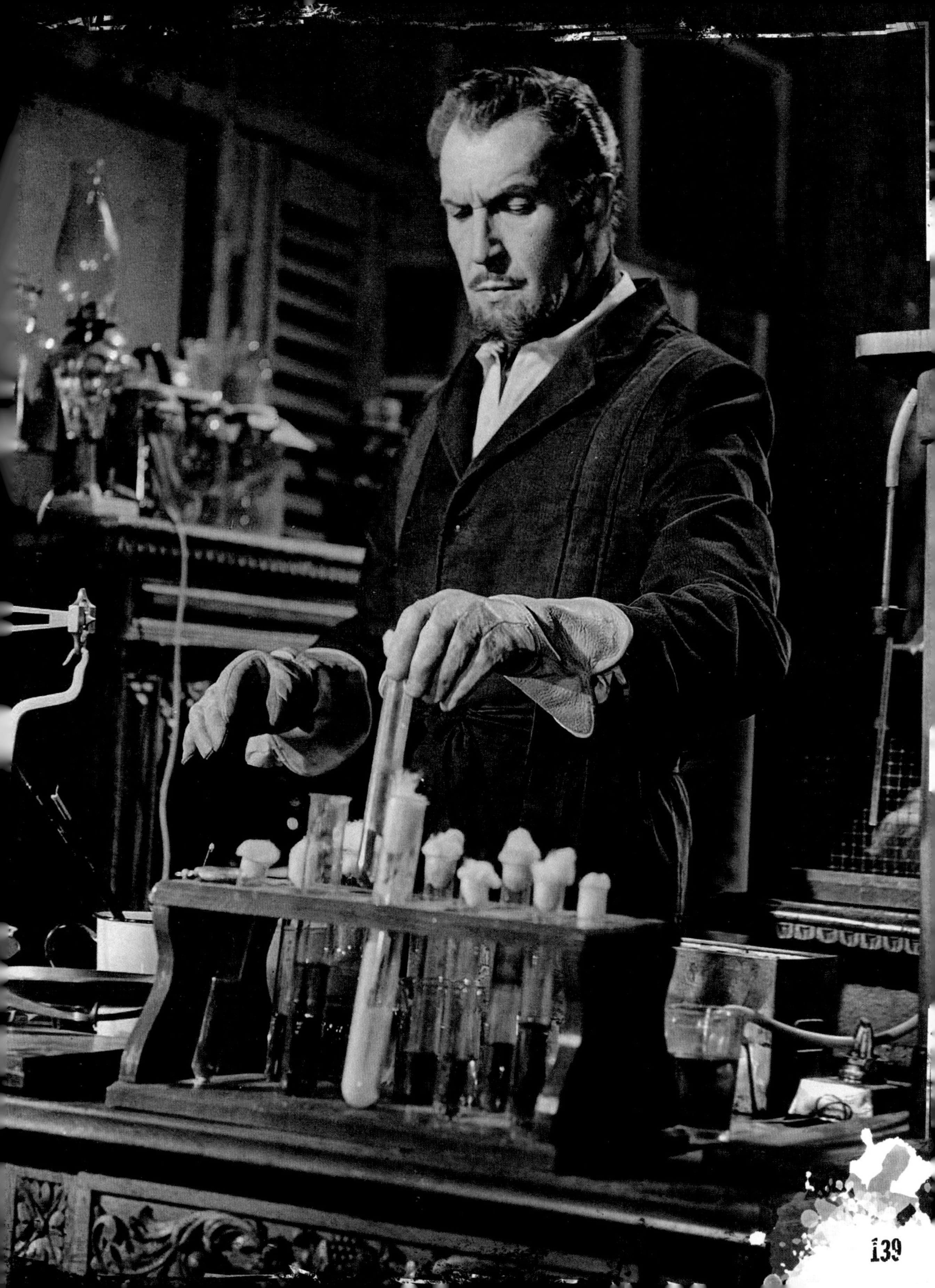

Curiosidades:

- El rodaje tuvo mil anécdotas: en la peligrosa secuencia del incencio, un balcón estuvo a punto de aplastar a Vincent Price. Además, el fuego se les fue de las manos y se tuvo que llamar a los bomberos para que lo sofocasen. En otra escena se iba a utilizar una guillotina real, lo que provocó una discusión entre el director y el actor Paul Picerni, que debía ser salvado *in extremis* de morir decapitado. El director expulsó al actor, pero después llegaron a un acuerdo y usaron una guillotina menos afilada. El maquillaje que deformaba la cara de Vincent Price era tan auténtico que provocó miedo entre el equipo de rodaje.
- Durante la cinta hay varias escenas expresamente rodadas para lucir las tres dimensiones. En la más llamativa, un malabarista juguetea con una pala de ping-pong atada a una pelota.
- El 3D no fue la única técnica innovadora usada en la película. Fue la primera vez que se grabó una película con sonido estéreo.
- Fue el primer papel relevante de un primerizo Charles Bronson.
- En 2005 se hizo una nueva versión titulada *La casa de cera*, dirigida por el español Jaume Collet-Serra. Poco tuvo que ver con el original, pues se trataba de un *slasher* de manual. Una de las jóvenes liquidadas era Paris Hilton.

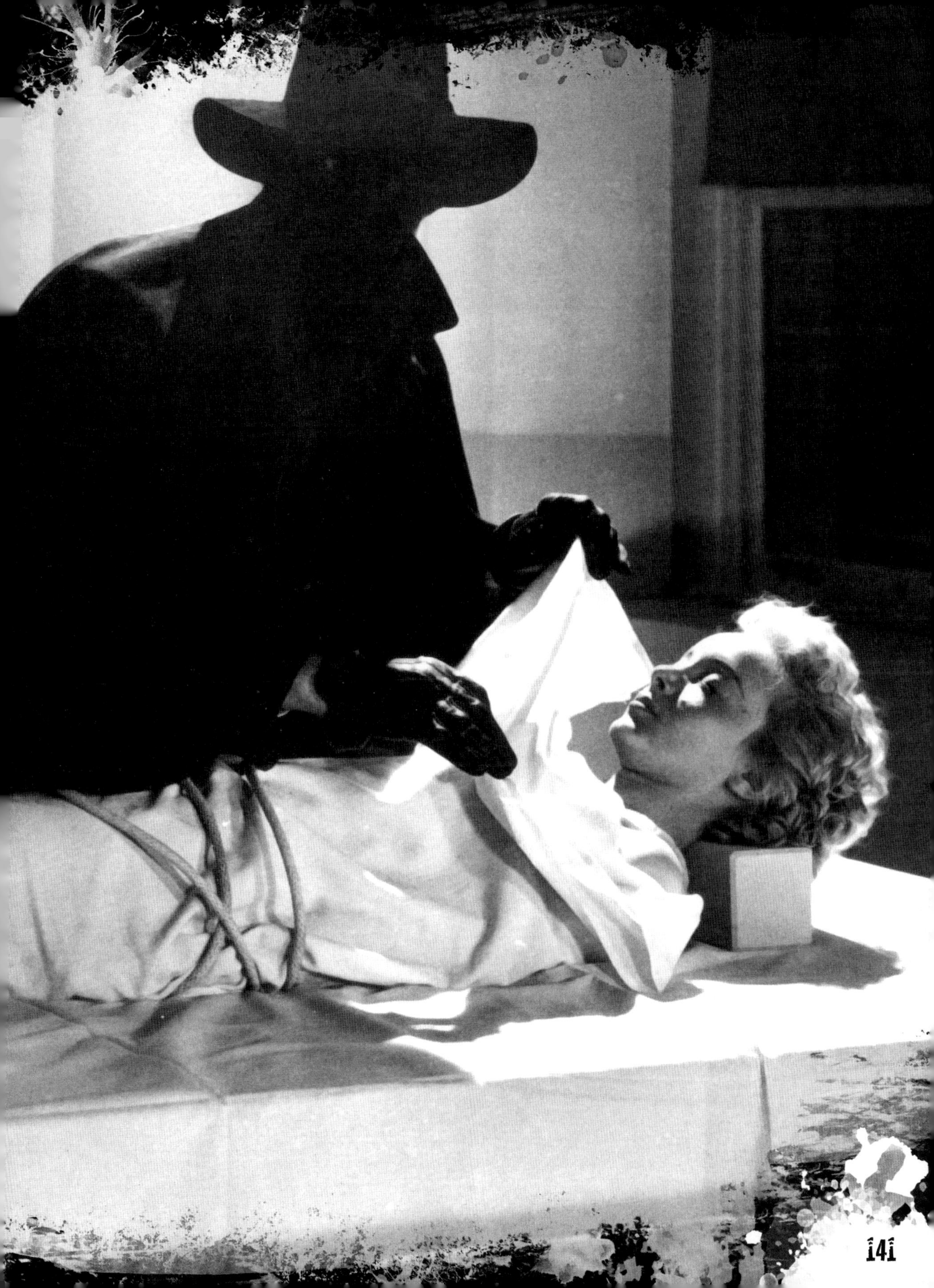

¿TE ATREVES A ENTRAR EN LA ESCAPE ROOM?

ESCAPE ROOM

PELÍCULA

Escape Room. 2019. EE.UU. **Dirección:** Adam Robitel. **Reparto:** Taylor Russell, Deborah Ann Woll, Logan Miller. **Género:** Terror. Thriller. Supervivencia. 99 min.

ESCAPA O MUERE

Seis personas de diferente condición reciben una intrigante invitación para participar en un *escape room* que ofrece diez mil dólares al ganador. Una vez dentro del edificio donde va a transcurrir el juego, quedan encerrados entre sus paredes y se ven obligados a usar su ingenio y su capacidad de supervivencia para superar una serie de habitaciones llenas de trampas mortales.

Con reminiscencias de las películas de la saga *Saw, Escape Room* es un refrescante entretenimiento que te hará dudar la próxima vez que vayas a tu *escape room* favorito. No es la primera producción que convierte este juego interactivo en un pasatiempo macabro, aunque sí es la que más ha triunfado entre el público, y sin duda se trata de una propuesta vistosa e interesante.

ORIGEN DE LOS ESCAPE ROOMS

El juego de *escape room* como tal fue creado por Takao Kato en 2007, y llegó a Europa en 2011 de manos de Attila Gyurkovics, un entrenador personal húngaro que inventó una franquicia llamada *Parapark*. Un «juego de escape» es una aventura interactiva en la que se «encierra» a un grupo de personas en una habitación donde deberán resolver una serie de enigmas y/o puzles antes de que se acabe el tiempo convenido, que suele ser de aproximadamente una hora. Es posible que os suenen películas con una temática similar bastante anteriores a 2007 y, efectivamente, hay unas cuantas: *Cube* (1997), *The game* (1997), *Saw* (2004) y sus secuelas, o la española *La habitación de Fermat* (2007).

LA MUERTE FAVORITA DEL GUARDIÁN DE LA CÁMARA

El suelo de una de las habitaciones se abre, y una de las participantes acaba cayendo al vacío. Qué torpeza. Je, je.

NO HAY SALIDA

Si has asistido en alguna ocasión a un *escape room*, sabrás que se pasa un rato muy divertido, pero que se sufre cuando el tiempo se agota y no encuentras una solución. El que sea un juego colaborativo también suma un grado de tensión, pues en muchas ocasiones cada uno quiere imponer su estrategia. La película refleja muy bien todas esas sensaciones por las que pasa el jugador, y las lleva al extremo, porque lo que está en juego no es un trofeo, es la vida de los participantes. La correcta caracterización de los personajes nos ayuda a empatizar con sus problemas (sin pasarse), y no se muestran como los típicos jovencitos sin cerebro a punto de pasar por una picadora de carne.

HABITACIONES CON VISTAS

«*Escape Room* es como una película de Agatha Christie sacada de los años cuarenta», comenta el director Adam Robitel: «Un grupo de gente reunida en una antigua mansión británica, hay un asesinato… es la misma idea, pero con un envoltorio nuevo y unos increíbles efectos visuales». No exagera el realizador al referirse a los efectos y al diseño de las habitaciones, pues significan la verdadera diferencia de esta película con otras parecidas. Lo variado y lo original de los diseños de cada diabólico cuarto son un caramelo para los amantes de lo truculento. Hay habitaciones infernales, estancias con clima propio, y una fascinante sala que desafía las leyes de la gravedad y en la que transcurre una frenética secuencia.

Al final hay un giro «sorprendente», que gustará a unos y decepcionará a otros, y un poco de moraleja sobre la sociedad moderna. Nada que pueda enturbiar una película hecha para divertir, y que consigue su objetivo.

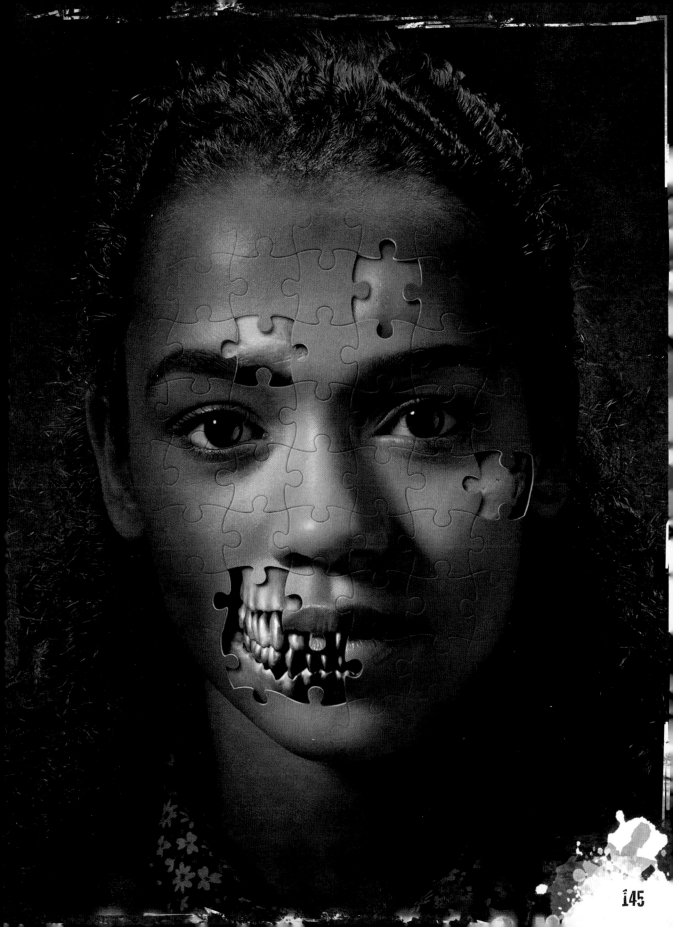

Curiosidades:

- El nombre de la empresa de *escape room* es Minos. En la mitología griega, Minos, hijo de Zeus, mandó construir un laberinto para encerrar al Minotauro, una criatura maldita engendrada por su esposa, Pasifae, y cuyo padre era un toro. Como el Minotauro se alimentaba de carne humana, Minos solía mandar gente al laberinto para ser devorada por el monstruo.

- Si eres de los que no pierden detalle, a lo largo de la cinta descubrirás que se muestran algunos símbolos masónicos. El director Adam Robitel señaló que no había ningún mensaje oculto tras esas imágenes.

- En 2019 se produjo un incendio en un *escape room* de Polonia. Murieron cinco jóvenes y, por respeto a las víctimas, se decidió retrasar el estreno de la película.

- En un principio el título de la película iba a ser *The Maze* (*El laberinto*), pero en 2018 se cambió el nombre. En 2021 se estrena su segunda parte: *Escape Room 2: Mueres por salir*.

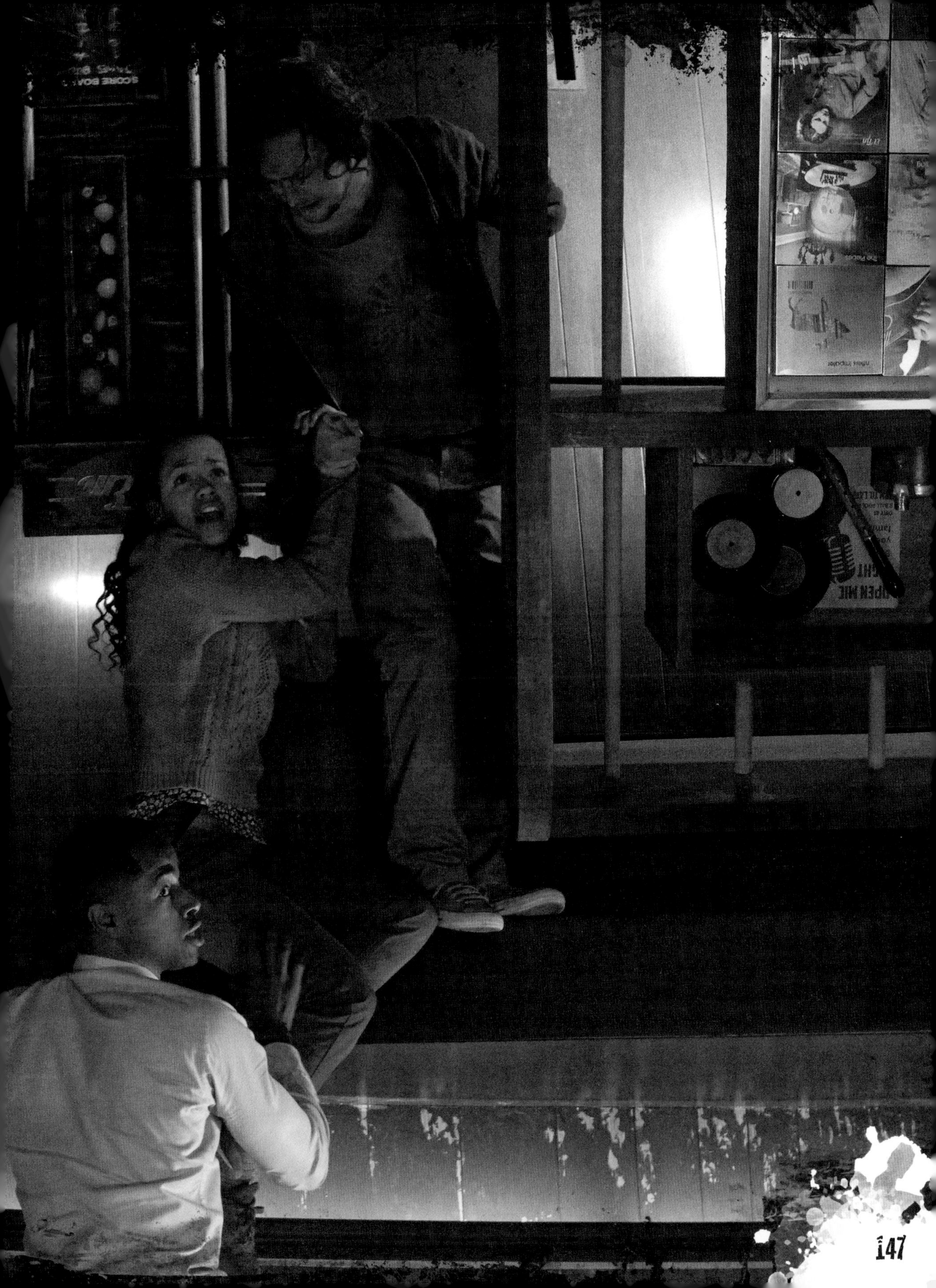

EL ZOOLÓGICO DE CENTRAL PARK

LA MUJER PANTERA

PELÍCULA

Cat People. 1942. EE.UU. **Dirección:** Jacques Tourneur. **Reparto:** Simone Simon, Tom Comway, Jane Randolph **Género:** Terror. Maldiciones. 74 min.

SUGESTIVA BELLEZA ANIMAL

Durante una visita al zoológico, Oliver conoce a una enigmática mujer de origen serbio de nombre Irena. Los dos se enamoran y contraen matrimonio. Durante el festejo, hace acto de presencia una mujer de aspecto exótico que saluda a Irena en su idioma. Desde ese momento, la chica parece muy preocupada, y le confiesa a su marido que es presa de una maldición que la aboca a convertirse en una mujer pantera.

En plena Segunda Guerra Mundial, cuando casi todas las películas que se estrenaban en Estados Unidos eran protagonizadas por hombres y tenían un marcado carácter propagandístico, el productor Val Lewton y el director Jacques Tourneur se atrevieron a rodar una sugestiva serie B en el que las mujeres eran el eje de la historia. *La mujer pantera* no es tan conocida como *Drácula* (1931), o *El doctor Frankenstein* (1931), pero, por méritos propios, es una de las grandes cintas de terror de todos los tiempos.

MENOS PRESUPUESTO, MÁS IMAGINACIÓN

Val Lewton se ha ganado un puesto de honor en la historia del cine por haber sido el responsable de un buen puñado de títulos donde la calidad artística superaba con creces las limitaciones presupuestarias: «Nuestra fórmula es simple. Una historia de amor. Tres escenas de horror sugerido y una de verdadera violencia. Fundido en negro. Todo se ha terminado en menos de 70 minutos». Explicado por él parece sencillo, pero hacerlo con poco dinero (150.000 dólares) y escasez de medios no es fácil. Lewton repitió la fórmula consiguiendo dejar unos cuantos clásicos por el camino, como *Yo anduve con un zombi* (1943) o *El ladrón de cadáveres* (1945). Aún hoy, es uno de los productores más admirados en la industria cinematográfica.

LA MUERTE FAVORITA DEL GUARDIÁN DE LA CRIPTA

Tras una lucha encarnizada, un psicoanalista es destrozado por la pantera.

CINE DE TERROR CON ESTILO

El encargado de dirigir *La mujer pantera* fue otro genio, el francés Jacques Tourneur, un mago del cine que rodaba obras maestras como quien rueda ahora episodios de una serie de televisión. Tourneur tenía una capacidad asombrosa para adaptarse a cualquier tipo de género, y siempre lo hacía bien. En *La mujer pantera* crea una atmósfera extraña e irreal; al principio te parece una película como cualquier otra, pero, a medida que la historia avanza, te das cuenta de que cada vez hay más sombras alrededor de los protagonistas, más niebla y oscuridad. Lewton y Tourneur sabían jugar como nadie con lo que no vemos, con lo sugerido. Durante la película no se muestra la amenaza que se cierne sobre los personajes, pero la intuimos, y eso nos genera inquietud. Hay momentos geniales, como una persecución en una calle desierta o el acoso que sufre Alice en la piscina, una escena mil veces copiada en posteriores filmes. No esperes diálogos memorables (muchos son algo machistas o demasiado ingenuos), pero a cambio está la interpretación sublime de Simone Simon, que emana fatalismo y sensualidad a partes iguales.

SEXO Y PSICOANÁLISIS

A finales de los años treinta y principios de los cuarenta, en Estados Unidos se puso de moda la teoría del psicoanálisis de Sigmund Freud que, de manera muy resumida, era un tratamiento terapéutico que se empleaba para combatir enfermedades mentales a través de interpretaciones y recuerdos del paciente, normalmente mediante hipnosis. En Hollywood se rodaron muchas películas que abordaban este tema, y en *La mujer pantera* Irina acude a un psicoanalista para que le ayude con sus supuestas fantasías sobre maldiciones. Esta circunstancia confirma una idea que planea sobre la película, y que nos permite entrever que la chica tiene un problema de represión sexual, y que solo será capaz de sacar su lado «salvaje» cuando se transforme en pantera. Si no has visto el filme, te puedes imaginar como acaba el psicoanalista.

Lewton y Tourneur sabían jugar como nadie con lo que no vemos, con lo sugerido.

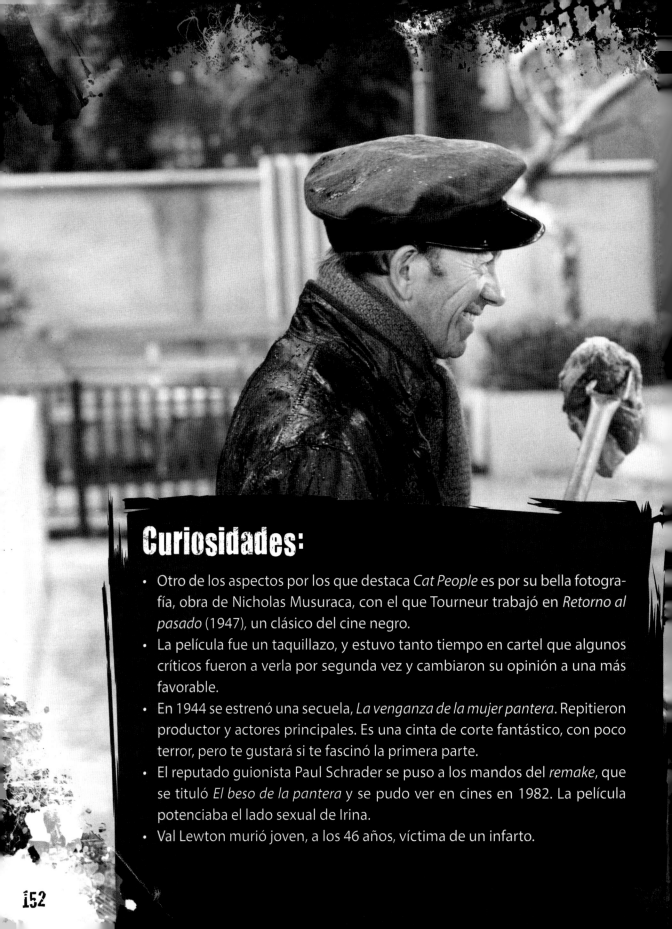

Curiosidades:

- Otro de los aspectos por los que destaca *Cat People* es por su bella fotografía, obra de Nicholas Musuraca, con el que Tourneur trabajó en *Retorno al pasado* (1947), un clásico del cine negro.
- La película fue un taquillazo, y estuvo tanto tiempo en cartel que algunos críticos fueron a verla por segunda vez y cambiaron su opinión a una más favorable.
- En 1944 se estrenó una secuela, *La venganza de la mujer pantera*. Repitieron productor y actores principales. Es una cinta de corte fantástico, con poco terror, pero te gustará si te fascinó la primera parte.
- El reputado guionista Paul Schrader se puso a los mandos del *remake*, que se tituló *El beso de la pantera* y se pudo ver en cines en 1982. La película potenciaba el lado sexual de Irina.
- Val Lewton murió joven, a los 46 años, víctima de un infarto.

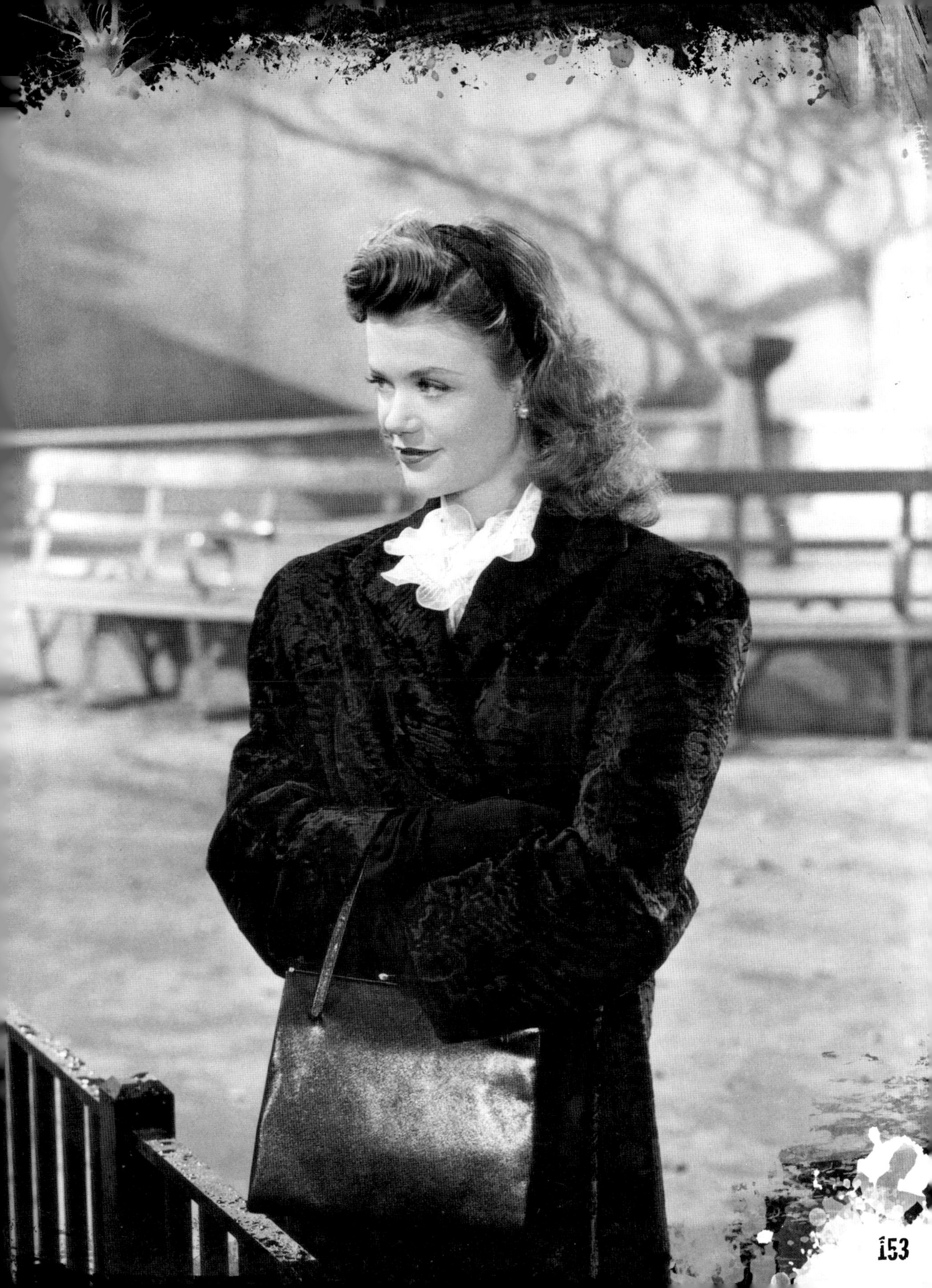

EL TREN KTX (KOREA TRAIN EXPRESS)

TREN A BUSAN

PELÍCULA

Train to Busan. 2016. EE.UU. **Dirección:** Yeon Sang-ho. **Reparto:** Gong Yoo, Ma Dong-Seok, Ahn So-hee. **Género:** Terror. Acción. Zombis. 118 min.

TODOS AL TREN

Un padre y su hija toman un tren de alta velocidad con destino a Busan mientras un virus zombi se extiende por Corea del Sur. Pese a que las informaciones que les llegan son confusas, al parecer Busan es un lugar seguro. La mala noticia es que un infectado se ha metido en el tren, lo que da comienzo a una frenética lucha por la supervivencia.

Gracias en buena medida al boca a boca y a las redes sociales, *Tren a Busan* (2016) se convirtió en un taquillazo imparable a nivel mundial. El secreto de su receta fue mezclar con sabiduría el cine espectáculo, la acción, el terror y el drama, dando como resultado uno de los filmes más tensos y emocionantes de lo que va de siglo. Si quieres seguir leyendo, no te olvides de pagar el billete y ocupar tu asiento.

PRIMERA PARADA: ESTACIÓN SEÚL

Antes de subirte al vagón, debes tener en cuenta que el director de *Tren a Busan* rodó una precuela titulada *Seoul Station* (2016). Se trata de un filme de animación que habla de cómo se extendió la epidemia por Seúl, pero no explica su origen, ni salen personajes de *Tren a Busan*. Resumiendo: no es necesario ver la precuela para enterarte de lo que viene después, pero sí es recomendable si quieres completar la visión del mundo zombi del director Yeong Shang-ho. Precisamente, este realizador es reconocido a nivel internacional por sus películas de animación, todas ellas muy pesimistas y oscuras. *Seoul Station* no es una excepción, y en ella se critica con dureza temas como la violencia contra la mujer, el abandono de los pobres o la intolerancia. Hay muchos zombis y escenas gore, pero no es un filme para todos los públicos y no es la mejor opción si te coge un día con el ánimo bajo.

LA FORMULA DEL ÉXITO

Para *Tren a Busan*, la idea del director era hacer un thriller psicológico sobre lo que ocurría después de *Seoul Station*: «El motivo de la película de animación eran las personas sin hogar que residen en la estación de Seúl —explica Shang-ho—. Viven una vida bastante diferente a la nuestra, y generalmente damos por sentado que son parte de la estación. Entonces, me pregunté si la gente notaría la diferencia si una persona sin hogar con solo la mitad del rostro merodeara por la estación […]. Mientras pensaba en estos zombis, me pregunté qué pasaría si uno de los zombis subiera a un tren con destino a Busan, esa fue la inspiración para la película de acción real».

El director se inspiró en dos tipos de película: por una parte, se fijó en obras como *United 93* (2006) y *Capitán Phillips* (2013), producciones que abordan, de forma cuasi documental, angustiosos hechos reales sucedidos en espacios cerrados. Por otra, tomó nota de los estados de ánimo que sufren los personajes de la *La niebla* (2007): «Esta película explora a personas atrapadas dentro de un supermercado sin saber qué está sucediendo afuera y cómo esto crea una estructura de poder única» —explica Shang-ho sobre el filme de terror que adaptaba un relato de Stephen King.

ANGUSTIA Y GRANDES PERSONAJES

Con estas influencias en la cabeza, el realizador aprovecha la estrechez de los vagones y la imposibilidad de saltar de un tren de alta velocidad en marcha para lograr que tengamos una sensación de agobio y terror única, que se vuelve insoportable a medida que el número de zombis se multiplica y que los humanos se vuelven menos humanos. Como ocurre en series como *The Walking Dead*, el verdadero peligro son las personas, las que en una situación de supervivencia se vuelven impredecibles e incontrolables. Los protagonistas de la película deben hacer frente a estos dos enemigos, y muy pocos podrán contarlo. *Tren a Busan* se enriquece de unos personajes carismáticos, de esos que te dan pena cuando mueren. Cada uno aporta algo a la historia: el padre en crisis que defiende a su hija, el tipo duro de buen corazón, los jóvenes del equipo de beisbol, las dos ancianas…, Los zombis molan, pero los personajes son el verdadero motor que da vida a este tren, los encargados de llevar a buen puerto una película vibrante.

> El realizador aprovecha la estrechez de los vagones y la imposibilidad de saltar de un tren de alta velocidad en marcha para lograr que tengamos una sensación de agobio y terror única.

ZOMBIS SIN GORE

El director era consciente de que los zombis pertenecen a un subgénero tradicionalmente occidental, y no quería hacer algo que para el espectador coreano resultase ridículo: «Poner mucho maquillaje de zombis en los coreanos no funciona, así que me concentré en el movimiento, usando coreografías desgarradoras y mirando cómo podíamos disparar a hordas de zombis e incluso a sus sombras dentro de trenes y estaciones de tren. Los zombis pueden ser elegantes y horripilantes con la puesta en escena adecuada».

LA MUERTE FAVORITA DEL GUARDIÁN DE LA CÁMARA

Uno de los protagonistas se interpone entre una horda de zombis y su mujer embarazada. En una escena épica, el hombre decide sacrificarse por su familia. Menudo *looser*. Ji, ji.

El apartado visual es sencillamente apabullante, no tiene nada que envidiar a ninguna superproducción de Hollywood. Los zombis corren como leopardos, saltan, trepan y se amontonan en masa. Recuerdan a los infectados que se hacinaban como hormigas en *Guerra Mundial Z* (2013). Las peleas en los vagones son memorables, y hay secuencias para aplaudir, incluido un final épico que te deja sin respiración. Y todo sin necesidad de recurrir a vísceras e higadillos. La película es sangrienta, pero *light* si la comparamos con las producciones de George A. Romero.

ÚLTIMA PARADA: PENÍNSULA

Ahora que has llegado con vida a Busan, puedo contarte un secreto a voces: cuatro años después de lo ocurrido en *Tren a Busan*, Corea es un país aislado e infectado de zombis. Por diferentes motivos, un grupo de personas aceptan volver a la península en busca de un botín de veinte millones de dólares. ¿Te atreves a regresar? Si es así, bienvenido y bienvenida a *Península* (*Train to Busan II*, 2020).

Aparte de estar dirigida por el mismo realizador y contar con unos grandes efectos especiales, hallarás pocas cosas en común con su antecesora. La historia transcurre en la ciudad devastada de Seúl, por lo que se pierde la sensación de encierro de la primera parte. No faltan escenarios vistosos, persecuciones en coche y bandas apocalípticas, un poco al estilo de la saga de *Mad Max* o *Los 100* (2014); los malos humanos son más perversos que nunca y hay un poco de denuncia social, pero se echa en falta más acción y personajes

con mayor personalidad. Como han pasado cuatro años, los pobres zombis están hechos polvo, y ya no te darán tanta impresión. Puede que pases un mal rato, pero no creo que nada te impida sobrevivir a esta entretenida pero decepcionante secuela.

Curiosidades:

- *Tren a Busan* logró ser el estreno más taquillero en la historia del cine coreano con alrededor de 800.000 espectadores en un solo día, y ganó más de 93 millones de dólares en todo el mundo.

- La película pasó por Cannes y Sitges, y fue premiada con el Premio del Público, Premio de la Crítica y Mejores Efectos en el Festival Fancine de Málaga, y con el Premio del público en Molins de Rei.

- El principal protagonista, Gong Yoo, es un actor reconocido en Corea —como el resto del reparto—, y fue nominado a mejor actor en los Asian Film Award de 2017.

- Edgar Wright, el director de la famosa *Zombies Party* (2004), llegó a decir que *Tren a Busan* era «La mejor película de zombis que he visto jamás».

- No es la primera vez que un tren se ve afectado por algo sobrenatural. En 1972, un monstruo extraterrestre atacaba a los pasajeros de *Pánico en el transiberiano*, mientras en *Presagio de muerte* (1990) un fantasma con muy malas pulgas acosaba al inquilino de un vagón abandonado convertido en vivienda.

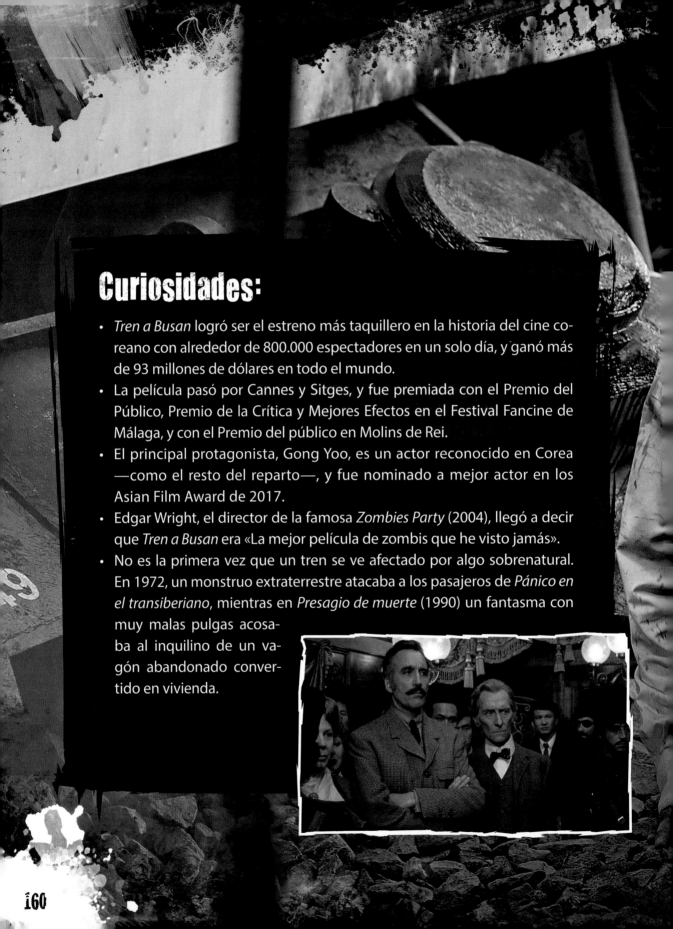

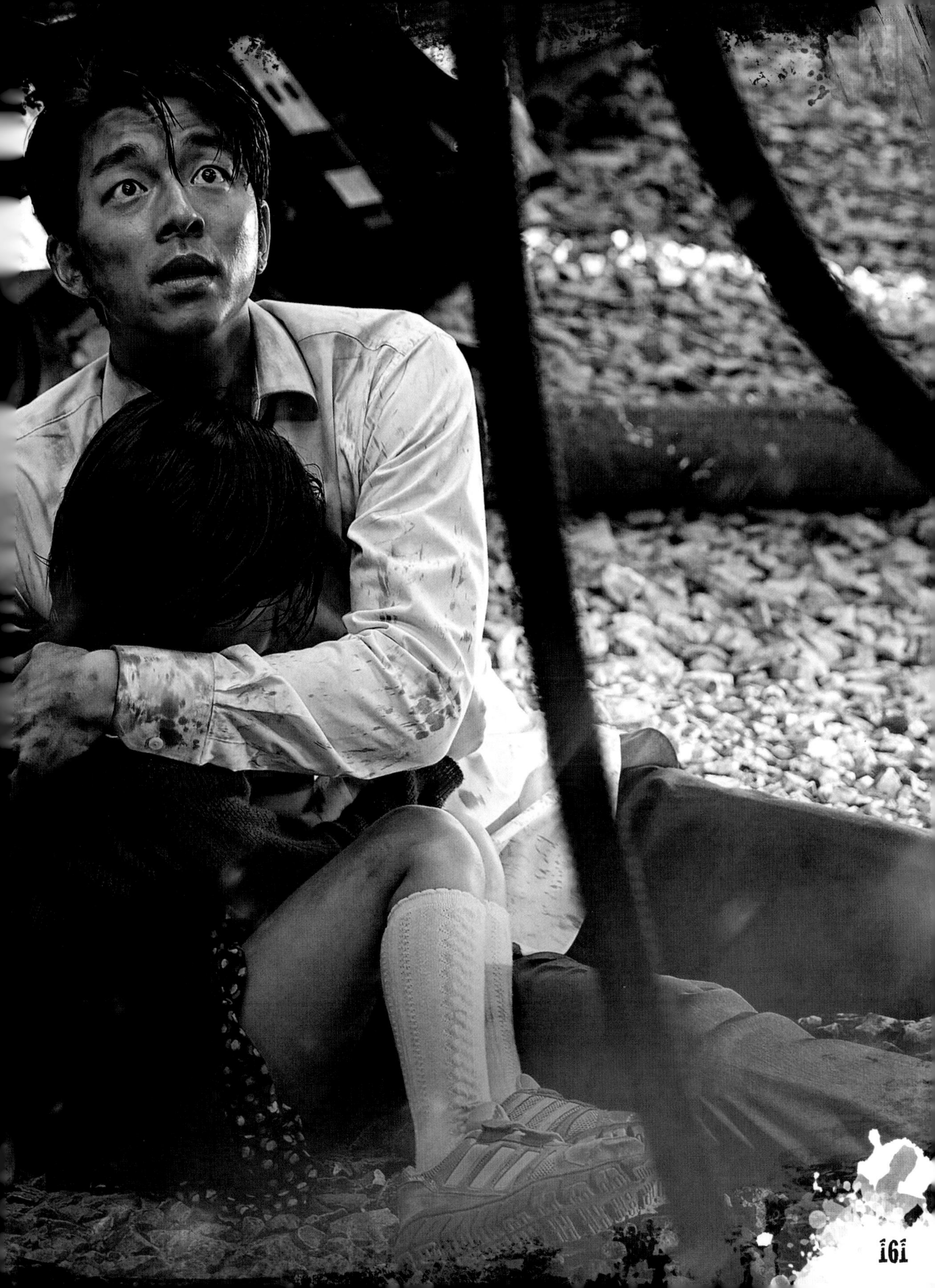

CRASH SIMPSON: ESPECTÁCULO MOTORISTA

MOTORISTA FANTASMA

CÓMIC

Ghost Rider. 1972. EE.UU. **Creadores:** Roy Thomas, Gary Friedrich, Mike Ploog.
Guion: Roy Thomas Gary Friedrich. **Dibujo:** Mike Ploog y otros. **Editorial:** Marvel
Cómics. **Género:** Terror. Superhéroes.

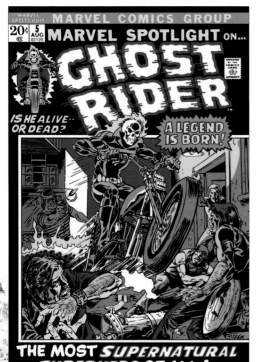

EL ESPÍRITU DE LA VENGANZA

A la muerte de su padre, Johnnie Blaze es criado por «Crash» Simpson, un motorista acrobático que enseña al chico todo lo que sabe sobre su profesión. Johnnie se une al espectáculo de los Simpson, y cuando se entera de que «Crash» tiene una enfermedad terminal, hace un pacto con Satán para que lo salve a cambio de su alma. El diablo engaña a Blaze, «Crash» muere durante una acrobacia y el joven es poseído por un demonio llamado Zarathos. Al anochecer, la cabeza de Johnnie se convierte en una calavera llameante y, a lomos de su moto infernal, el espíritu de la venganza conocido como el Motorista Fantasma castiga a los culpables.

Creado en 1972, el Motorista Fantasma no solo es conocido por las dos películas donde Nicolas Cage dio vida al personaje, sino por ser todo un icono de la cultura pop de los años setenta y uno de los cómics más terroríficos y divertidos de Marvel.

VACAS INFERNALES

La idea original del Motorista Fantasma parte de una canción de 1949 titulada «Ghost riders in the sky» (*Jinetes fantasma en el cielo*), compuesta por el cantante Vaughn Monroe, y que habla de unos cowboys infernales que conducen una manada de vacas, también demoníacas, por el cielo. Ese mismo año, una pequeña editorial llamada Magazine Enterprise editaba un cómic titulado *El Jinete Fantasma* (¿casualidad?), protagonizado por un vaquero actor. Seguidamente, surgió una segunda versión del personaje: un *cowboy* que recibía el nombre de Rex Fury al que unos fantasmas del viejo Oeste le salvaban de una muerte segura a manos de unos bandidos. Este nuevo personaje vestía de blanco y montaba un caballo esquelético. Stan Lee —el editor jefe de Marvel Cómics—, se enamoró de este jinete, y en 1967 se pudo hacer con él gracias a que era una «marca abandonada», un personaje del que hacía mucho tiempo no se había publicado nada. Marvel sacó ocho números de *El Jinete Fantasma*, y cuando la serie fue cancelada, sus autores, Gary Friedrich y Dick Ayres, pasaron a la colección de *Daredevil*. Allí se encontraron con un penoso villano de nombre «El especialista» —un motorista acrobático—, y pidieron a Roy Thomas, el editor de la serie, cambiar su nombre por el de «Motorista Fantasma», y de paso cambiar su aspecto. Thomas dijo que sí, y el dibujante Mike Ploog se encargó de darle su aspecto actual, con su chupa de cuero y el cráneo en llamas.

LA MUERTE FAVORITA DE LA VIEJA BRUJA

Motorista Fantasma lanza un rayo de fuego a un francotirador que acaba de matar a un hombre y lo incinera.

RUEDAS DE FUEGO

Una vez creado el personaje, Gary Friedrich y Mike Ploog lo presentaron en el número cinco de *Marvel Spolight,* una colección que servía para probar nuevos personajes de Marvel. Fue tal el éxito, que en 1973 se lanzó su propia serie, y *Motorista Fantasma* llegó a alcanzar los 81 números. En sus primeras aventuras, Johnnie Blaze intenta romper la maldición que le ha impuesto Satán, y vaga por las carreteras en una suerte de Doctor Jeckyll y Mr. Hyde, pues de día sigue siendo motorista acrobático, mientras que por la noche se transforma en la criatura flamígera que, paradojas de la vida, está obsesionada en luchar contra el mal. En este cómic de carretera, Blaze se enfrenta a todo tipo de peligros, desde enemigos «reales» como una banda de moteros llamada «Los siervos de Satán» (en homenaje a los famosos «Los Ángeles del infierno»), pasando por un chamán indio o una bruja, hasta villanos grotescos como el «Orbe», un motorista acrobático que oculta su cara deformada bajo un casco en forma de globo ocular. También se las tiene con algún que otro héroe, como el increíble Hulk o Daredevil. *Motorista Fantasma* es un tebeo que no ha perdido frescura, está bien escrito, es original, sugestivo, espeluznante y políticamente incorrecto. Y encima durante la etapa inicial del personaje tuvo grandes dibujantes, como el mencionado Mike Ploog, Jim Mooney o Frank Robbins.

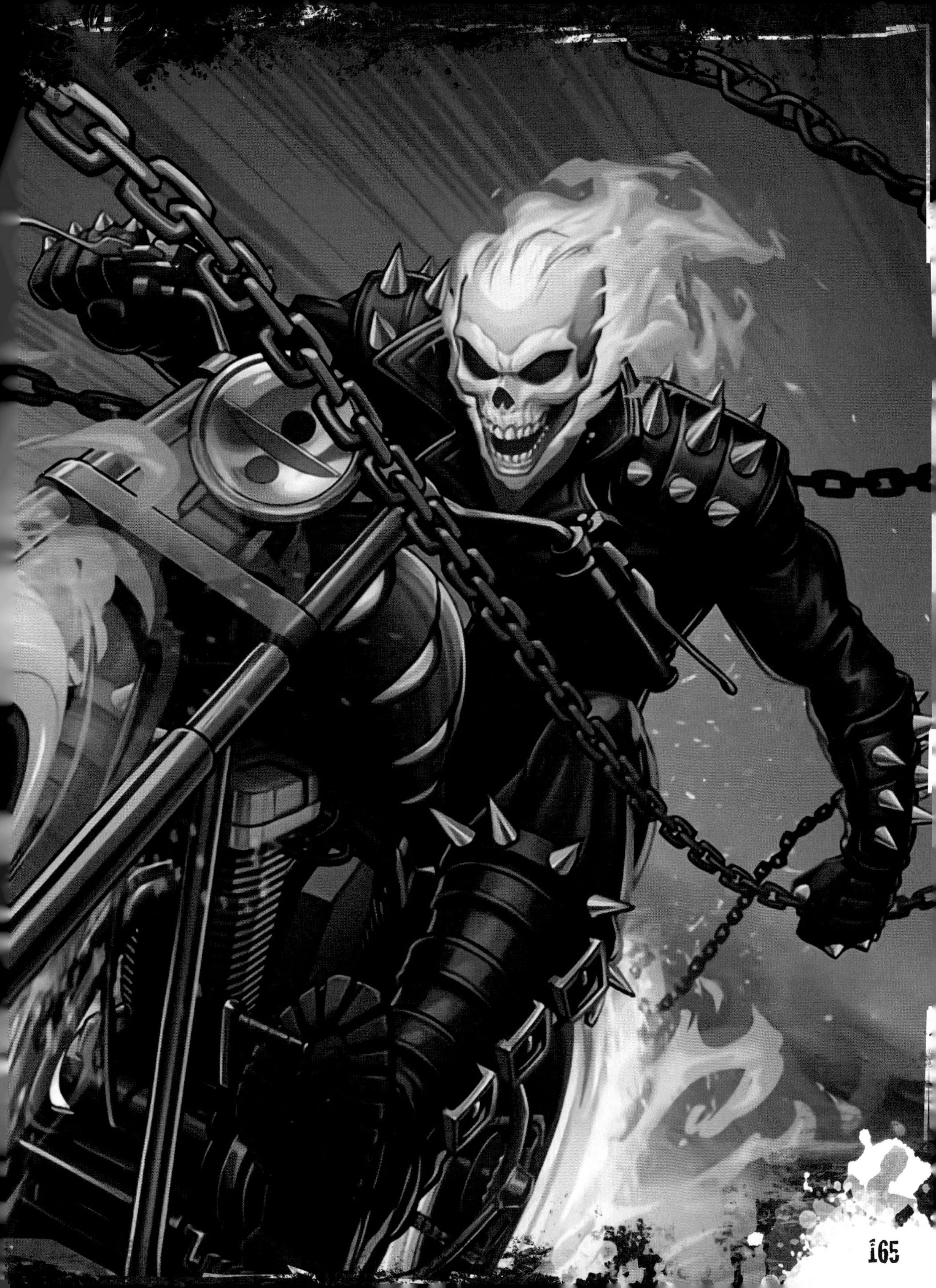

cumplir un sueño. Lástima que los dos filmes —*Ghost Rider: El motorista fantasma* (2007), y *Ghost Rider: Espíritu de venganza* (2013)—, estuvieran muy lejos del espíritu del personaje.

- Existe una versión de los Vengadores de un millón de años a.C, en la que un Motorista Fantasma prehistórico sustituye la moto por un mamut.

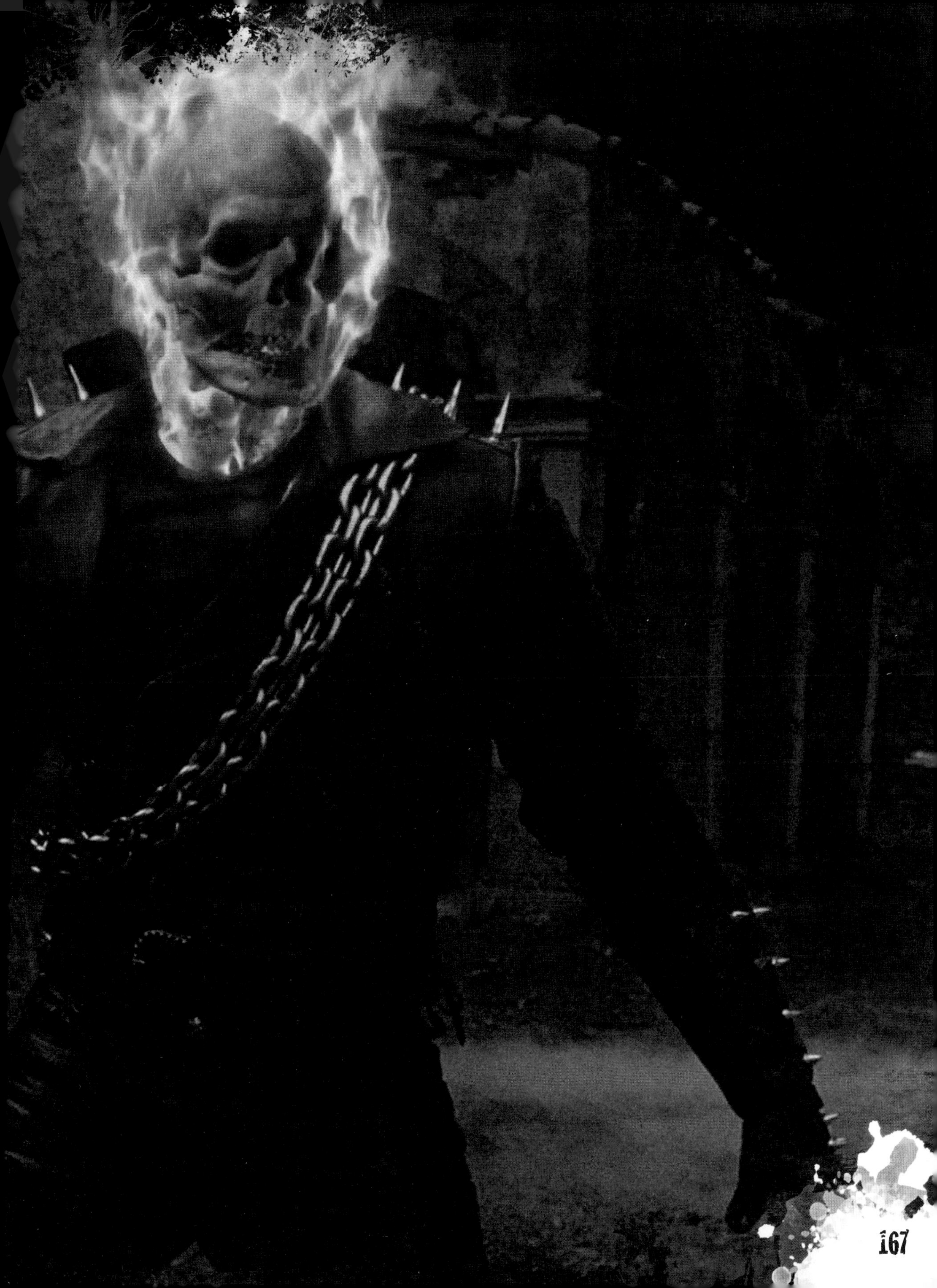

EL PANDEMÓNIUM DE LAS SOMBRAS DE COOGER Y DARK

LA FERIA DE LAS TINIEBLAS

LIBRO/PELÍCULA

Something Wicked This Way Comes. 1962. **Autor:** Ray Bradbury. Editada en España por Minotauro. 254 páginas. **Género:** Terror. Fantástico. Infancia.

UN GRANDE DE LA LITERATURA UNIVERSAL

Un excéntrico vendedor de pararrayos llega a la bucólica localidad de Green Town para anunciar que se aproxima una negra tormenta. Solo dos niños, Jim y Will, parecen hacer caso de las advertencias del hombre, que les regala un pararrayos para protegerse de algo más peligroso que una borrasca, pues la tormenta viene acompañada de una feria itinerante que pondrá en peligro a todos los habitantes del lugar.

Ray Bradbury fue uno de los mejores escritores del siglo XX, entre sus libros hay obras maestras como *Fahrenheit 451* o *Crónicas marcianas*, novelas de ciencia ficción que han influido en varias generaciones de todo el mundo. No se prodigó en el terror, pero *La feria de las tinieblas* es un buen ejemplo de su enorme versatilidad, uniendo el miedo con otros géneros, como la fantasía o el drama existencial.

EL INEXORABLE PASO DEL TIEMPO

Ray Bradbury (1920-2012) fue un hombre bendecido para el arte de escribir. Sus geniales metáforas y su tono poético no impedían que su forma de narrar fuera sencilla y clara. Si por algo destaca su literatura es por resultarnos cercana; sus personajes rebosan humanidad y sus historias siempre son emotivas. En este libro, Bradbury aborda temas como el fin de la infancia, el paso del tiempo, los sueños perdidos y la redención, pero tampoco se olvida de meter miedo, y para ello cuenta con personajes terroríficos como el siniestro señor Dark o la escalofriante Bruja del polvo. *La feria de las tinieblas* podría definirse como un cuento para adolescentes —con un tono de fantasía oscura a lo *Harry Potter*—, pero el lector de cualquier edad encontrará subyugante cada página de un libro en el que los deseos se convierten en pesadillas, y donde montar en un tíovivo puede hacerte más joven o envejecerte hasta la muerte.

Bradbury aborda temas como el fin de la infancia, el paso del tiempo, los sueños perdidos y la redención.

LA MUERTE FAVORITA DEL GUARDIÁN DE LA CRIPTA

En la película, los dos niños protagonistas son perseguidos por el señor Dark dentro de la feria. Uno de ellos se topa con una guillotina en la que hay un cuerpo tumbado. La hoja cae y decapita a la víctima. El niño se da cuenta de que la cabeza cortada que hay en la cesta es la suya propia, en lo que parece ser una ilusión terrorífica.

EL CARNAVAL DE LAS TINIEBLAS

De 1983 es *El carnaval de las tinieblas,* adaptación dirigida por el reputado Jack Clayton, que ya llevó a la gran pantalla con maestría a Henry James y su libro *Otra vuelta de tuerca* en la insuperable *Suspense* (1961). La película fue producida por Disney, en una de sus escasas incursiones en el género (es un secreto a voces que tiempo después renegó de ella). El filme, que resultó ser muy fiel a la novela —y también más oscuro—, se alejaba del terror sangriento de la época y de los efectos especiales; de hecho, y a pesar de la negativa de Bradbury, en la postproducción se eliminaron varios efectos especiales que debieron perjudicar el resultado final. Quién sabe si por estos motivos u otros, *El carnaval de las tinieblas* fue rechazada por el gran público y la crítica. Puede que sea un filme imperfecto, pero su apartado técnico es impresionante: la dirección de Clayton es notable, tiene una buena fotografía y una preciosa banda sonora compuesta por James Horner. El reparto es sobresaliente, y en especial destaca el duelo entre el bien (con un inconmensurable Jason Robards haciendo de padre de uno de los niños), y el mal, encarnado en el señor Dark e interpretado por un increíble Jonathan Pryce. Ambos nos regalan la mejor secuencia de la película, cuando Pryce enseña su verdadero rostro a Robards en el interior de una biblioteca, y le hace sentirse viejo arrancando las páginas de un libro.

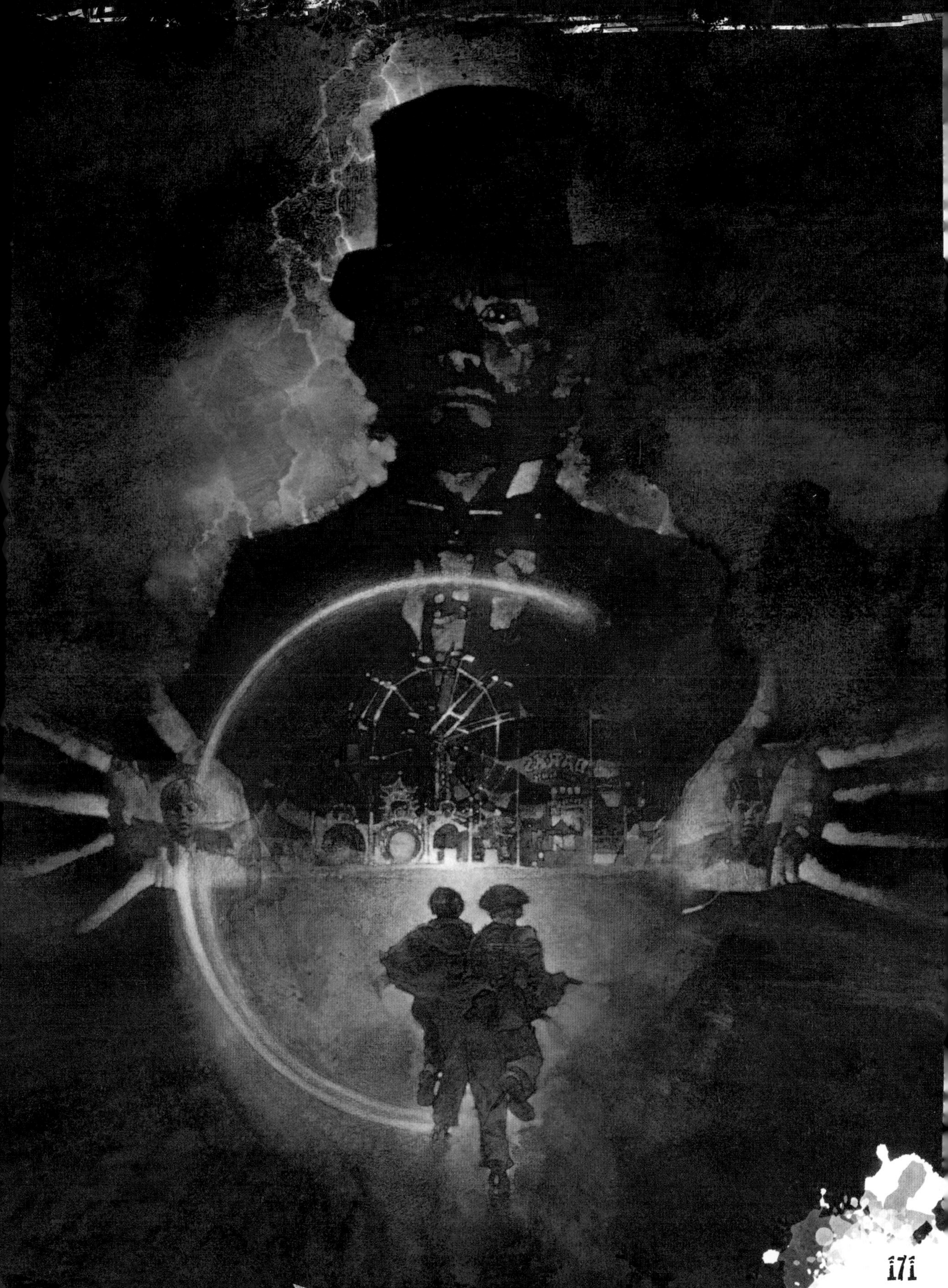

que, tanto *El vino del estío* como *El verano del adiós* no son novelas relacionadas con el fantástico.

- No era la primera vez que Bradbury usaba al señor Dark en un libro. El personaje también aparecía en *El hombre ilustrado,* una de las mejores antologías de cuentos del escritor.

- Para la película, Ray Bradbury ofreció la dirección a David Lean y a Steven Spielberg, pero finalmente cayó en las manos de Jack Clayton.

- Debido a algunas desavenencias entre Bradbury y Clayton (el segundo quería una historia más familiar), el director acabó pidiendo ayuda a John Mortimer, un guionista que modificó el guion de Bradbury, pero que finalmente no apareció en los títulos de crédito.

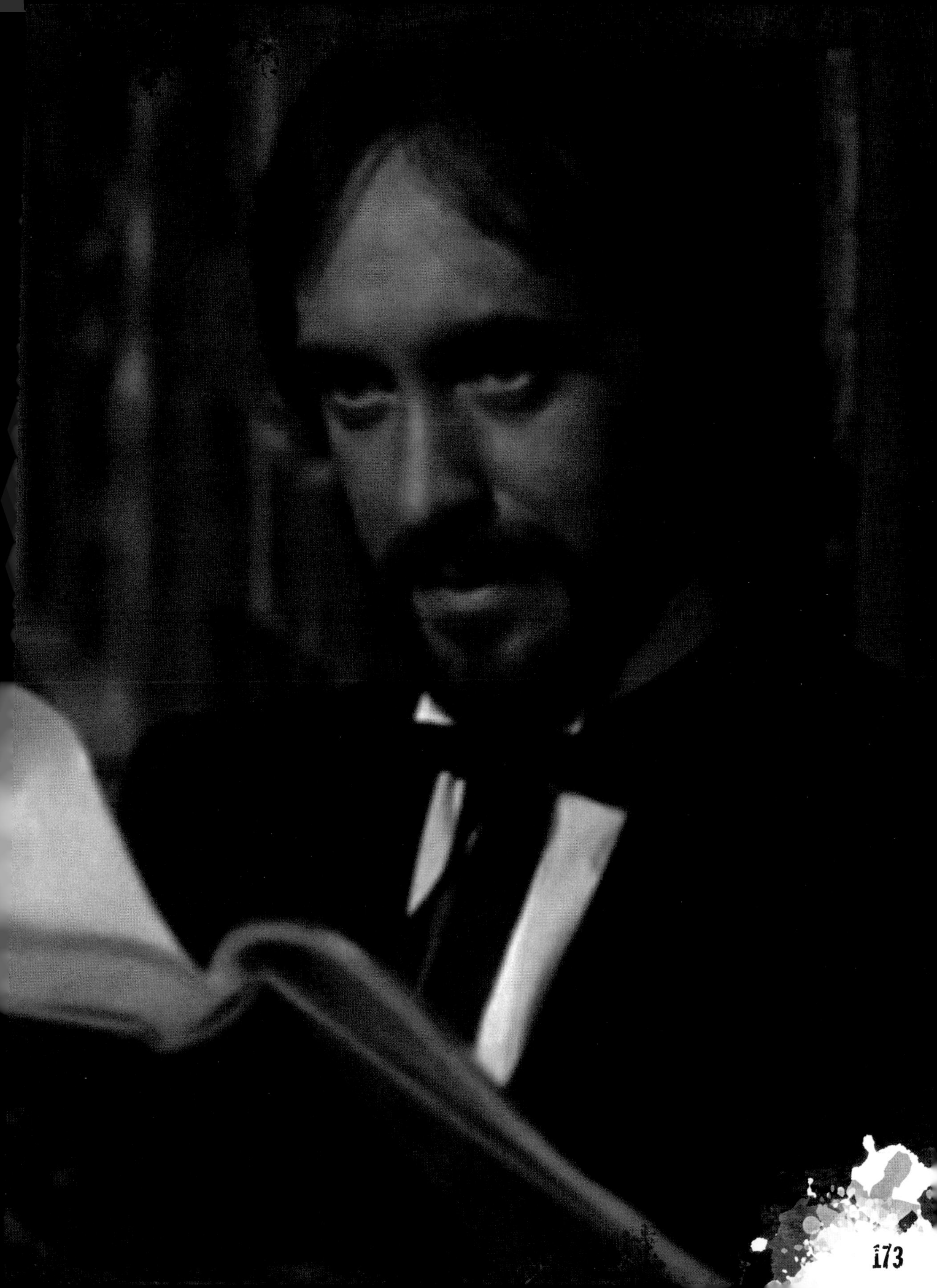

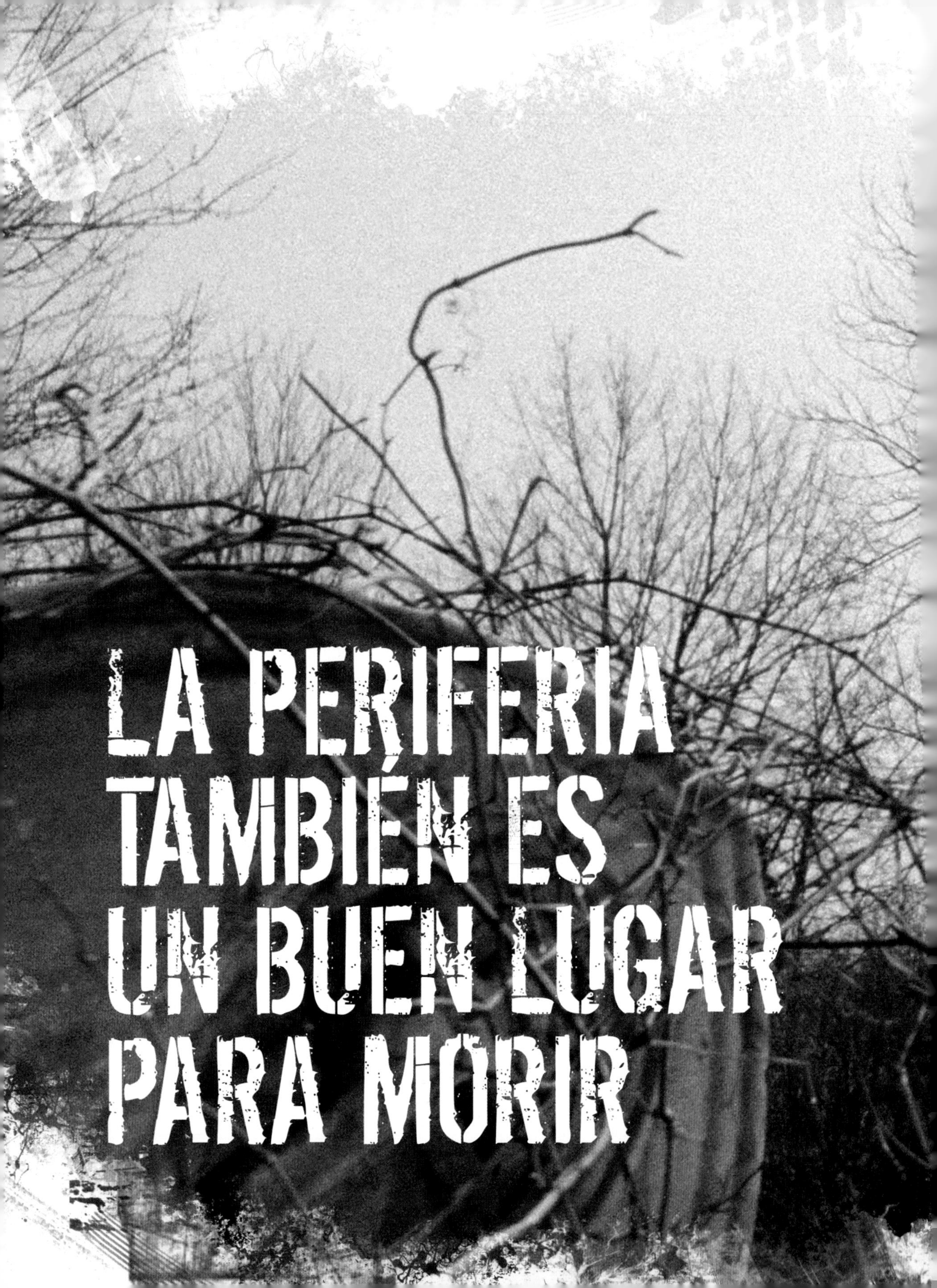

LA PERIFERIA TAMBIÉN ES UN BUEN LUGAR PARA MORIR

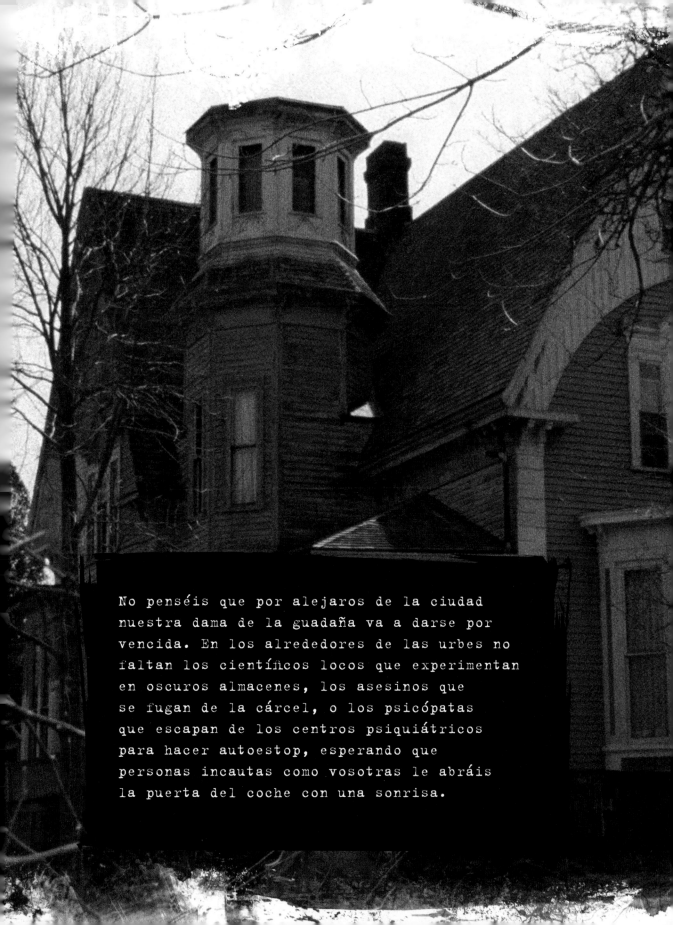

No penséis que por alejaros de la ciudad
nuestra dama de la guadaña va a darse por
vencida. En los alrededores de las urbes no
faltan los científicos locos que experimentan
en oscuros almacenes, los asesinos que
se fugan de la cárcel, o los psicópatas
que escapan de los centros psiquiátricos
para hacer autoestop, esperando que
personas incautas como vosotras le abráis
la puerta del coche con una sonrisa.

DESTINO MACABRO EN LAS AFUERAS

DESTINO FINAL

PELÍCULAS

Final Destination. 2000. EE.UU. **Dirección:** James Wong. **Reparto:** Devon Sawa, Ali Larter, Kerr Smith. **Género:** Terror. Sobrenatural. 97 min.

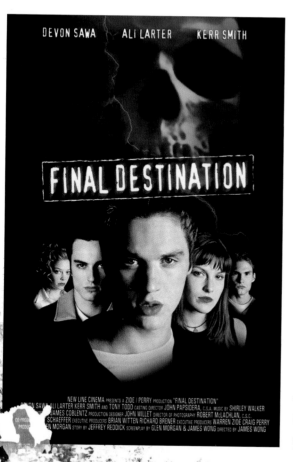

DESPEGA COMO PUEDAS

Alex y sus compañeros de clase embarcan en un vuelo destino París. Una vez toma asiento, el chico tiene una premonición: si se quedan dentro del avión, este explotará nada más despegar. Ante esta situación, Alex y varios amigos se bajan de la aeronave, y desde el aeropuerto ven como el avión vuela en mil pedazos. Parece que se han librado de una muerte segura, pero a partir de ese momento, uno a uno, irán muriendo de forma extrañamente accidental.

Destino final se convirtió en un fenómeno mundial y supuso una novedad frente a las franquicias de cine *slasher* que estaban de moda a finales del siglo XX (*Scream, Sé lo que hicisteis el último verano…*). Lo original de la propuesta y sus imaginativas muertes llevaron a millones de espectadores a las salas y, después de cinco películas, varios libros y cómics, hoy en día siguen generando nuevos seguidores.

SOBREVIVIENDO A LA MUERTE

La muerte y el destino son dos de los grandes misterios que rodean al ser humano. Desde tiempos inmemoriales nos hemos preguntado si nuestras vidas están predestinadas o si, por el contrario, escribimos nuestro propio futuro y somos dueños de nuestra suerte hasta el inevitable final. La literatura y el cine han tocado el tema en numerosas ocasiones: la muerte previno al señor Scrooge de su futuro en *Cuentos de navidad,* de Charles Dickens, y *Jennie* (*Portrait of Jennie,* 1948), una de las historias más hermosas que ha dado el séptimo arte, nos transmite que solo el amor puede romper las barreras del destino y la muerte. A los más veteranos y veteranas del género, puede que el planteamiento de *Destino final* recuerde a otra película titulada *Sole survivor: Único superviviente* (1983), donde una mujer que sobrevivía a un accidente aéreo era acosada por los fantasmas de los que fallecieron en el avión. El médico que trataba a la mujer achacaba sus problemas al «síndrome del único superviviente», una enfermedad real que consiste en que el superviviente se siente culpable por no haber muerto con los demás, lo que provoca que en ocasiones el enfermo acabe suicidándose. Esta idea de engañar a la muerte subyace en *Destino final,* aunque de forma mucho más literal: si engañas a la muerte, estás muerto. El creador del concepto fue el guionista Jeffrey Reddick, que al principio escribió el argumento para un episodio de la serie *Expediente X*. La historia se iba a titular

«Vuelo 180», y era básicamente igual, pero con los agentes Mulder y Scully; Reddick vio tanto potencial en la historia que decidió que daría para un buen filme. Contactó con otros guionistas y entre los tres redactaron el guion que acabó rodando el director James Wong.

Cualquiera de sus capítulos, unos más que otros, garantizan diversión, sangre y risas, algo nada fácil de conseguir en el cine de terror actual.

CREATIVIDAD MORTAL

Destino final es una saga donde un montón de jovencitos son masacrados de maneras creativas, pero eso no tiene por qué ser necesariamente malo. Puede que no sean consideradas obras de arte, pero cualquiera de sus capítulos, unos más que otros, garantizan diversión, sangre y risas, algo nada fácil de conseguir en el cine de terror actual. Cada película empieza con una primera secuencia epatante que te desencaja la mandíbula, y donde siempre se produce un accidente en cadena de consecuencias desastrosas. Quizá este sea uno de los «inconvenientes» de la saga: los principios son tan potentes que los finales casi nunca están a la altura. Es algo recurrente incluso en la sugestiva primera parte, donde uno espera una traca final que no termina de llegar. Pero es una pega menor cuando, a lo largo del metraje, has disfrutado de unas cuantas de las mejores muertes vistas en el género en lo que va de siglo. Estos accidentes mortales provocados por la Parca tienen su origen en el cine de los años setenta y ochenta, cuando los efectos especiales fueron capaces de empezar a recrear los más horrendos e imaginativos crímenes. Sirvan como ejemplo películas como *La profecía* (1976), *Suspiria* (1977) o la franquicia de *Pesadilla en Elm Street*. La peculiar forma de producirse los accidentes —con una reacción en cadena de numerosos objetos que producen la muerte—, también recuerda a las máquinas de Rube Goldberg, un inventor que construía artefactos que realizaban complejas tareas para lograr un resultado simple.

AEROPUERTO JOHN F. KENNEDY
(DESTINO FINAL, 2000)

Tras la gran secuencia en el aeropuerto, la película se toma su tiempo para presentar la historia, cuyos protagonistas (Devon Sawa y Ali Larter) descubren que las muertes de sus amigos parecen seguir un orden, por lo que tratarán de ir salvando al siguiente de la «lista».

Esta circunstancia, que genera no poco suspense, se repite en la mayoría de las secuelas, junto a pequeños engaños diseñados para hacerte pensar que el siguiente en pasar al otro barrio será tal personaje, cuando la víctima acaba siendo esa que no esperas. No pierdas detalle de las dos primeras muertes (retorcidas y macabras), porque marcarían el estilo de la franquicia a partir de entonces; y para olvidar resulta la sosa interpretación del protagonista, Devon Sawa, un actor que iba para estrella de Hollywood pero que se quedó por el camino.

CASQUERÍA EN LA AUTOPISTA DE VANCOUVER
(DESTINO FINAL II, 2003)

Un año después del accidente del vuelo 180, una joven estudiante tiene una premonición en la que ella y su pandilla de amigos mueren en un aparatoso accidente de tráfico camino de Florida. La catástrofe se produce, pero la chica salva la vida a la mayoría de sus colegas. Días después, comienzan a morir los sobrevivientes a causa de accidentes caseros, mientras extrañas premonicio-

nes intentan advertir a la joven del peligro que le acecha. El esquema de la primera parte se repite, pero el guion es más enrevesado y desquiciante, algo que le sienta bien a la historia. Si esta secuela es una de las favoritas de los fans se debe a las brutales muertes, más gore que las de su antecesora. Hay desmembramientos, aplastamientos y explosiones para todos los gustos; un auténtico festín para el aficionado a la casquería. El director David R. Ellis (*Cellular*) se ganó el derecho de volver a la saga, y lo hizo en la cuarta entrega.

LA MONTAÑA RUSA DEVIL´S FLIGHT

(DESTINO FINAL III, 2006)

Wendy es una estudiante de instituto que, durante una visita a un parque de atracciones, tiene una visión donde muere cuando la montaña rusa descarrila. La joven y varias amistades se bajan de los vagones antes de que se produzca el accidente, pero pronto tendrán que pagar el peaje por haber engañado a la muerte.

Para muchos, la mejor secuela rodada hasta la fecha, ¿los motivos? Hay varios: vuelve a dirigir James Wong, el realizador de la cinta original, y la trama gana en ritmo y diversión. El descarrilamiento de la montaña rusa es genial, terrorífico, y nunca volverás a subir a una atracción parecida sin recordar el inicio de esta película. Las muertes vuelven a ser el plato fuerte; se añaden toques de humor negro que ya aparecían en la segunda entrega, y hay secuencias tan exageradas e ingeniosas que parecen sacadas de los dibujos animados de *Tom y Jerry* o *Southpark*. El final da una vuelta de tuerca a la saga, haciendo que el desenlace casi sea tan espectacular como su inicio. Para terminar, la protagonista es la ahora conocida Mary Elizabeth Winstead (*Fargo*).

CIRCUITO DE CARRERAS MCKINLEY
(EL DESTINO FINAL, 2009)

Nick y compañía acuden a un circuito de carreras para ver una competición de coches Nascar. Antes de que se dé la salida, el chico obliga a sus amigos a abandonar el estadio, y les cuenta que ha tenido una visión en la que todos morían a causa de un accidente en cadena. Acto seguido se produce el siniestro y los chicos respiran aliviados. Error, el destino les tiene preparados una desagradable sorpresa.

Por unanimidad, la peor película de la tetralogía, y la confirmación de que la saga no daba más de sí. La fórmula se repite, pero con menos gracia, y los personajes —más que nunca— son mera carne de cañón. La secuencia del accidente es poco vistosa debido al excesivo uso de unos muy discretos efectos digitales. Se rodó en 3D, pero se nota que se lo trabajaron poco, y no hay ningún momento que te coja desprevenido. Falta creatividad en las muertes y algunas no están ni elaboradas. Lo mejor viene al final, en una secuencia autoparódica que transcurre en el cine de un centro comercial donde están proyectando una película en 3D, y la muerte más llamativa sucede poco después, y tiene que ver con el miedo que tenemos —muchas personas— cuando nos subimos a unas escaleras mecánicas.

PUENTE COLGANTE NORTH BAY

(DESTINO FINAL V, 2011)

La última premonición la tiene Sam, un adolescente que viaja en un autobús escolar y «ve» cómo el puente colgante por el que pasa se viene abajo y no queda nadie vivo. Como es habitual, Sam y su gente cercana se libran de la catástrofe, pero la muerte es más lista que nadie, y les perseguirá de manera implacable.

Esta continuación recuperó las esencias perdidas en la cuarte parte. La destrucción del puente está a la altura de los mejores arranques de *Destino final*, las muertes vuelven a ser gráficas e impresionantes, y aunque se estrenó en 3D, esta vez no resulta algo molesto y los efectos están bien introducidos. El director Steven Quale retomó el humor negro de la tercera parte, el ritmo y el suspense de la primera e introdujo guiños y homenajes a las anteriores películas. El desconocido reparto le pone ganas, y el final reserva una gran sorpresa que cierra el círculo de la historia que empezase con el vuelo 180. ¡Y antes de los títulos de crédito podrás ver, resumidas, todas las muertes de las cinco películas!

LA MUERTE FAVORITA DE LA VIEJA BRUJA

De cada película se podrían elegir muchas muertes favoritas, pero vamos con una que ejemplifica lo que es *Destino final*: la máquina de rayos láser de un oftalmólogo abrasa

la pupila de una paciente. La mujer se levanta gritando, tropieza y atraviesa un ventanal para caer tres pisos, hasta que se estampa contra el capó de un coche, rebota y cae muerta sobre el pavimento. El ojo quemado de la fallecida sale despedido de su cuenca y rueda por el asfalto. Cuando se detiene, la rueda de un coche lo aplasta.

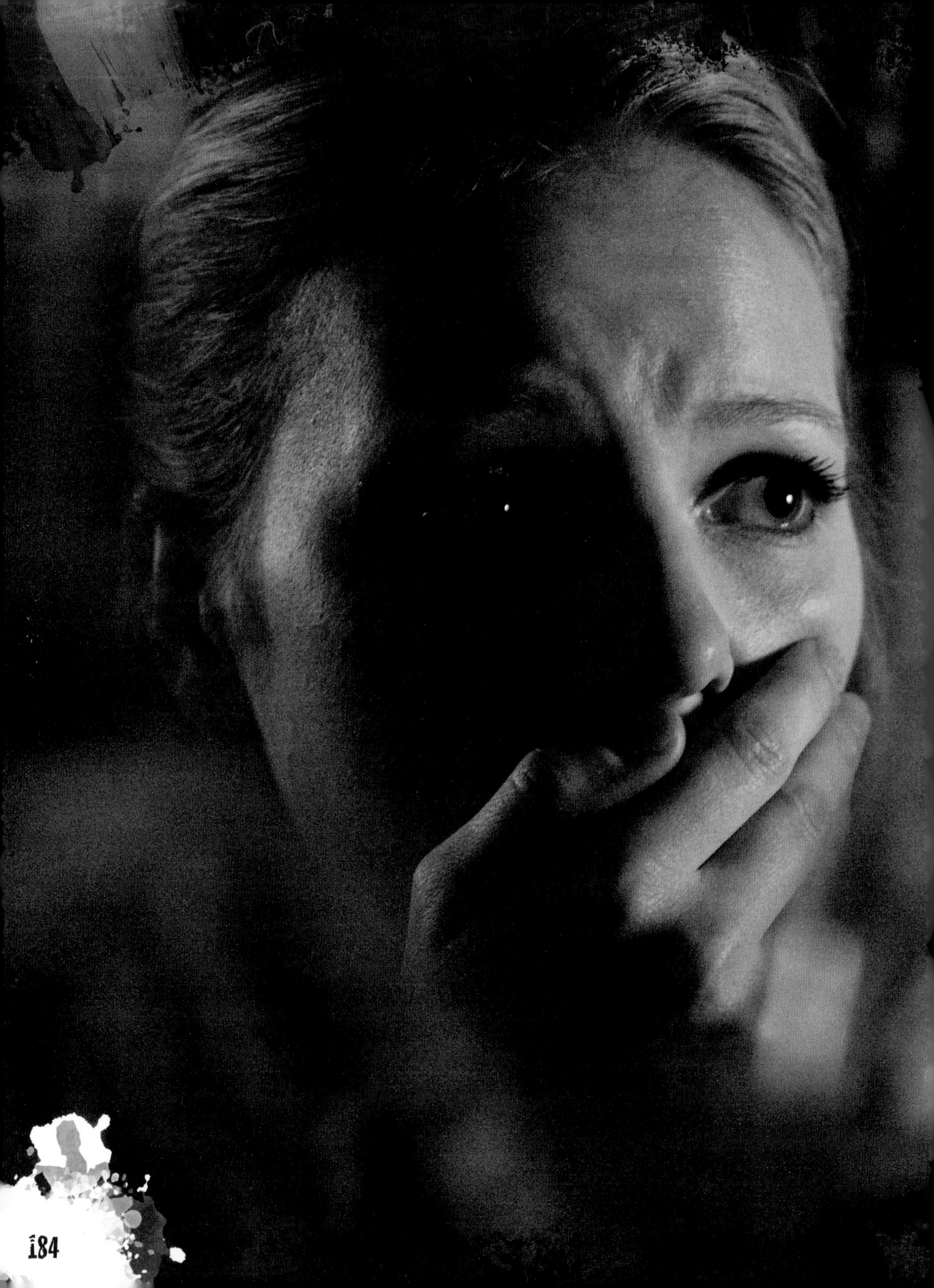

Curiosidades:

- Muchos personajes de la saga tienen apellidos de figuras importantes del cine de terror: Chaney, Corman, Murnau, Carpenter, Romero…

- El personaje que interpreta Ali Larter en la primera parte repite en la segunda película, y el misterioso forense al que encarna Tony Todd (*Candyman*), sale en la primera, segunda y quinta parte. Además, en la tercera entrega podemos escuchar su voz anunciando la parada final en una línea de metro, y haciendo publicidad como la representación del diablo que preside la montaña rusa del parque de atracciones.

- Para rodar la tremenda colisión en la autoestopista de *Destino final II*, fue necesario cortar varios kilómetros de carretera durante varias jornadas. En la tercera parte los actores montados en la montaña rusa tuvieron que repetir el recorrido 26 veces antes de que el director diera el visto bueno a la secuencia.

- Originalmente, los papeles protagonistas de la primera parte fueron pensados para Toby Maguire y Kirsten Dunst, que poco después actuarían juntos en las películas de *Spiderman*.

- La música que se escucha durante *Destino final* pertenece a John Denver, el famoso músico country que falleció en un accidente de avión en 1997.

LA MOSCA

PELÍCULA

The Fly. 1986. EE.UU. **Dirección:** David Cronenberg. **Reparto:** Jeff Goldblum, Geena Davis, John Getz. **Género:** Terror. Ciencia-ficción. Remake. 95 min.

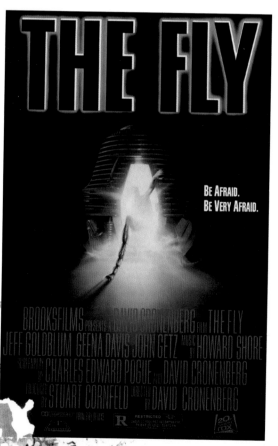

ATRAPA LA MOSCA

Veronica y Seth se conocen en una fiesta. Ella es periodista, y él un excéntrico científico. Seth afirma que está ultimando un proyecto que cambiará el mundo, y la invita a su casa para enseñárselo. Allí le muestra que es capaz de teletransportar materia a través de dos máquinas, y le pide a la joven que sea testigo de sus avances. Seth se usa a sí mismo como conejillo de indias y el experimento parece salir bien, pero pronto comienza a notar extraños cambios en su metabolismo.

La mosca es uno de los más conocidos filmes de los ochenta, *remake* de un clásico realizado por Kurt Neuman en 1958. Dirigida por el reputado David Cronenberg (*Una historia de violencia*), la película se llevó el Oscar al mejor maquillaje en 1987 y fue muy popular en aquellos años.

BUNDLEMOSCA

La progresiva transformación del científico en un insecto gigante podría haber dado para una loca comedia o para una película de terror paródica, pero el director decide tratar, de forma muy sutil, temas como la vejez, las enfermedades y la decadencia del cuerpo; y no lo hace con seriedad ni solemnidad, sino empleando la ironía y un humor negro muy elegante: al pobre Seth Bundle (que se llama a sí mismo «Bundlemosca») se le cae una oreja, las uñas… pues él, en vez de torturarse, lo guarda todo en un botiquín que bautiza con el nombre de «Museo Bundle de Historia Natural». También hay espacio para la reflexión y para algunas frases con calado filosófico, como cuando Seth se da cuenta de que su transformación en mosca es irremediable y sentencia: «Soy una mosca que soñó que era un hombre».

LA MUERTE FAVORITA DEL GUARDIÁN DE LA CRIPTA

Antes de que Seth pruebe su propio experimento, teletransporta a un babuino, pero la cosa falla y este se convierte en una masa sanguinolenta aún viva. Al parecer, la máquina lo había materializado del revés.

ALGO MÁS QUE GORE

La mosca es una gran película gracias a unos personajes tan bien definidos que enseguida te preocupas por lo que les va a ocurrir: «Es una película de horror, pero también es una historia de amor —apunta Cronenberg—, es muy emocional, pasional, no es un festival gore ni un *slasher*». De ahí que sintamos la transformación de Seth y la lucha interna del personaje femenino interpretado por Geena Davis, que asiste impotente a cómo su pareja se va convirtiendo poco a poco en un monstruo. Los momentos dramáticos son intensos (y los cambios por los que pasa Seth, del optimismo a la aceptación, muy realistas), y sí, a medida que llega el final están acompañados por babas y unos asombrosos efectos especiales, pero no es nada para lo que el ciudadano medio de ahora no este vacunado. Jeff Goldblum hace una meritoria interpretación (incluso bajo varias capas de maquillaje) y Geena Davis pocas veces ha estado mejor.

Las películas
de horror
permiten
a la gente
enfrentarse a
las cosas que
les asustan
de la vida.

Curiosidades:

- La versión de 1958 es también un filme muy recomendable, y cuenta con uno de los finales más terribles que se han visto en una película de género. Hubo una secuela también con Vincent Price de protagonista: *El regreso de la mosca* (1959).

- Cuando se estrenó la película, Jeff Goldblum escribió una carta a Vincent Price comentándole: «Espero que te guste tanto como a mí me gustó la tuya». A Price le emocionó la misiva, vio la película y contestó: «Maravillosa hasta cierto punto… creo que fue demasiado lejos».
- En 1989 se estrenó una segunda parte, *La mosca II*, dirigida por Chris Wallas, el creador de los efectos especiales de la primera. Esta continuación sigue los pasos del hijo que esperaba Verónica (Geena Davis), cuyo metabolismo parece haber heredado cierto problemilla proveniente de su malogrado padre. Una digna cinta de serie B, pero muy lejos de su antecesora.
- Fueron varios los actores que estuvieron a punto de interpretar el papel de Jeff Goldblum: John Travolta, Willem Dafoe, Richard Dreyfuss, James Woods, Mel Gibson o Michael Keaton.
- Cuando Martin Scorsese conoció a Cronenberg, le dijo que le recordaba a un típico cirujano plástico de Beberly Hills. Durante el rodaje, Cronenberg recordó el comentario e hizo un cameo interpretando al doctor que aparece en la pesadilla de Verónica, en la que extrae una larva gigante de su útero.

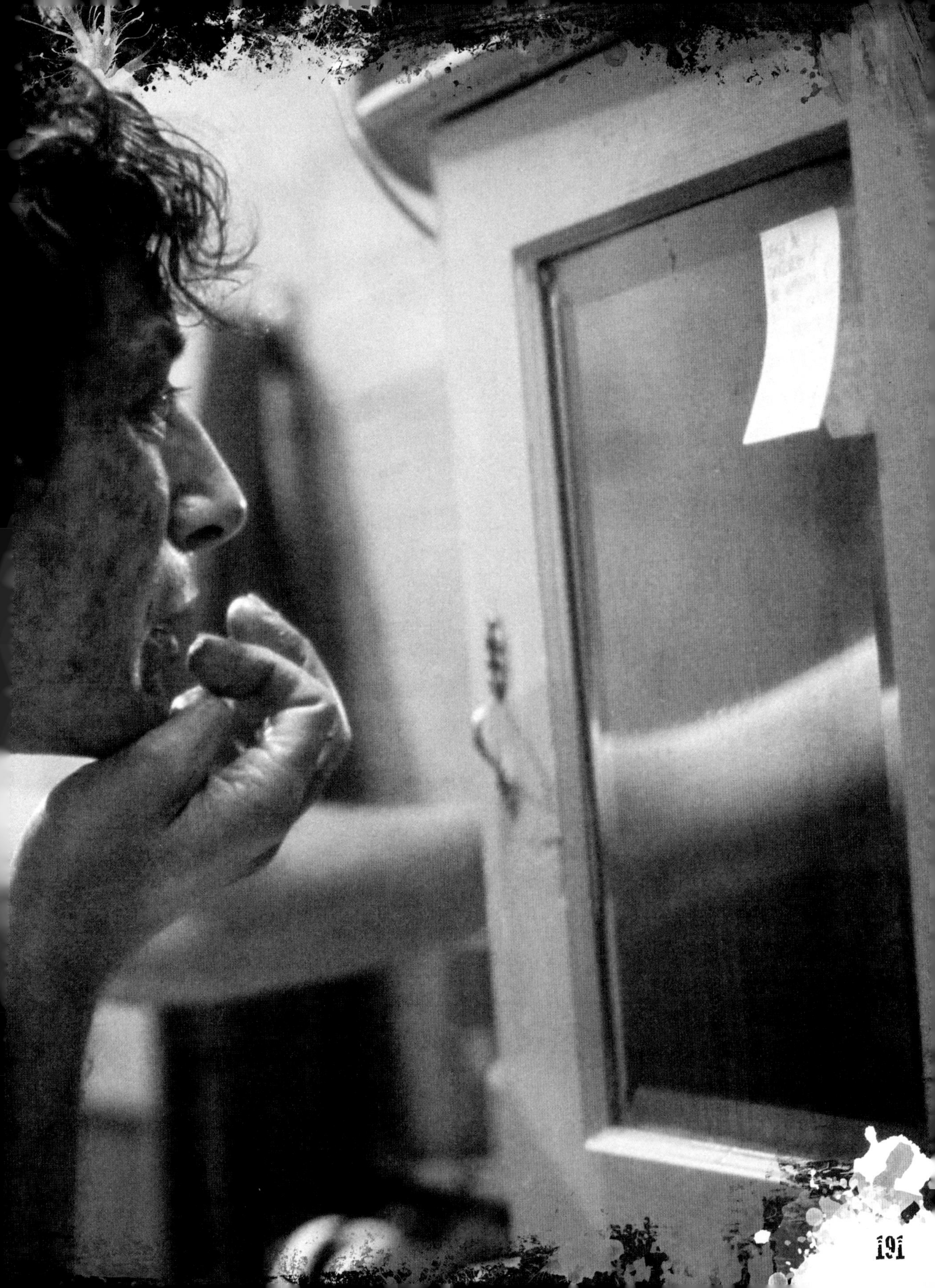

AQUELLA CASA AL LADO DEL CEMENTERIO

PELÍCULA

Quella villa accanto al cimitero. 1981. Italia. **Dirección:** Lucio Fulci. **Reparto:** Paolo Malco, Catriona MacColl, Giovanni Frezza. **Género:** Terror. Casas encantadas. Gore. 84 min.

LA CASA INFERNAL

Norman Boyle es un académico al que se encomienda la tarea de investigar el suicidio del doctor Peterson, un compañero científico. Norman se traslada con su familia al viejo caserón donde murió el doctor, y allí encuentra indicios de que Peterson estaba siguiendo el rastro de un tal doctor Freudstein. El hijo de Norman enseguida percibe que algo diabólico habita en la casa y en el cementerio que hay alrededor.

Aquella casa al lado del cementerio es la clásica película de mansión embrujada de los años ochenta, con niñas fantasma, telarañas, sótanos con sorpresa y mucha atmosfera y sangre. Puede que no tenga la fama de *Amityville* o *Poltergeist*, pero si lo tuyo son las truculencias, esta película no puede faltar en tu lista de la compra.

CINE DE EXPLOTACIÓN

Durante la década de los setenta y ochenta, los italianos fueron unos maestros haciendo películas que copiaban sin disimulo títulos populares de otros países, principalmente de Estados Unidos. De esta manera, los desprevenidos que íbamos a un videoclub nos llevábamos a casa engaños como *Terminator 2* (1989) —dos años antes de la secuela de Cameron—, o *Alíen 2: sobre la tierra* (1980), series Z que poco tenían que ver con las originales. Para atraer al público más joven, se introducía mucha violencia, gore y sexo. *Aquella casa al lado del cementerio* es una explotación del cine de casas encantadas de esos años, y más en concreto de *El resplandor* (1980). Como en aquella, hay un lugar repleto de fantasmas y, como el niño del filme de Kubrick, el hijo de Norman ve espíritus que le advierten del peligro. Naturalmente, es una producción de bajo presupuesto, pero la funesta ambientación de la casa es de primera, con ese lóbrego cementerio, el sótano o la estancia donde alguien se las apañó para colocar una lápida en el suelo.

LA MUERTE FAVORITA DEL GUARDIÁN DE LA CÁMARA

Una chica es atacada por alguien con un cuchillo de carnicero. Primero le destroza un lado de la garganta, y después el otro. Todos contentos.

GORE DE AUTOR

La cinta fue dirigida por Lucio Fulci, un experto en esta clase de películas (*El más allá, Nueva York bajo el terror de los zombis*). Fulci no le daba mucha importancia al guion, lo suyo era crear momentos malsanos y terroríficos, y *Aquella casa al lado del cementerio* es una buena muestra de su forma de entender el cine. El angustioso clima que sobrevuela la historia está acompañado por una sucesión de crímenes atroces que beben del *giallo* (género de suspense y terror puesto de moda por los italianos en los años sesenta), y del *slasher* tipo *Viernes 13*. Vamos, que hay mucho gore artesanal poco recomendable para gente sensible. En el reparto sobresale la actuación del niño, que hace creíble el sufrimiento que padece al ser atacado por las fuerzas maléficas de la casa. Una buena banda sonora redondea este título de culto.

> Hay mucho gore artesanal poco recomendable para gente sensible.

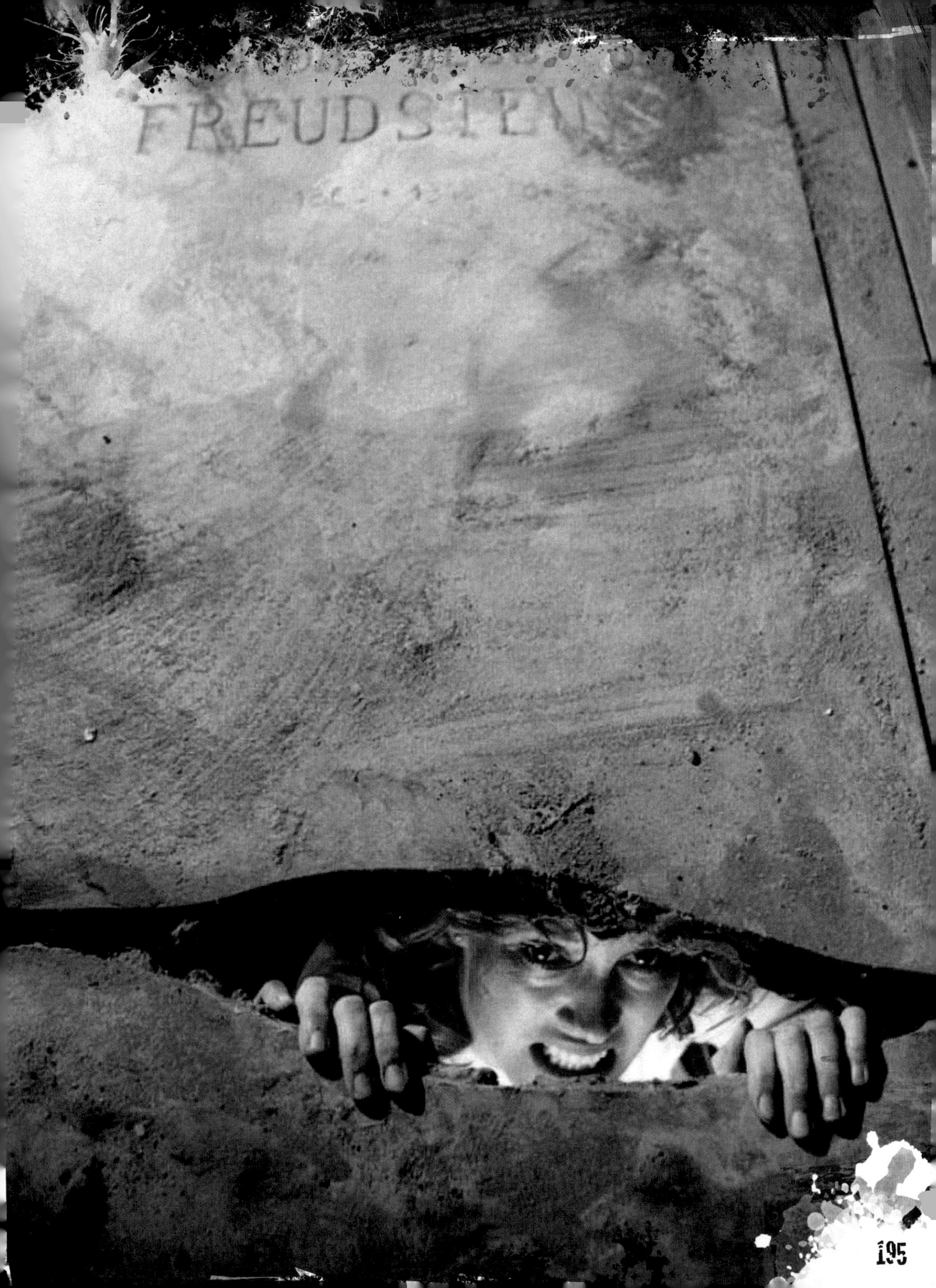
FREUDSTE

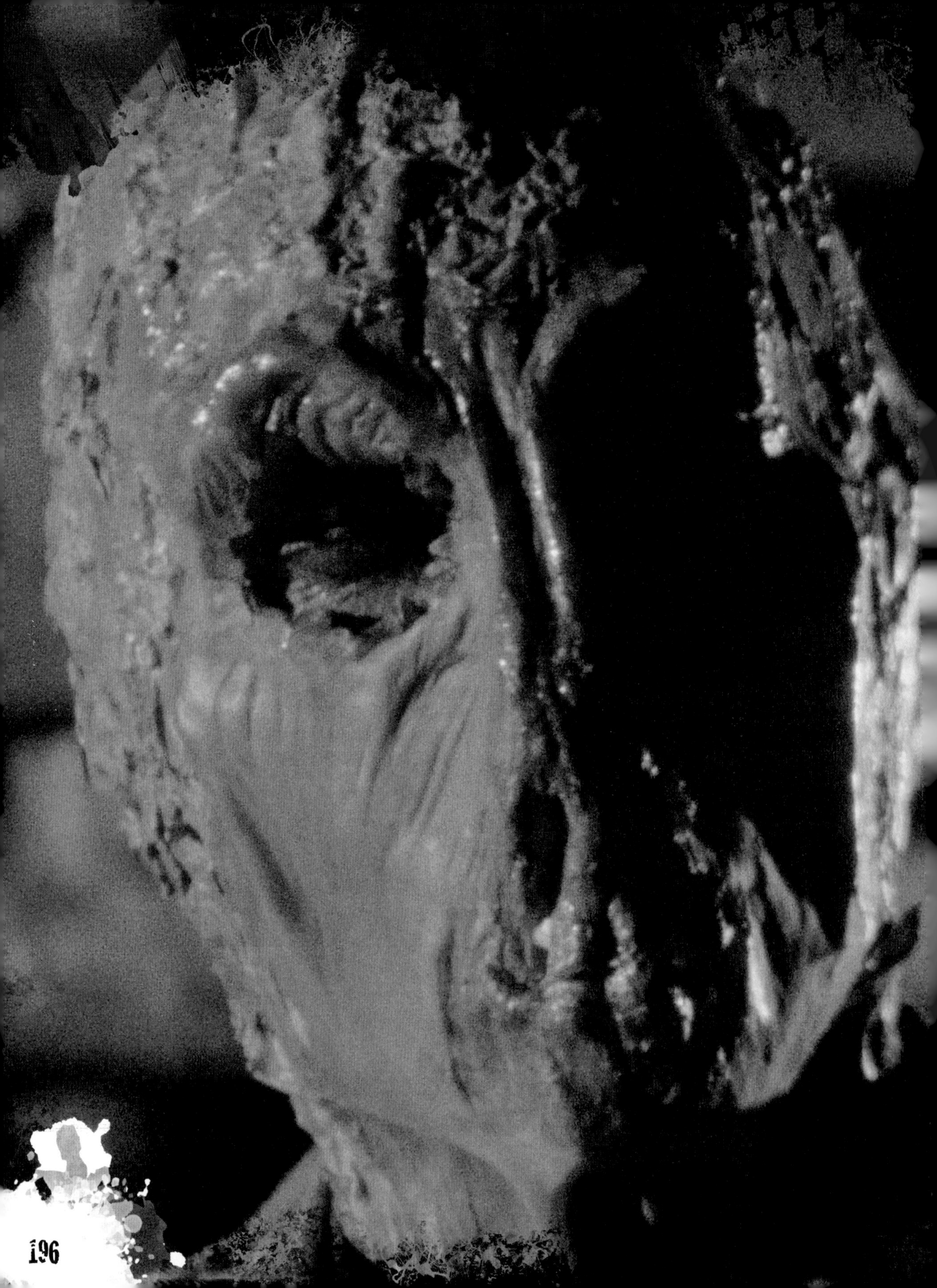

Curiosidades:

- En un principio, el título original iba a ser *Freudstein,* en alusión al científico loco que yace en el sótano del caserón. El nombre era un homenaje al psicólogo Sigmund Freud y al doctor Frankenstein.
- Fulci quiso imitar la célebre secuencia de *El resplandor* en la que ríos de sangre inundaban el pasillo del hotel. Como no había dinero, se tuvieron que conformar con una lápida que chorreaba un poco de hemoglobina.
- La película forma parte de una «trilogía del infierno» que incluye otras dos cintas del director: *Miedo en la ciudad de los muertos vivientes* (1980) y *El más allá* (1981).
- El actor Paolo Marco se quedó con uno de los murciélagos mecánicos que se usaron en la secuencia en la que uno de estos animales le mordía una mano.
- El caserón donde se rodó la película fue utilizado siete años después para otro filme italiano de similares características: *La casa fantasma.*

EL CENTRO COMERCIAL CROSS ROAD

AMANECER DE LOS MUERTOS

PELÍCULA/VIDEOJUEGO

Dawn of the Dead. 2004. EE.UU. **Dirección:** Zack Snyder. **Reparto:** Sarah Polley, Ving Rhames, Jake Weber. **Género:** Zombis. Gore. Remake. 106 min.

LA INVASIÓN DE LOS ZOMBIS MODERNOS

En una sola mañana, la vida de Ana, una enfermera de una localidad de Wisconsin, se convierte en una pesadilla. Una niña rabiosa entra en su casa y muerde a su marido, que fallece y se convierte en un zombi sediento de sangre. Ana consigue escapar en coche, pero el mundo se ha sumido en un caos donde los muertos se comen a los vivos. Junto a otro grupo de personas, intentará sobrevivir al asedio de los zombis en el interior de un gran centro comercial.

Amanecer de los muertos es un *remake* de *Zombi* (1978), segunda parte de la saga de los muertos vivientes que dirigió George A. Romero y que se inició con el clásico *La noche de los muertos vivientes* (1968). La película moderniza la figura del zombi, siguiendo la estela que comenzó en 2002 la cinta británica *28 días después*: ya no estamos ante muertos vivientes lentos y torpes, sino ante verdaderos atletas letales que corren como gamos, saltan como monos y se comportan con extrema ferocidad. El frenesí de los ataques zombi provoca en el espectador una continua sensación de peligro que permanece desde el minuto uno hasta el final de los títulos de crédito.

SOCIEDAD DE CONSUMO ZOMBI

Todos tenemos en la cabeza imágenes de lo que acontece en cualquier centro comercial el primer día de unas rebajas. Masas de gente agolpándose en las entradas con los ojos desencajados, esperando ansiosos para ir en busca del producto más barato. Una vez se abren las puertas se transforman en una turba incontrolada, que arremete, empuja y estará dispuesta a todo con tal de conseguir su objetivo. No hay mucha distancia entre este comportamiento y el que los zombis demuestran en *Amanecer de los muertos*, solo que en la película el comprador es el muerto viviente y la ganga a conseguir no es otra que la carne fresca de un ser humano. Esta metáfora sobre el consumismo ya se podía encontrar en la cinta de Romero, donde los zombis iban al centro comercial como un acto reflejo: «Cuando Romero hizo su película, el consumismo masivo era un tema realmente nuevo, algo para lo que nos despertábamos por primera vez —explica el director Zack Snyder—, en nuestra película dedicamos mucho tiempo y esfuerzo a la estructura satírica, incluso la construcción del centro comercial tenía la intención de reflejar esta visión corporativa de nuestro mundo: una estética sofisticada que quiere ofrecer una ilusión de singularidad, cuando la verdad es que se produce en masa».

El director de las futuras *300* y *Watchmen* se desenvuelve con un desparpajo inaudito para aterrorizar al personal durante casi dos horas.

LA PELÍCULA DE UN VISIONARIO

Amanecer de los muertos revisita con brillantez la obra de Romero (con muchos homenajes al maestro), y supuso el descubrimiento de Zack Snyder, uno de los directores más talentosos del género fantástico moderno. La película lo tiene todo: acción imparable, buenos personajes, humor, suspense, terror, gore, drama, y unos logrados efectos especiales (capítulo aparte para los variados y creativos efectos de maquillaje de los zombis, que marcaron un antes y un después en este subgénero).

Nada sobra y nada falta en la ópera prima de Snyder, donde el director de las futuras *300* (2006) y *Watchmen* (2009) se desenvuelve con un desparpajo inaudito para aterrorizar al personal durante casi dos horas. Estupenda fotografía, rotunda música de Tyler Bates, y una elección de reparto que no pudo ser más acertada, pues Sarah Polley, Jake Weber o Ving Rhames componen a unos protagonistas inolvidables.

Amanecer de los muertos abrió el camino para series como *The Walking Dead* (2010), *Dead Set* (2008) o *Z Nation* (2014), y éxitos de taquilla mundiales como *REC* (2007), *Tren a Busan* (2016) o su secuela, *Península* (2020), de la que su director reconoció públicamente la influencia del film de Snyder.

DEAD RISING: VIDEOJUEGO NO OFICIAL

En 2006, la famosa compañía de videojuegos Capcom sacaba para la Xbox 360 un juego llamado *Dead Rising: Terror en el hipermercado* (posteriormente se hizo una versión para la Wii); el juego obtuvo tan buena acogida que con el tiempo pasó a ser una franquicia reconocida entre los *gamers*, con tres secuelas a sus espaldas. *Dead Rising* es un juego de acción y horror de supervivencia en tercera persona en el que manejamos a Frank West, un fotoperiodista que debe sobrevivir setenta y dos horas en un centro comercial repleto de zombis. Mientras tanto, debe rescatar a varios supervivientes y enfrentarse a otros peligrosos humanos. Por este argumento, la productora MKR Group (encargada de los derechos de la película de Romero) puso una demanda a Capcom alegando un delito de plagio, pero la empresa japonesa ganó el litigio porque, según el juez, en el juego: «No había comentario social».

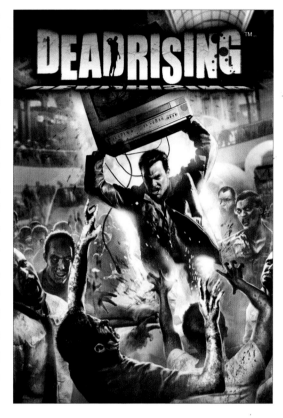

Dejando aparte esta polémica, *Dead Rising* tiene varios ganchos que lo hacen muy atractivo: hay gore explícito, mucho humor negro y, sobre todo, una cantidad interminable de zombis a los que golpear, rajar y mutilar con sartenes, cuchillos, motosierras, cortadoras de césped…

LA MUERTE FAVORITA DEL GUARDIÁN DE LA CRIPTA

Ving Rhames le vuela la cabeza de un tiro a Andy, el hombre de la tienda de armas que se había convertido en zombi.

SECUELA DE CULTO

Como era de esperar, la segunda parte del juego llegó en 2010, y supuso un salto cuantitativo para la saga. *Dead Rising 2: Off the Record* fue una continuación más brutal si cabe, e introdujo una novedad que atraería a miles de fans: la capacidad para crear armas combo juntando dos elementos. El número de armas que tienes al alcance es infinito, y las hay de lo más cafre y divertido, como la Bola-bomba (con un balón de rugby más una granada), el Helicortador (un helicóptero de juguete unido a un machete) o el Lobotomizador, que consiste en un taladro y un cubo. Esta clase de combinaciones todavía hoy es imitada en todo tipo de videojuegos.

La tercera y cuarta parte se produjeron en mundos cada vez más abiertos, o *sandbox*, y pusieron a prueba la potencia de las consolas y el PC, al llenar la pantalla de una cantidad de zombis innumerable, deparando diversión y sangre durante horas.

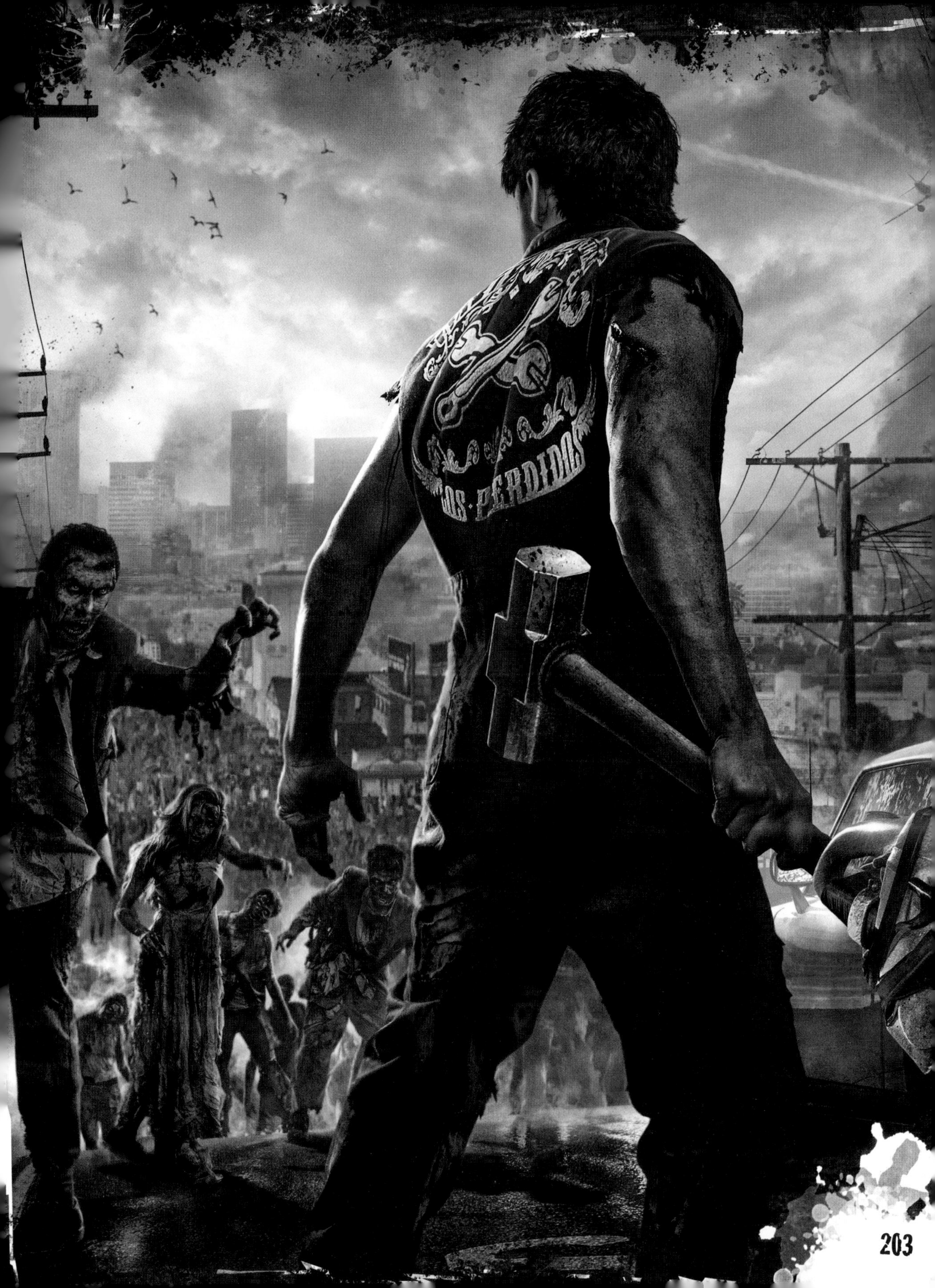
LOS PERDIDOS

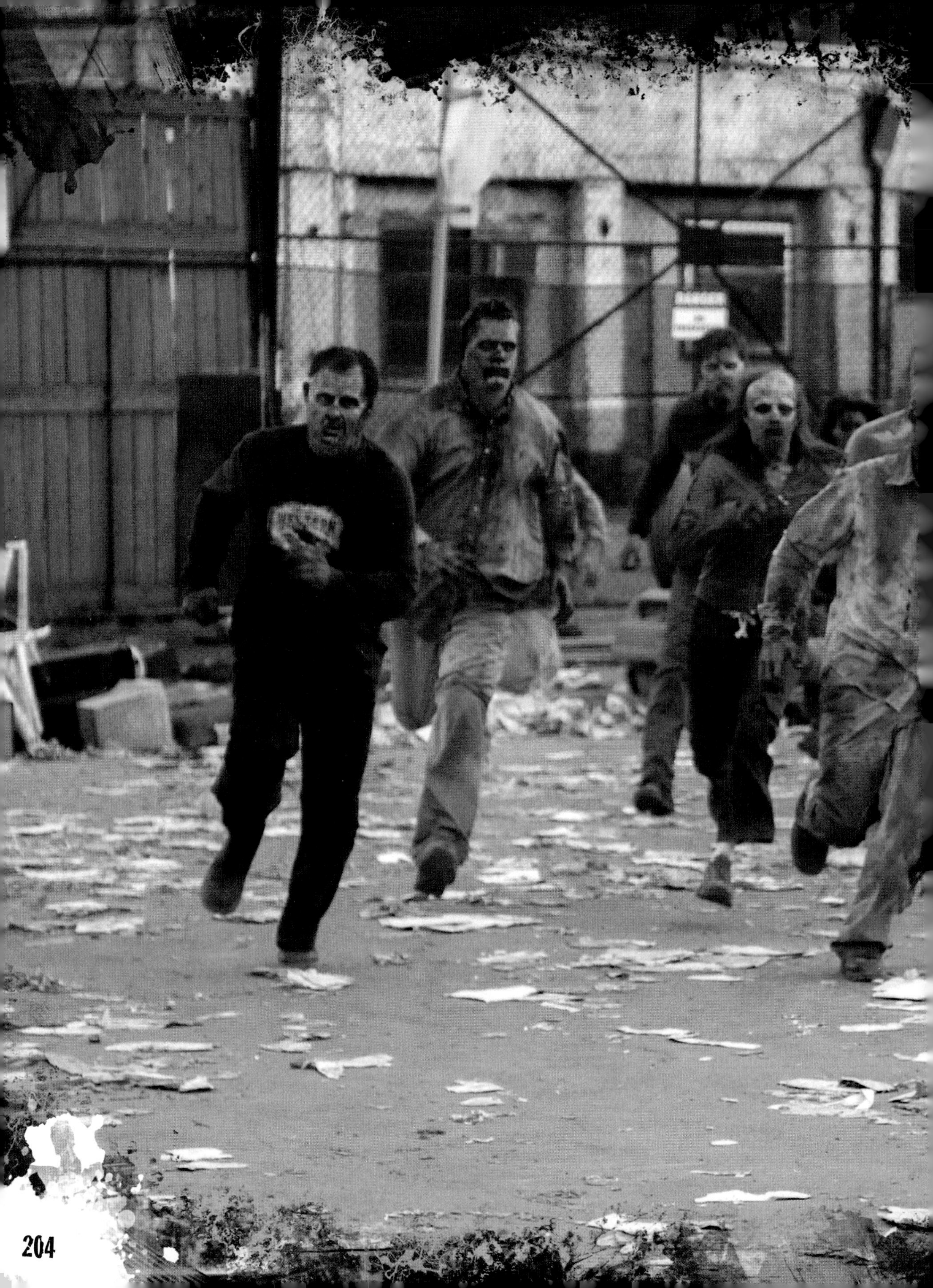

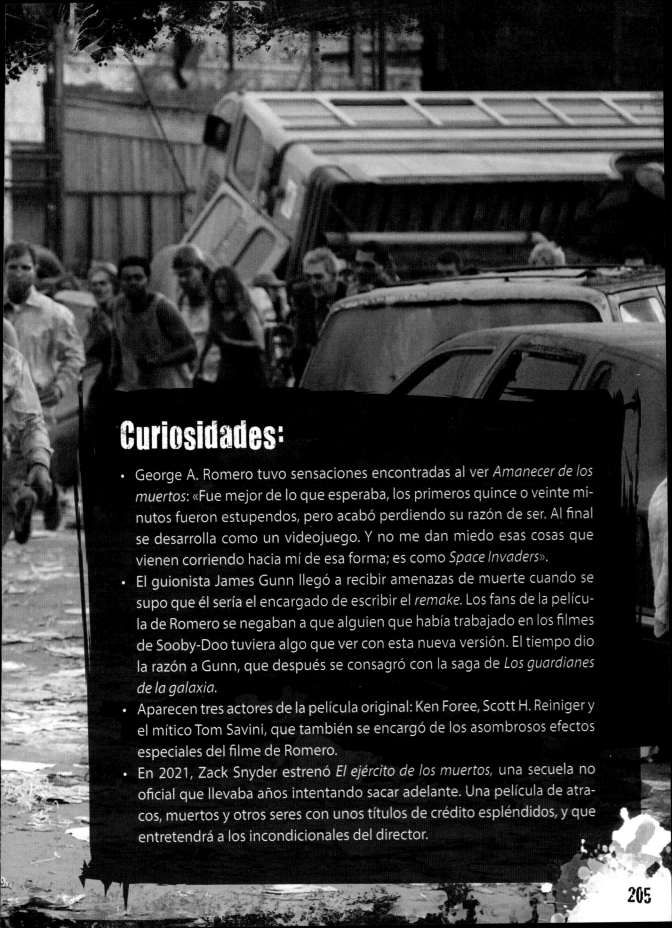

Curiosidades:

- George A. Romero tuvo sensaciones encontradas al ver *Amanecer de los muertos*: «Fue mejor de lo que esperaba, los primeros quince o veinte minutos fueron estupendos, pero acabó perdiendo su razón de ser. Al final se desarrolla como un videojuego. Y no me dan miedo esas cosas que vienen corriendo hacia mí de esa forma; es como *Space Invaders*».

- El guionista James Gunn llegó a recibir amenazas de muerte cuando se supo que él sería el encargado de escribir el *remake*. Los fans de la película de Romero se negaban a que alguien que había trabajado en los filmes de Sooby-Doo tuviera algo que ver con esta nueva versión. El tiempo dio la razón a Gunn, que después se consagró con la saga de *Los guardianes de la galaxia*.

- Aparecen tres actores de la película original: Ken Foree, Scott H. Reiniger y el mítico Tom Savini, que también se encargó de los asombrosos efectos especiales del filme de Romero.

- En 2021, Zack Snyder estrenó *El ejército de los muertos*, una secuela no oficial que llevaba años intentando sacar adelante. Una película de atracos, muertos y otros seres con unos títulos de crédito espléndidos, y que entretendrá a los incondicionales del director.

CENTROS DE RECLUSIÓN

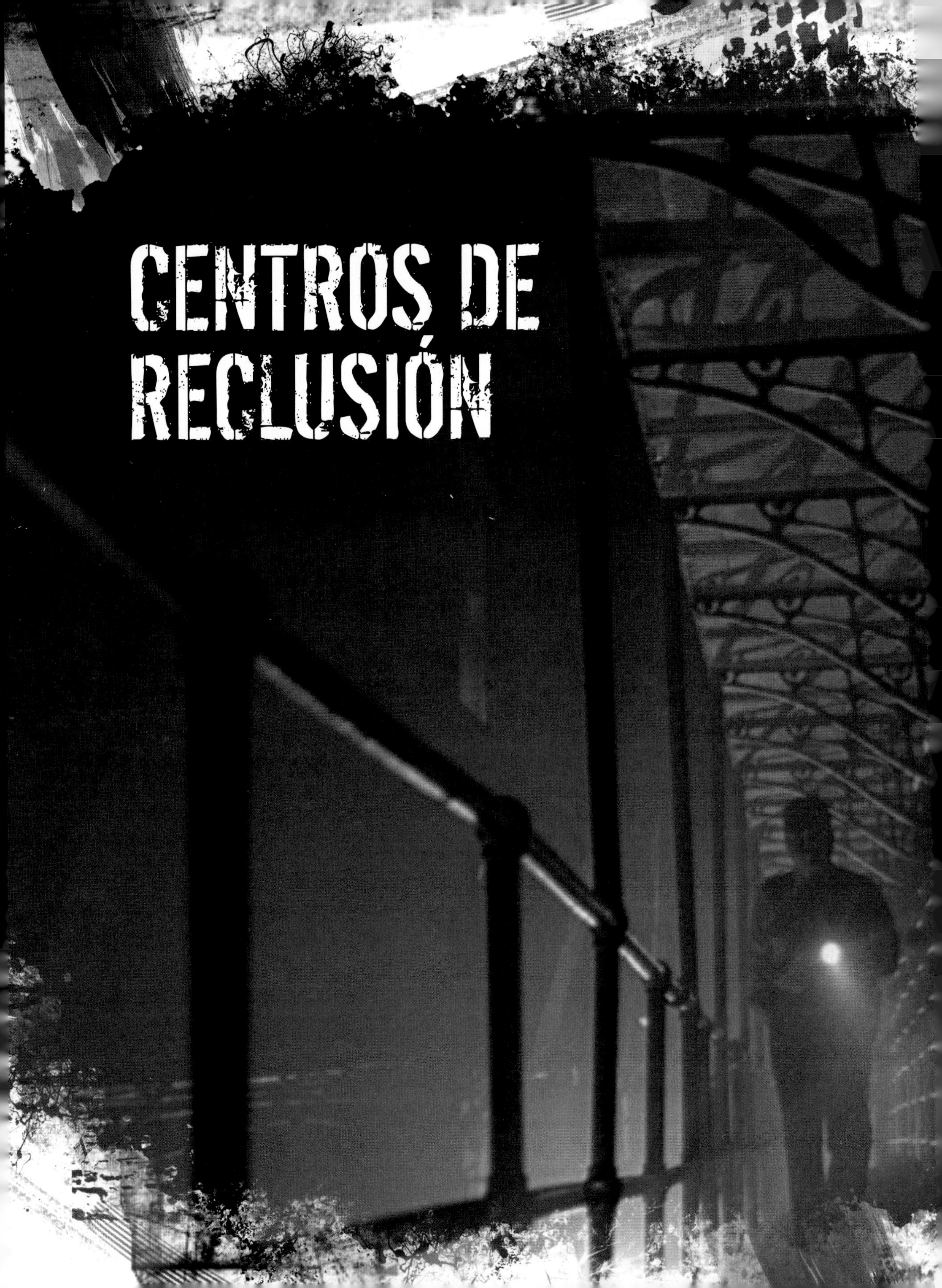

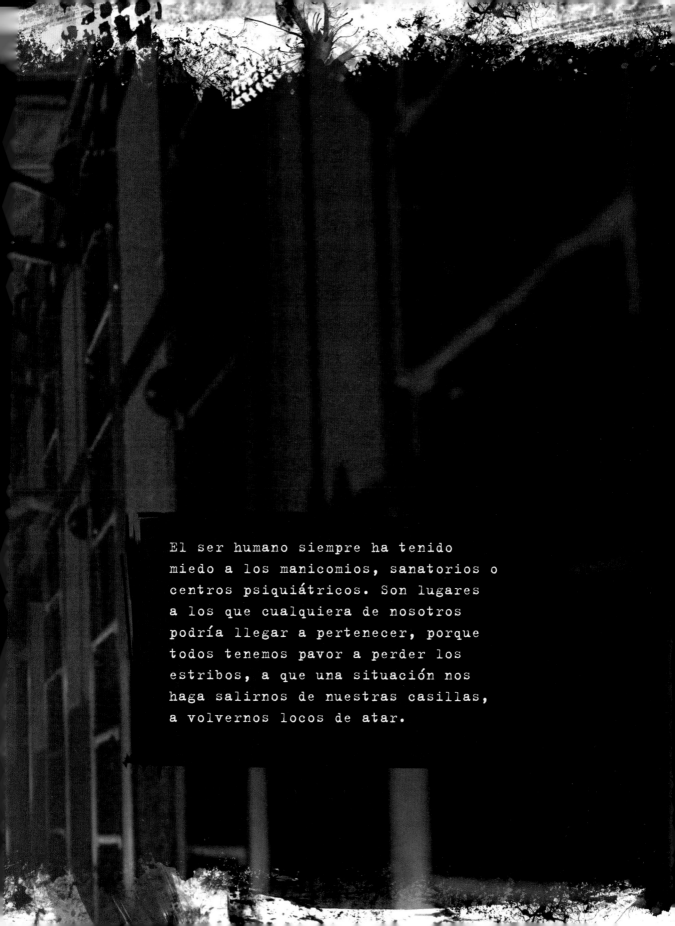

El ser humano siempre ha tenido
miedo a los manicomios, sanatorios o
centros psiquiátricos. Son lugares
a los que cualquiera de nosotros
podría llegar a pertenecer, porque
todos tenemos pavor a perder los
estribos, a que una situación nos
haga salirnos de nuestras casillas,
a volvernos locos de atar.

HOSPITAL PSIQUIÁTRICO DANVERS

SESSION 9

PELÍCULA

Session 9. 2001. EE.UU. **Dirección:** Brad Anderson. **Reparto:** David Caruso, Peter Mullan, Stephen Gevedon. **Género:** Terror. Thriller psicológico. Casas encantadas. 100 min.

EL MIEDO ES UN LUGAR

Gordon, el dueño de una pequeña compañía dedicada a la retirada de residuos, recibe el encargo de extraer el amianto del Hospital Danvers, una institución mental abandonada con un pasado oscuro. Como el negocio no le va bien y tiene problemas en su vida personal, acepta limpiar el lugar en una sola semana. Las prisas y el estrés no tardan en afectar al grupo de desinfección, que a medida que se adentran en las entrañas del hospital van descubriendo los horrores que se produjeron en aquel malsano paraje. Gordon halla uno de esos espantosos sucesos en el contenido de unas grabaciones de una paciente llamada Mary Hobbes, una mujer con múltiples personalidades que cometió un terrible crimen.

Hay muchas razones para recomendar *Session 9* (2001), pero un motivo que prevalece por encima de los otros: poder contemplar de cerca el Hospital Danvers, uno de los edificios más espeluznantes donde se ha rodado jamás una película de terror.

TIERRA MANCHADA DE SANGRE

El Hospital psiquiátrico Danvers (situado en Danvers, antigua Salem, Massachusetts) fue un edifico gótico construido en 1874 siguiendo un sistema de asilo mental llamado plan Kirkbride, inventado por un doctor con el mismo nombre. Kirkbride defendía la idea de que la exposición natural a la luz del sol y la circulación del aire era fundamental para la curación de un paciente con un desorden psíquico. Los hospitales del plan Kirkbride tenían en común un diseño arquitectónico en forma de ala de murciélago (con un edificio central y dos alas a cada lado), lo que facilitaba la entrada de luz a través de grandes ventanales y la ventilación de cada dependencia. Para Kirkbride también era importante el espacio, y se llegaron a construir más de 40 edificios repartidos por varios acres de una zona rural llamada Hathorne Hill (el mismo lugar donde vivió John Hathorne, el juez encargado de los famosos juicios a las brujas de Salem). El hospital se inauguró en 1878, y estaba preparado para atender a 450 pacientes que tuvieran enfermedades mentales diversas. Lo que parecía un centro moderno y agradable, poco a poco empezó a transformarse en otra cosa.

LA MUERTE FAVORITA DEL GUARDIÁN DE LA CRIPTA

Uno de los personajes vive en sus propias carnes cómo se practicaban las trepanaciones, y visita a un compañero con un clavo metido en el ojo. Desde luego, este chico clava la mirada.

DOLOR Y MUERTE

«El edificio me animó a rodar la película —explica el director Brad Ander-son—, escribimos el guion pensando en ese lugar. Así que el argumento toma como modelo historias reales que habíamos oído que ocurrieron allí […]. Me parecía un lugar muy dramático para una película de miedo». Los hechos a los que se refiere el realizador sucedieron a partir de 1920, cuando el hospital psiquiátrico ya sufría problemas debido al exceso de pacientes y a la falta de fondos. Las condiciones de los internos fueron degenerando, y los médicos decidieron controlar a los que estaban peor a base de lobotomías, terapias de shock y camisas de fuerza, entre otros métodos inhumanos. En 1939 se contabilizaron más de dos mil pacientes, de los cuales murieron 278. La polémica y los recortes provocaron que las instalaciones se fueran clausurando. El Hospital Danvers cerró sus puertas en 1992 y fue demolido en 2007.

EN EL FONDO DE LA MENTE

Si lo que buscas es una de terror con fantasmas, sustos y gore, es probable que *Session 9* no sea de tu agrado. La película se centra en el apartado psicológico de los personajes, y como el Hospital Danvers les pasa factura: «No hay monstruos que salen del armario —dice Anderson— hay poca sangre. Trata más de los mecanismos internos, del funcionamiento de la mente humana, y de cómo eso se retuerce y se desordena [...]. La forma más sencilla de describirlo es que esos tipos van a ese lugar y a los cinco días se convierten en pacientes. El edificio los ha absorbido y asimilado».

El argumento toma como modelo historias reales que habíamos oído que ocurrieron allí. Me parecía un lugar muy dramático para una película de miedo.

   Session 9 también nos depara sorpresas, y en varios momentos nos hará dudar sobre la existencia de un mal tangible que amenaza la vida de los protagonistas. Pero como decíamos, el hospital es el verdadero protagonista: su amenazante fachada, sus ventanas rotas, sus largos pasillos abandonados…, y las estancias donde hay camisas de fuerza, utensilios quirúrgicos, sillas de ruedas y archivadores repletos de fotos de las vidas de tanta gente que sufrió en el interior de aquellas paredes. Danvers supura agonía, tristeza y dolor, y eso se palpa en el filme. El desenlace de la película no sorprende, pero tampoco cae en soluciones fáciles, y el último plano, con las vistas del hospital desde el aire y la voz en *off* de una de las personalidades de Mary Hobbes, es sencillamente aterrador.

Curiosidades:

- Después del derribo del hospital, se empezaron a construir bloques de apartamentos, pero en 2007 hubo un misterioso incendio que arrasó parte de los edificios y ralentizó las obras. Hoy se conserva el edificio central y dos alas, aunque parcialmente reconstruidas.
- La fama de lugar maldito persiguió durante años al Hospital Danvers. A raíz de la película, los dueños de la propiedad tuvieron que reforzar la vigilancia, ya que no paraban de entrar vagabundos, curiosos, buscadores de lo paranormal y cultos satánicos.
- El Hospital Danvers sirvió de inspiración para el diseño del Asilo Arkham en el videojuego *Batman: Arkham Asylum* (2009).
- El director Brad Anderson repitió con el terror psicológico en *El maquinista* (2004), y volvió a un psiquiátrico de miedo en *Asylum: El experimento* (2014).
- Existen varios paralelismos entre *Session 9* y *El resplandor,* para no hacer *spoilers* solo diremos que las esposas de los dos protagonistas se llaman Wendy.

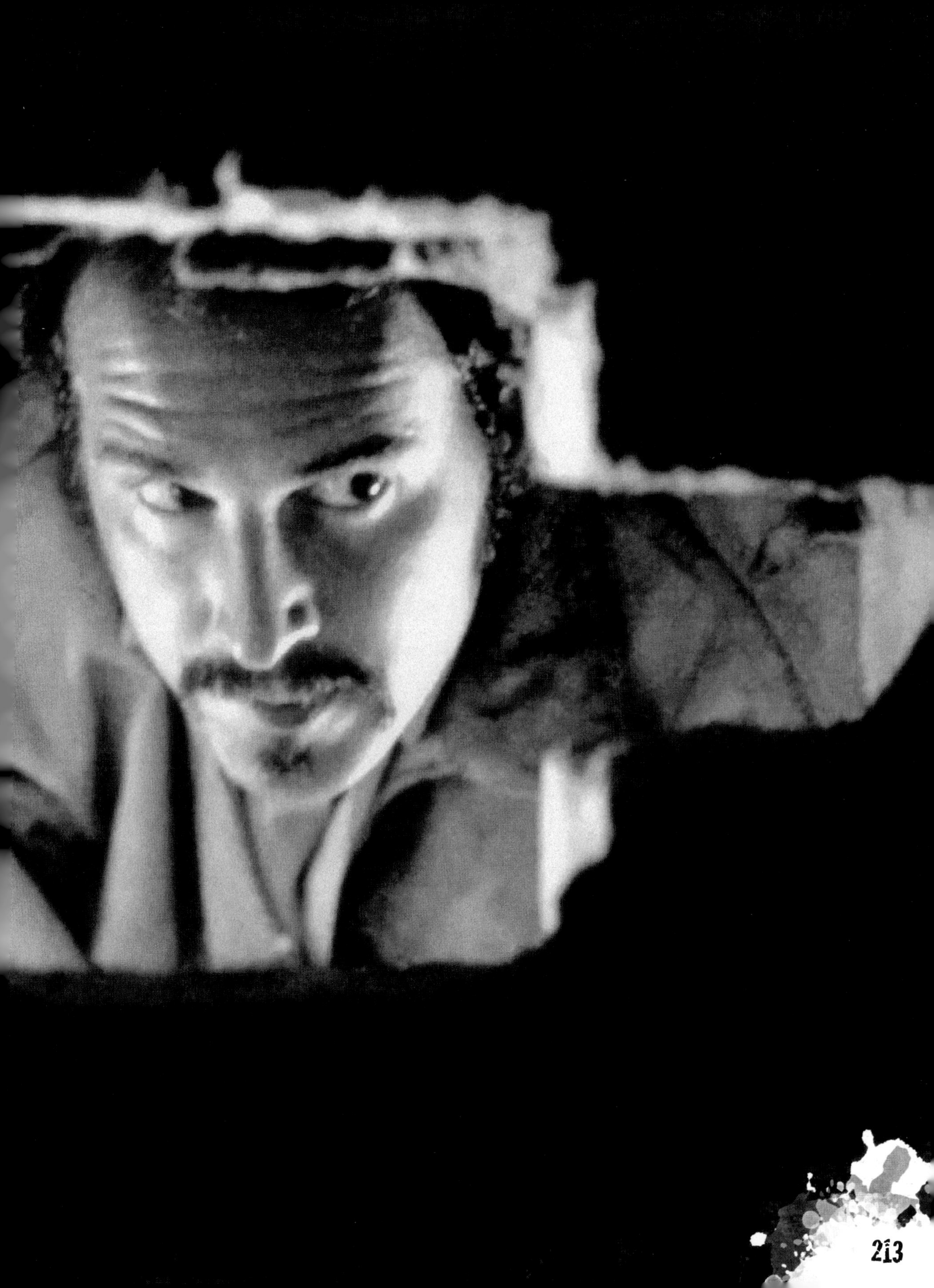

EL HOSPITAL MENTAL BACON

THE EVIL WITHIN (Parte I y Parte II)

VIDEOJUEGO

Psycho Break. 2014. Japón. **Diseñador:** Shinji Mikami. **Director de arte:** Naoki Katakai. **Compañía:** Tango Gameworks. **Género:** Horror de supervivencia. Acción. **Plataformas:** PC, XBOX 360 y Playstation 4

LOCURA NIPONA

El detective Sebastián Castellanos y dos compañeros (Joseph Oda y Juli Kidman) acuden a una llamada de emergencia del Hospital Mental Bacon, una institución dirigida por una acaudalada familia de Krimson City. Una vez en el hospital, ven signos de violencia y sangre por todas partes, pero ningún cadáver. Con la ayuda de un superviviente consultan las cámaras de vigilancia y observan como varios policías fueron masacrados por una fuerza invisible. De pronto, la amenaza intangible se presenta delante de Sebastián y lo deja inconsciente. Al despertar, el detective se encuentra sumido en una realidad de pesadilla de la que parece imposible escapar, y que le va revelando un pasado que él mismo parecía haber olvidado.

The Evil Within es un juego de terror intenso y agobiante que te hará sudar tinta. Dudarás de todo lo que te rodea y constantemente serás la presa favorita de criaturas imposibles y monstruos que te despedazarán a las primeras de cambio.

RESIDENT EVIL WITHIN

Producido por Tango Gameworks, *The Evil Within* es un juego de horror de supervivencia y acción en tercera persona creado por Shinji Mikami, el padre de la saga *Resident Evil*. La intención de Mikami era ir un paso más allá, y hacer que los *gamers* sintiesen la intranquilidad de vivir en un mal sueño. El juego está lleno de engendros que te persiguen por espacios estrechos, trampas mortales y jefes finales a los que no podrás matar. Para un sector de sus fans tiene muchas similitudes con la saga de zombis desarrollada por Capcom; tanto que, en broma, le pusieron el nombre de *Resident Evil Within 4*. Es cierto que los zombis son similares, y que varios seres podrían pertenecer a un experimento de la corporación Umbrella (y algún otro, como *The Keeper,* de *Silent Hill),* pero prevalecen las criaturas que parecen surgidas de una pesadilla, y que recuerdan a películas de terror como *The Ring* (1998) o *La cosa* (1982).

LA MUERTE FAVORITA DEL GUARDIÁN DE LA CRIPTA

La criatura llamada Laura es una especie de Sadako que surge de los cadáveres de los zombis. Si te coge, te revienta la cabeza con sus garras.

BIENVENIDO A MATRIX ZOMBI

Para luchar contra el mal, podrás armarte hasta los dientes (las escopetas y la magnum son muy útiles), pero ya sabes que esta clase de videojuegos no te va a regalar nada, y la munición es un bien escaso. Además, en cada nivel tendrás la opción de entrar en una zona de descanso (un lugar del psiquiátrico que se anuncia con una cancioncilla antigua muy pegadiza), donde podrás aumentar tus destrezas y mejorar tu armamento. Como te darás cuenta enseguida, el mundo real acaba de saltar por los aires, y en esta nueva realidad te puede pasar cualquier cosa, desde viajar a otra dimensión a cambiar de lugar mientras caminas por un pasillo. Según avanza la partida, irás descubriendo que tu cabeza quizá no ande del todo bien, y puede que la experiencia te suene a películas como *Matrix* (1999) u *Origen* (2010). Así que, si durante la mayor parte de la trama no sabes lo que está ocurriendo, tranquilidad, es algo normal; la locura y los momentos bizarros son las cosas que diferencian a este juego de otros.

SOBREVIVE COMO PUEDAS

The Evil Within combina sigilo, exploración y acción, aunque cerca del final los tiros y la violencia ganan protagonismo. La jugabilidad es sólida. El modo de cubrirse, desviar la atención de los malos (con botellas) y disparar te recordará al *The Last of Us* (2013), aunque en ocasiones nuestro querido Sebastián se mueve de manera un poco torpe y al principio cuesta cogerle el tranquillo. Una vez te acostumbres a sus giros, no tendrás problemas en matar todo lo que se ponga de por medio.

Los gráficos son buenos para la época, y el sonido simplemente soberbio. La ambientación es otro aspecto notable del juego: hay escenarios sobresalientes y otros algo repetitivos, pero la mayoría te generan incomodidad.

El videojuego se divide en quince capítulos, algunos de ellos largos y exigentes, otros cortos y sencillos. No es un juego fácil, a pesar de que la IA de zombis y algunas criaturas no sea muy destacable. Hay zonas complicadas en las que los puntos de control tardan en aparecer, y eso te hará morir en muchas ocasiones. No te preocupes, en un juego como *The Evil Within* ser aniquilado o aniquilada es ley, y tus terribles muertes son una parte más de la diversión.

THE EVIL WITHIN 2

Por aclamación popular, la continuación no se hizo esperar demasiado. Mikami volvió a estar en *The Evil Within 2* (2017), y Sebastián Castellanos regresó a las entrañas del horror. En esta secuela, el detective sigue depresivo por la muerte de su mujer y su hija (no es *spoiler*), y se da al alcohol. Entonces una agente le confiesa que su hija está viva y atrapada en un entorno de realidad virtual supuestamente pacífico llamado Unión. Castellanos no duda en ir en busca de la niña, sabiendo que tendrá que luchar con algo más que sus demonios interiores.

The Evil Within 2 sigue los patrones del anterior, pero pule fallos de jugabilidad, sus gráficos lucen magníficos y la atmósfera es de diez. Como sucedía en la primera aventura, lo extraño y surrealista va entrando en el juego poco a poco, casi sin que nos demos cuenta. Entre las novedades, hay más espacios abiertos y podremos dejar el objetivo principal para realizar misiones secundarias. La IA de los enemigos sigue sin dar el do de pecho, pero las criaturas volverán a alucinarte, y las sorpresas están aseguradas. Lo malo: hay pocos puzles y con una dificultad para bebes.

En resumen: una competente secuela de un clásico de las consolas.

Curiosidades:

- Hay dos DLC que tienen como protagonista a Juli Kidman, compañera de Sebastián: *The Assignment* (2015) y *The Consecuence* (2015). Se trata de una aventura dividida en dos capítulos donde tendrás que sobrevivir armada únicamente con una linterna. No podrás luchar, solo correr y esconderte. Recomendable para habituales de juegos como *Outlast* (2013).
- El tercero es *The Executioner* (2015), y en él nos ponemos en la piel de la criatura *The Keeper*, un monstruo con cabeza de cubo armado con un martillo aplasta cráneos. Es un juego en primera persona para los ávidos de hemoglobina y tripas. Nada de sigilo, ni de huir. Aquí puedes dar rienda a tus más bajos instintos sangrientos.
- Algunos de los personajes tienen nombres españoles (Sebastián, Laura…) debido a que, en un principio, se pensó ambientar el juego en España.
- En 2019 se publicó *The Evil Within,* un cómic que servía de precuela al videojuego, y en el que un grupo de personas eran teletransportadas a un pueblo de pesadilla. Aconsejable para completistas.

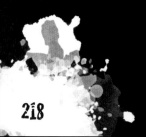

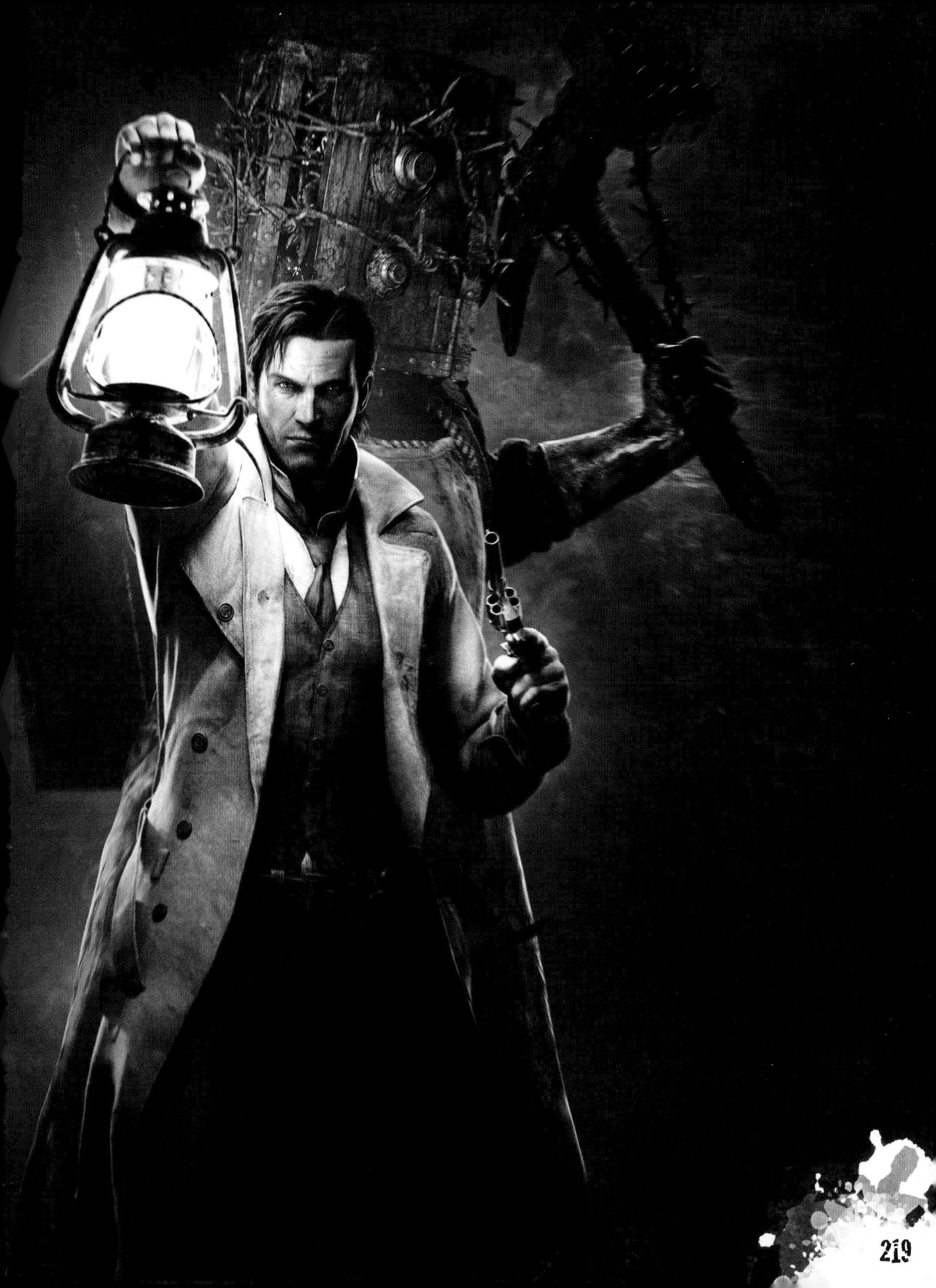

EL ASILO ARKHAM

BATMAN: ARKHAM ASYLUM

NOVELA GRÁFICA / VIDEOJUEGO

Batman: *Arkham Asylum.* 1989. EE.UU. **Guion:** Grant Morrison. **Dibujo:** Dave McKean. **Editorial:** DC cómics. **Género:** Terror psicológico. Superhéroes.

UN LUGAR SENSATO...

Tras una revuelta, el Joker y otros pacientes del Asilo Arkham toman al personal de rehenes y amenazan con matarlos si Batman no les hace una visita. El cruzado de la capa acepta, a sabiendas de que está a punto de caer en una trampa. Mientras Batman se interna por los pasillos del lóbrego hospital para enfrentarse a sus enemigos (y a sus propios demonios), iremos conociendo la terrible vida del hombre que levantó el asilo: Amadeus Arkham.

Con solo darle un vistazo, sabes que *Arkham Asylum* no es un típico cómic de superhéroes, ni en su argumento ni en su dibujo. Es una novela gráfica recomendada para lectores adultos que se aleja de las clásicas historias de buenos y malos, y que para una mayor comprensión requiere más de una lectura. Si eres seguidor de Batman o de las buenas historias de terror, no te lo puedes perder. Por algo está considerado uno de los mejores cómics de la historia del murciélago.

...EN UNA TIERRA SENSATA

El argumento se divide en dos: por un lado, vamos conociendo la vida y obra de Amadeus Arkham, un hombre marcado por una tragedia que cree haber encontrado su tabla de salvación en la institución que lleva su nombre. El relato de Amadeus es también la historia del Asilo Arkham y de tantos psiquiátricos del siglo diecinueve y veinte. Lugares que prometían ser bucólicos oasis de reinserción, pero que acabaron convertidos en verdaderos infiernos. La narración de Amadeus está contada a base de *flashbacks*, y por sí sola constituye un relato de terror realmente espeluznante. El otro camino es el que sigue Batman, que va tratando de salvar a los rehenes capturados por el Joker y su cuadrilla. El guionista Grant Morrison convierte esta parte en una suerte de *Alicia en el país de las maravillas* (1865), donde el héroe enmascarado sería la inquieta niña que cruza al otro lado del espejo para encontrar un mundo de fantasía y una serie de personajes extravagantes. Solo que, en este caso, el mundo de las maravillas es el tenebroso asilo, y casi todos sus integrantes son tan peligrosos como la Reina Roja del libro de Lewis Carroll.

MULTITUD DE REFERENCIAS

Recordemos que uno de los temas de los que habla el libro de Carroll es la locura, y ¿qué hay más loco que enfundarse en un traje de murciélago y combatir contra el crimen? *Arkham Asylum* profundiza en las motivaciones de un Batman vulnerable, e invita a la reflexión de que quizás no exista mucha diferencia entre él y los villanos a los que encierra. «Quería acercarme a Batman desde el punto de vista del hemisferio de los sueños —explica Morrison—, de lo emocional y de lo irracional, como replica al enfoque excesivamente literal, "realista" y relativo al hemisferio izquierdo de los superhéroes que estaba en boga por aquel entonces tras obras como *El regreso del caballero oscuro* y *Watchmen*».

El autor carga la historia de símbolos y metáforas, y se inspira tanto en Carroll como en la obra del filósofo Carl Jung, el satanista Aleister Crowley o los horrores de la Europa del Este. Todo para que el resultado se parezca al sueño surrealista y oscuro de un perturbado mental. El sueño de Amadeus Arkham.

EL DIBUJO DE UN GENIO

Este cómic no sería igual sin el arte de Dave McKean. El dibujante inglés apoya su trabajo en el uso de la pintura, la fotografía y el collage, y concibe una serie de imágenes asombrosas que dan a esta obra un aire onírico inigualable. McKean acepta el reto de Morrison de integrar en cada página símbolos y representaciones alegóricas. Algunas de sus viñetas son auténticos cuadros que hay que observar con detalle, fruto de un trabajo obsesivo por parte del guionista. En cuanto a los personajes, pocas veces hemos visto un Joker más terrorífico y desquiciado y eso a pesar de que no era la versión que Morrison quería del payaso asesino, sino que fue impuesta por la editorial. En resumidas cuentas, *Arkham Asylum* es un cómic de culto para leer y releer si aprecias las historias diferentes, ya seas lector de tebeos o no.

BATMAN: ARKHAM ASYLUM, EL VIDEOJUEGO

Hubiera sido harto complicado adaptar una novela gráfica como *Arkham Asylum* a un videojuego; pocos aficionados hubieran comprado un juego tan arriesgado y personal, ¡pero habría sido una pasada manejar un Batman al estilo McKean!

Batman: Arkham Asylum (2009) se inspiró en el cómic a la hora de diseñar el Asilo Arkham o de dar vida a personajes como el Joker, Killer Croc o el Espantapájaros, pero estamos ante un título de acción desbocada, aunque no esté exento de connotaciones psicológicas. El juego fue desarrollado por Rocksteady Studios para PS3, Xbox y PC, y su historia es diferente a la del cómic: el Joker escapa de un Arkham tomado por sus pupilos y amenaza con destruir Gotham si Batman intenta entrar en el asilo. El héroe se verá obligado a actuar solo para capturar al Joker y desbaratar su plan.

LA MUERTE FAVORITA DEL GUARDIÁN DE LA CÁMARA

En el primer videojuego de la saga, Batman es atrapado por el Joker y asesinado a sangre fría de un disparo. Cuando le damos al botón de reiniciar partida, no volvemos al punto anteriormente guardado, sino que la mano de Batman surge de una tumba en cuya lápida está escrito el nombre de Bruce Wayne. Batman no llegó a morir, todo había sido un truco del Joker.

YO SOY BATMAN

En *Arkham Asylum* manejamos a un Batman en tercera persona, con la perspectiva *over the shoulder* (sobre el hombro) que pudimos ver en otros juegos como *Resident Evil 5* (2009). En su día, *Arkham Asylum* revolucionó el sistema de lucha, que consistía en un combate cuerpo a cuerpo que te permitía encadenar varios combos seguidos sin tener que pulsar mil botones. Esto proporciona a las peleas una fluidez tremenda y muy cinematográfica. También podemos atacar a distancia con batarangs y usar un gancho para movernos por los escenarios. A lo largo de la aventura contamos con una opción de sigilo para liquidar de forma rápida a nuestros enemigos, y a menudo es recomendable utilizar el modo detective para localizar pistas. La recreación de un Gotham oscuro y de pesadilla también se basa en el cómic, y los diseños de la ciudad son ejemplares. Los mejores momentos de este enorme título se producen cuando nos afectan las toxinas del Espantapájaros y nuestra realidad se distorsiona. De esta manera vemos a los padres de Wayne regresar de entre los muertos para asustarnos o luchamos contra un Espantapájaros gigante en una secuencia alucinante.

Curiosidades:

- Un Grant Morrison principiante se presentó en una convocatoria de nuevos talentos de DC Cómics con los guiones de *Arkham Asylum* y *Animal man* (otra de sus más conocidas series). Por supuesto, las dos fueron aceptadas.
- El prestigioso guionista Neil Gaiman (*Sandman*) colaboró en el cómic y sirvió como modelo fotográfico para la famosa viñeta donde Batman se atraviesa la mano con un trozo de espejo.
- Morrison volvería al personaje de Batman en su colección mensual, en la que permaneció más de tres años con grandes resultados.
- La trama del videojuego fue escrita por Paul Dini, uno de los responsables de la serie animada de Batman y guionista de una brillante etapa del personaje.
- El videojuego dio para una precuela, *Batman: Arkham Origins* (2013), y dos secuelas: *Arkham City* (2011), y *Arkham Knight* (2014), en la que Batman se enfrenta a un misterioso enemigo llamado Arkham Knight.

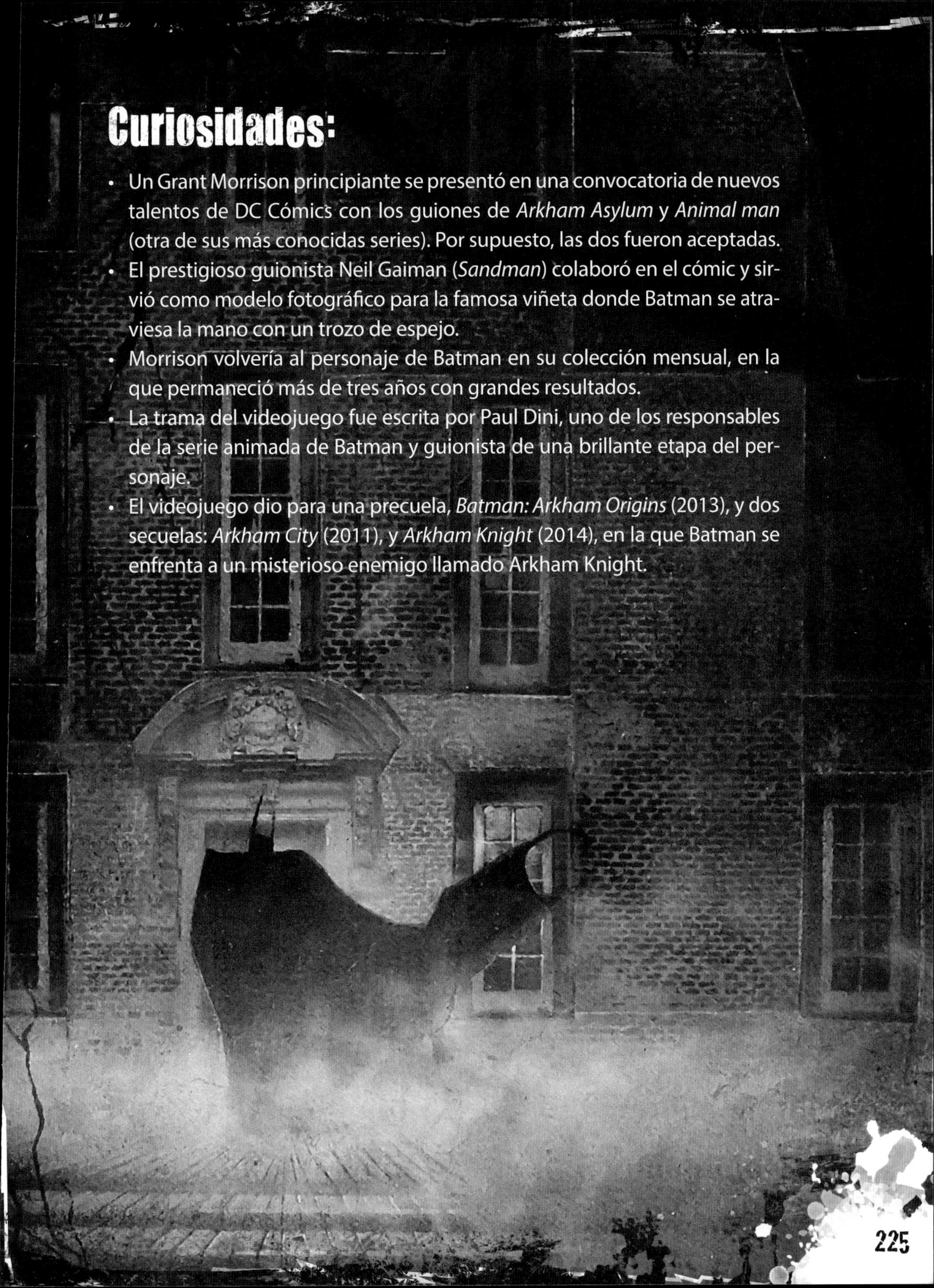

LA PRISIÓN DE CREEDMORE

PRESIDIO

PELÍCULA

Prison. 1988. EE.UU. **Dirección:** Renny Harlin. **Reparto:** Lane Smith, Viggo Mortensen, Chelsea Field. **Género:** Terror. Thriller. Fantasmas. 98 min.

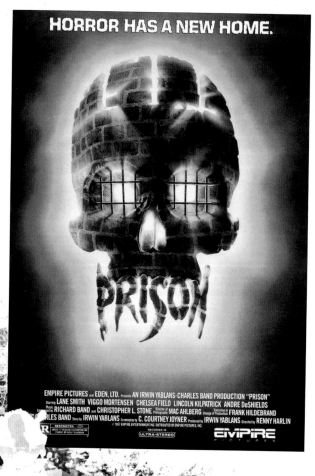

PRISIÓN ENCANTADA

En la prisión de Creedmore, un reo llamado Charles Forsythe fue ejecutado en la silla eléctrica por un crimen que no cometió. 25 años después, la cárcel vuelve a abrir sus puertas bajo la dirección de un antiguo carcelero de Forsythe, que nada más aceptar el cargo empieza a padecer unas horribles pesadillas. Algo más que un sentimiento de culpa lo persigue; por los muros del presidio se mueve un ser invisible con ansias de venganza.

Los años ochenta dieron cabida a todo tipo de producciones de terror, y *Presidio* (1988) es un buen ejemplo de un cine de serie B sin complejos. Es un entretenimiento sangriento, con una localización original y grandes efectos especiales. No te volará la cabeza, pero si te atraen las películas de cárceles y el terror, pasarás un rato ameno.

EL ROCK DE LA CÁRCEL

La película fue producida por Irwin Yablans y Charles Band (a través de su productora Empire), dos grandes del terror en busca de un éxito. Yablans era conocido por ser el productor de *La noche de Halloween* (1978), y Band por sus terrores de bajo presupuesto, tipo *Ghoulies* (1984) o *Terror visión* (1986). Cuando contrataron al guionista C. Courtney Joyner para escribir el guion, este pensaba que, al estar Band detrás, rodarían el clásico filme de la productora: «La mayoría de películas de Empire comienzan con un tío metido en un traje de caucho…, que va asesinando a jovencitas desnudas». Pero gracias a Yablans trabajaron con otras ideas, a pesar de que Band pretendía usar la prisión para rodar un *slasher*. Joyner le convenció para explorar una vía sobrenatural, alejada del gusto un tanto estrafalario del productor: «Coincidimos en querer hacer algo más del estilo de *Poltergeist* (1982) que de *Zone Troopers* (1985)», apuntaba Joyner. El propio Yablans escogió al director, el finlandés Renny Harlin, del que le había gustado su primera película, *Infierno en el Ártico* (1986). Harlin aceptó y pronto se inició el rodaje en una penitenciaría abandonada de Rawlins, Wyoming: un monstruo gótico construido en 1899.

Los vigilantes de las torres no eran actores, sino guardias armados con munición real.

ARAGORN EN APUROS

El género de terror no se ha servido en demasiadas ocasiones de los barrotes de una cárcel para causar miedo, y se puede afirmar que *Presidio* es de lo mejorcito de este subgénero. La decrépita prisión resultó un escenario cautivador, y la atmosférica dirección de Renny Harlin denotaba a alguien muy capacitado para el séptimo arte. Poco después, Harlin pisaría fuerte en Hollywood con superproducciones como *La jungla II* (1990) o *Máximo riesgo* (1993). El rodaje no resultó sencillo. Las condiciones en la prisión

fueron, por momentos, extremas, con altas temperaturas que provocaron quemaduras entre los extras o una galería inundada de agua helada que tuvo que soportar un espartano y primerizo Viggo Mortensen. Además, la mayoría de presos que salían eran reclusos de una cárcel cercana. Eso le dio a la historia más realismo, pero también mucha tensión, ya que los vigilantes de las torres no eran actores, sino guardias armados con munición real.

LA GALERÍA DEL HORROR

Para bien o para mal, *Presidio* no se libra de caer en todos los lugares comunes del cine de prisiones: el bueno (interpretado por Viggo Mortensen) es un tipo duro de oscuro pasado, el alcaide es más malo que el veneno —igual que los carceleros—, y entre los presidiarios está el clásico gracioso, o ese que quiere fugarse y sabes que morirá pronto. Tampoco se resiste a introducir algún tópico del cine de terror de la época, como un preso chamán que advierte del peligro o un clímax demasiado pirotécnico, por no decir fallero.

Presidio despliega un apartado visual que te hará abrir la boca en varios momentos. Las muertes son grotescas, cruentas e impresionantes (mérito del equipo de efectos comandado por John Carl Buechler), quizá demasiado para una trama de fantasmas vengativos; en todo caso, no te las quitarás de la cabeza y no volverás a ver igual un alambre de espino o una tubería. Estas sangrientas secuencias han sido imitadas durante décadas, y si no echadle un vistazo a la saga de *Destino final* o a las continuaciones de *Pesadilla en Elm Street* (1984), de la que precisamente Renny Harlin firmaría su cuarta parte.

LA MUERTE FAVORITA DE LA VIEJA BRUJA

Un preso intenta escapar a través de los conductos de ventilación de la cárcel, pero estos cobran vida, lo atraviesan y después lo lanzan, convertido en una masa sanguinolenta, a través del techo del comedor.

- Recomendación para una doble sesión de terror carcelario: a *Presidio* puedes añadirle *Sombra de muerte* (*Destroyer*, 1988), un entretenido *slasher* con varios actores clásicos del género de aquella época, como Anthony Perkins, Deborah Foreman o Clayton Rohner.
- El lugar se cerró oficialmente en 1981 y actualmente es un museo. Te invito a visitarlo de forma virtual, pero aviso, es bastante macabro: wyomingfrontierprison.org

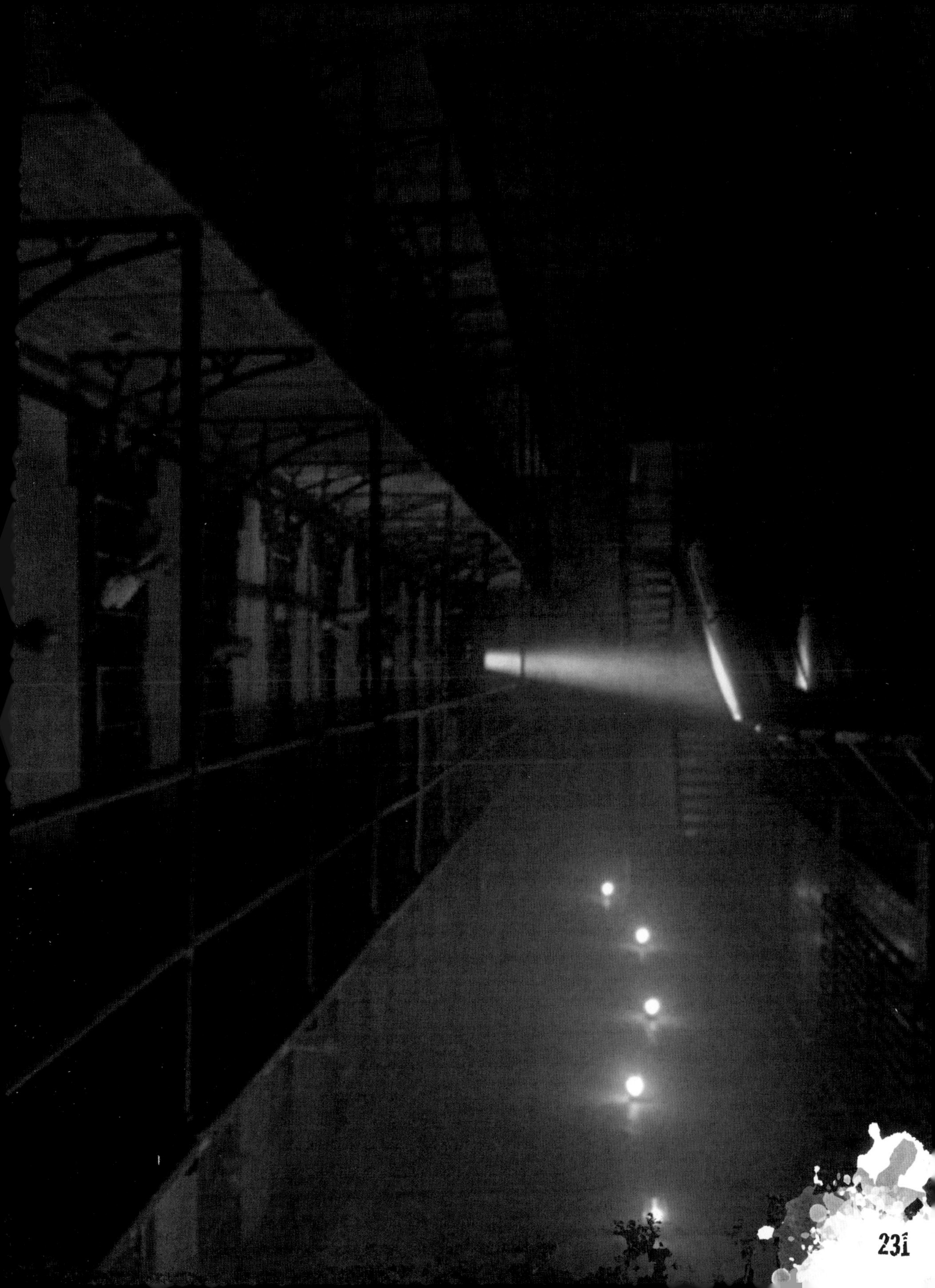

INSTITUTO SOMAFREE

CROMOSOMA 3

PELÍCULA

The Brood. 1979. Canadá. **Dirección:** David Cronenberg. **Reparto:** Art Hindle, Oliver Reed, Samantha Eggar. **Género:** Terror. Ciencia ficción. 92 min.

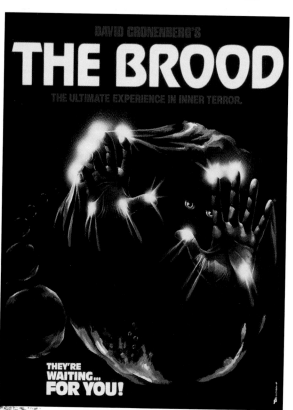

JUEGO DE NIÑOS

En el Instituto Somafree, el psicoterapeuta Hal Raglan lleva a cabo una innovadora terapia llamada psicoplasmosis, con la que pacientes que padecen enfermedades mentales somatizan sus sentimientos reprimidos. Esta técnica no funciona del mismo modo en todos los pacientes, y a Nola Carveth el tratamiento parece volverla aún más descontrolada y agresiva. Mientras, su marido se pregunta si su esposa tiene algo que ver con las muertes violentas que han empezado a producirse en el seno de su familia, y cuyos culpables parecen ser unos niños con rostros deformes.

Diferente, inteligente y sorpresiva mezcla de terror, ciencia ficción y drama psicológico, *Cromosoma 3* (1979) fue la confirmación como director de David Cronenberg, uno de los más peculiares directores de su generación.

CIENCIA SANGRIENTA

Como en toda buena película de terror, hay suspense y escenas desagradables e impactantes, como el asesinato de la madre de Nola o una cruel muerte que se produce en una guardería delante de un montón de niños pequeños. Como sólida cinta de ciencia ficción, la historia también nos mueve a la reflexión, ya que el doctor Raglan plantea un tema interesante: si nuestra mente es capaz de provocarnos enfermedades físicas, ¿por qué no invertir el proceso? Que sea el cuerpo el que cargue con las taras de nuestros desordenes psicológicos. No suena mal, hasta que observas las consecuencias de los experimentos de Raglan en sus pobres pacientes: uno con el cuerpo lleno de erupciones, otro con el cuello cubierto de protuberancias carnosas…

Como suele ser norma en las películas de científicos locos (*mad doctors*), el experimento no tarda en írsele de las manos, y cuando intenta solucionarlo, como siempre, ya es demasiado tarde.

LA MUERTE FAVORITA DEL GUARDIÁN DE LA CÁMARA

Mientras sus alumnos miran, la profesora de una guardería es golpeada hasta la muerte por dos niños deformes armados con martillos de madera. Estos críos…

EL REY DEL TERROR CANADIENSE

Pocos saben que el ahora aclamado David Cronenberg, en su día solo era entrevistado por revistas especializadas del género fantástico, y que durante sus primeros años de carrera se le comparó con Stephen King por su capacidad para innovar dentro del género. Por aquel entonces, Cronenberg estaba de acuerdo: «Me gusta ser el rey del terror canadiense. No me importa serlo en absoluto». Se ganó su fama a pulso con dos primeras películas baratas, pero con encanto: *Vinieron de dentro…* (1975) y *Rabia* (1977), donde ya dejaba patente su obsesión por los cambios que la ciencia y la mente pueden llegar a producir en el ser humano. *Cromosoma 3* era un salto de calidad con respecto a las otras. Mejoró la factura técnica, los efectos especiales son notables (espeluznante el clímax, en especial el momento que Nola chupa a un deforme bebé ensangrentado), y contó con actores como Oliver Reed o Samantha Eggar, que dieron consistencia a la historia. Es evidente que este filme sirvió de trampolín para sus siguientes y tremendas películas: *La zona muerta* (1983), *Videodrome* (1983) o *La mosca* (1986). Hace tiempo que no dirige nada relacionado con el terror (bueno, con su forma de verlo), pero no lo ha hecho porque considere, como otros, que un director consagrado no debe rodar películas de miedo; él simplemente afirma que ese momento de su vida pasó, y que ahora sus metas son otras.

SCANNERS"

"THE BROOD"

"RABID"

THEY CAME FROM WITHIN"

235

Curiosidades:

- La película fue cortada por la censura de Estados Unidos, Canadá y Reino Unido. En concreto, el director se quejó amargamente de que se eliminase la escena en la que Samantha Eggar lame a su feto ensangrentado: «Cuando los censores, esos animales, la eliminaron —comenta Cronenberg—, el resultado fue que mucha gente pensó que ella se estaba comiendo a su bebé. Eso es mucho peor que lo que yo estaba sugiriendo».

- La indumentaria de los niños siniestros es un guiño a *Amenaza en la sombra* (1973), la genial película de terror ambientada en los canales de Venecia.

- El director suele comentar que *Cromosoma 3* es una de las obras más autobiográficas que ha rodado. Mientras filmaba la película, Cronenberg mantenía una lucha con su primera esposa por la custodia de su hija, igual que le sucede al protagonista del filme.

- En el filme se produjo la primera colaboración entre Cronenberg y el prestigioso compositor Howard Shore, que después ha sido el encargado de hacer la música de casi todas sus producciones.

- En un alarde de sentido del humor, Cronenberg definió la película como su versión de *Kramer contra Kramer* (1979), curiosamente estrenada ese mismo año.

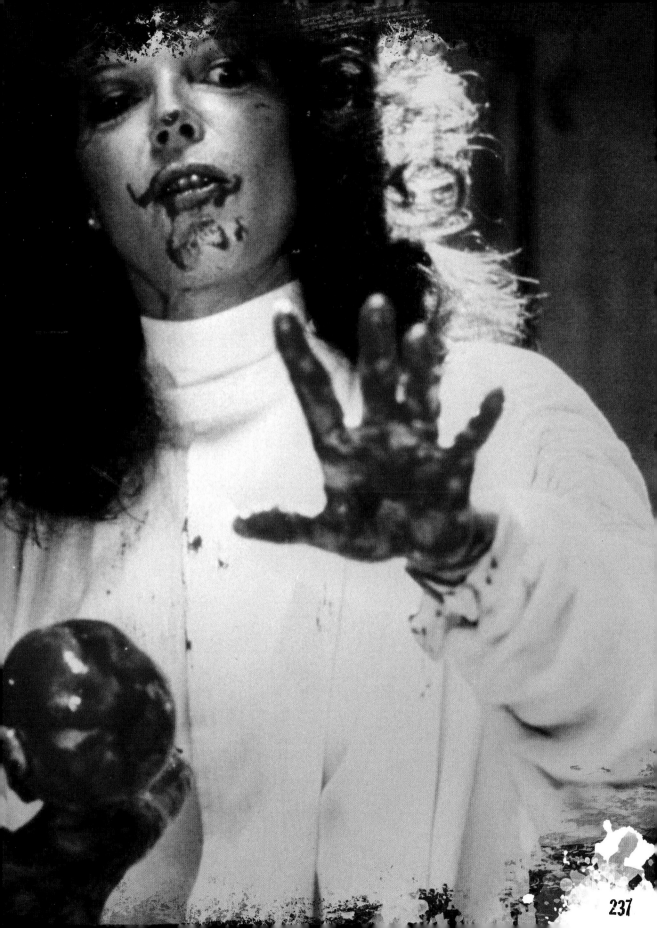

BIBLIOGRAFÍA ESENCIAL

BRADBURY, RAY. *LA FERIA DE LAS TINIEBLAS*. Buenos Aires. Ediciones Minotauro. 1974.

CÁCERES, J. & ORTEGA, M. *JOHN CARPENTER: ULTIMÁTUM A LA TIERRA*.
    Madrid, Macnulti. 2013.

ENDORE, GUY. *EL HOMBRE LOBO DE PARÍS*. Madrid. Ediciones Jaguar. 2004.

GÓMEZ RIVERO, ÁNGEL. *CINE ZOMBI*. Madrid; Calamar Ediciones. 2009.

LEVIN, IRA. *LA SEMILLA DEL DIABLO*. Barcelona. Random House. 2005.

MOLINA FOIX, J. ANTONIO. *HOMBRES LOBO*. Barcelona, Ediciones Siruela. 2012.

MOORE, ALAN & CAMPBELL, EDDIE. *FROM HELL*. Barcelona. Planeta DeAgostini. 2000.

MORRISON, GRANT & MCKEAN, DAVE. *BATMAN. ARKHAM ASYLUM*.
    Barcelona. Planeta DeAgostini. 2004.

PALACIOS, JESÚS. *GOREMANIA*. Madrid. Alberto Santos. 1995.

PETER BLATTY, WILLIAM. *EL EXORCISTA*. Barcelona. Ediciones B. 2017.

SIMMONS, DAN. *UN VERANO TENEBROSO*. Barcelona. Ediciones B. 1997.

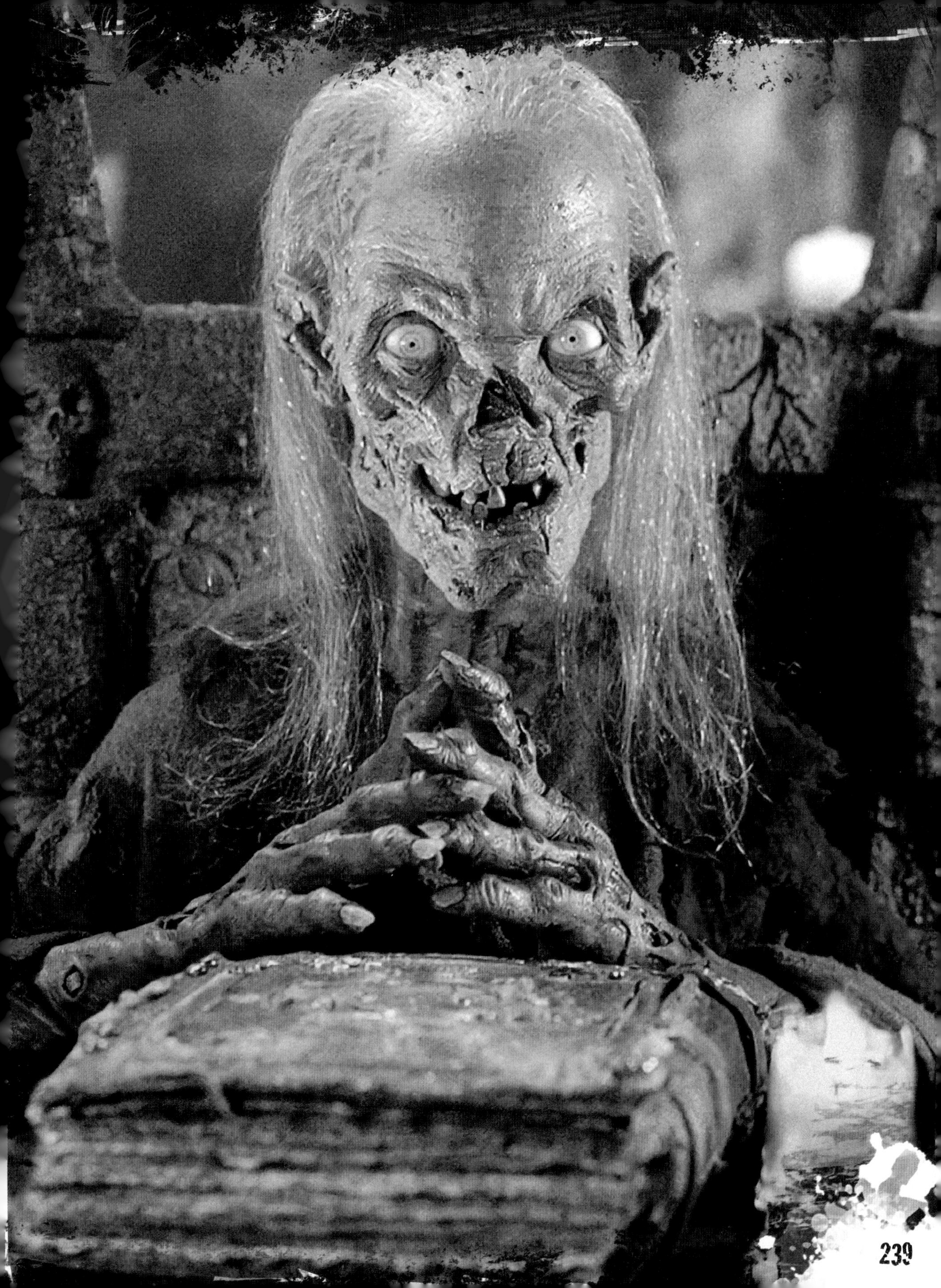

Cultura popular (música, cine, series, videojuegos, cómics)

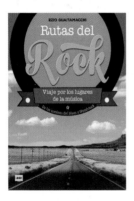

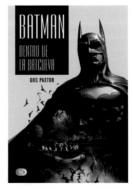